눈 내린 길
함부로
걷지 마라

———

산운집
山雲集

눈 내린 길 함부로 걷지 마라 ─ **산운집**

초판인쇄 2021년 4월 20일 **초판발행** 2021년 4월 30일
글쓴이 이양연 **옮긴이** 박동욱 **펴낸이** 박성모 **펴낸곳** 소명출판 **출판등록** 제13-522호
주소 서울시 서초구 서초중앙로6길 15, 2층
전화 02-585-7840 **팩스** 02-585-7848
전자우편 somyungbooks@daum.net **홈페이지** www.somyong.co.kr

값 28,000원
ISBN 979-11-5905-603-1 03810
ⓒ 박동욱, 2021

눈 내린 길
함부로
걷지 마라

산운집

山雲集

San Un Jib

이양연 지음 | **박동욱** 옮김

일러두기

1. 『임연당별집』에 있는 세평(細評)을 해당 작품에 배치했다.

산운山雲 이양연李亮淵, 1771~1853은 조선 후기에 활약했던 뛰어난 시인이었다. 본관은 전주全州이고, 자는 진숙晉叔이며, 호는 임연재臨淵齋·산운山雲이다. 평생 변변찮은 벼슬에도 오르지 못하고 삶을 마감했다.

그의 시는 200여 편에 불과하지만 조선의 어떤 시인보다 우수한 시적 성취를 보여주고 있다. 주로 5언 절구와 5언 고시에 특장을 보인다. 전고典故를 거의 사용하지 않으면서 담백한 시어를 써서 뛰어난 발상과 감각으로 새로운 시세계를 구축했다. 전통적 한시의 자장磁場에서 벗어나 조선적인 한시를 구현했다는 데 큰 의미를 찾을 수 있다.

이양연의 시는 기본적으로 삶의 통찰에서 나온 비애와 우수를 바탕으로 하고 있다. 조선적인 아름다움을 담고 있는 민요시와 백성들의 고통스러운 현실을 날카로운 필치로 그려낸 민중시 등이 유명하다. 또, 유람을 즐겨했는데 역사적인 장소를 찾아 회고적이고 애상적인 기조로 그려냈다. 대중들에게는 서산 대사나 김구 선생의 시로 알려진 「野雪」의 작가로 유명하다. 이 시를 읽으면 자세한 설명 없이도 깊은 울림과 깨달음을 얻을 수 있다. 대표작인 이 시는 그의 작품에서 느낄 수 있는 아름다움을 잘 보여준다.

이 책은 산운의 한시 모두를 빠짐없이 수집하고 번역한 뒤에, 작품마다 평설을 붙였다. 평설은 전공자와 일반인들 모두에게 그에 걸맞은 정보와 정감을 전달하려고 노력했다. 산운 이양연은 내 공부의 출발점이다. 어느 날 학회에 다녀오신 정민 선생님께서 이양연과 이용휴가 참 좋다고 하셨다. 그렇게 이양연과 이용휴는 나의 석사 논문과 박사 논문의 테마가 되었다. 지도 교수이신 정민 선생님께서는 당시 백지 같던 내게 공부하는 방법부터 한시 번역까지 하나하나 지도하고 채워 주신 고마운 분이다.

오랜 시간 공부해 오면서 마음에서 산운 이양연을 잠시도 잊은 적이 없었다. 연구 대상을 간절하게 생각하고 원하면 꿈에 나와 모르는 시 구절을 가르쳐 주기도 하고 미소도 띄우며 함께 이야기를 나누기도 한다는 말을 들은 적이 있다. 정성이 부족했었는지 나는 그런 경험을 해본 적이 없지만, 늘 마음으론 산운 이양연 선생이 그립고 고마웠다.

해질녘, 아이들이 어머니 부르는 소리에 하나둘씩 집으로 뛰어가고, 어느새 어두워진 골목에 혼자 남아 있는 어린 아이가 된 것만 같다. 날 혼자 내버려둔 그 누군가에 대한 원망보다 정작 내가 원망해야 할 대상은 어둠 속에서 자책하고 나약해지던 바로 나 자신의 시간과 마음이 아닐까 싶다. 어두운 그 골목에 하염없이 서 있을지, 아니면 그곳을 벗어날 날이 언젠가 내게 찾아올지 아직 잘 모르겠다. 하지만 나는 어두운 골목에 서 있었던 그 기억만은 오랫동안 간직하고 싶다.

20여 년의 세월 동안 화요일 아침마다 한 번도 빠지지 않고 일평 조남권 선생님을 찾아뵙고 함께 공부했다. 날씨가 궂어도, 몸이 아파도, 나는 이 공부 시간을 거른 적이 없었다. 20대 청년이었던 나는 어느새 50대 중년이 되었고, 60대였지만 젊은이 못지않게 걸음이 빠르셨던 선생님께서는 계단 오를 기운조차 없는 90대 노인이 되셨다. 모든 일에는 시작이 있듯 마지막이 있기 마련이다. 2020년 8월 18일은 선생님과 내가 공부한 '마지막 날'이 되었다. 조금씩 선생님과의 마지막을 예감하며 준비했었지만 현실로 마주한 마지막은 생각보다 더 서글프고 쓸쓸했다. 선생님께서는 심해진 치매에도 신기하게 아직 나를 알아보신다. 나는 세상에서 선생님께서 유일하게 알아보시는 몇 안 되는 사람 중 하나가 되어 버렸다. 그간의 세월이 스쳐 지나간다. 이 책을 나의 영원한 스승, 일평 조남권 선생님께 바친다.

2021년 1월 18일 박동욱 쓰다

차례

임연옹은 인생의 온갖 일을 마무리하려 해도 다 마무리하지 못한 사람으로, 오직 사람을 속여서는 안 된다는 일만은 알고 있다. 나의 일생을 살펴보면 온통 남에게 속임을 당했을 뿐이다. 그런데 소명昭明은 결국 창약昌若을 속일 수 없으니, 어느 누가 다시 속임을 당하겠는가? '덕이 있는 사람은 말이 있다'는데, 나는 만에 하나라도 덕이 없는 것 같으니, 어찌 어진 마음과 의로운 생각을 토해내어 아름답게 전할 것이 있으리오? 오직 이 책상자를 정리하여 다만 선대의 뜻, 기호, 무덤, 살던 곳, 그리고 사귀던 벗을 기록하여 후손에게 주어 전하게 할 뿐이다. 어찌 감히 당돌하게 바르지 못한 일로 세상을 속이겠는가? 정미년 정미丁未 2월에 옹은 자서自序하노라.[1]

---

1 臨淵翁百了不了人也, 獨了人不可欺, 而夷考其一生, 則都和盤打欺耳. 然昭明終不能昌若, 誰復有見欺者? 夫有德者有言, 予萬分德無一釐髣髴. 焉有仁肝義肺噓出, 藹如爲可傳也? 惟此巾篋攔攊, 只爲先世志意、嗜樂、丘墓、路里, 暨朋儔交好, 記與雲仍, 使之傳守而已. 何敢唐突紫蛙以欺世爲也? 歲丁未仲春, 翁自序.

11

- 임연臨淵 : 이양연의 호이다. 임연은 전전긍긍한다는 뜻을 취한 것이라고 했으며, 또 다른 호 산운山雲은 부혁傳奕의 청산백운인靑山白雲人에 비기어 취한 말이다.

- 온통 : 원문은 화반和盤이다. 화반탁출和盤托出이란 말이 있는데, 이것은 지닌 모든 물건을 있는 대로 모두 꺼내 놓는다는 뜻이다. 그러니 화반和盤은 '있는 대로', '온통' 정도의 뜻으로 보인다.

- 소명은~창약을 : 소명昭明과 창약昌若이 인명으로 조부와 손자 사이이다. 여기서는 자신이 문집을 남기면서 손자를 속일 일은 없다는 뜻으로 보인다.

- 덕이 있는~말이 있다 : 『논어』「헌문憲問」에 "덕을 소유한 사람은 반드시 이에 합당한 말을 하게 마련이지만, 그럴듯한 말을 한다고 해서 그 사람에게 꼭 덕이 있다고는 말할 수 없다有德者 必有言 有言者 不必有"라는 공자의 말이 나온다.

- 바르지 못한 일 : 원문은 자와紫蛙이다. 「왕망전王莽錢」에 이르기를 "자주빛과 개구리의 소리는 자투리로 생긴 정통이 아닌 제위이다王莽傳 曰."紫色·蛙聲. 餘分閏"라 나온다. 여기에서는 바르지 못한 일 정도의 의미로 새긴다.

- 정미丁未 : 1847년으로 이양연의 77세 때이다.

遊覽類

세상을 다 다니리라

01

육신묘에서 六臣墓

1

今日江上月	오늘날 저 강 위에 떠 있는 달은
歷照舊日明	옛날에도 환하게 비치었겠지.
萬人六人死	만 사람 중 여섯 사람 죽었다지만
萬人豈長生	만 사람인들 어찌 길이 살았으리오.
生前凡幾歲	생전이야 다해봐야 몇 해나 되랴
死後千百世	죽은 뒤에 명성은 천백 년이네.

2

東峯手種松	동봉이 손수 심은 저 소나무는
歲久無多枝	오랜 세월에 가지 많지 않구나.
下馬拾松子	말 내려 솔방울을 주워 모아서,
子子深培之	씨 마다 깊이깊이 북돋워 줬네.
願雨朝以潤	아침에는 빗물로 윤기 더하고
願露夕以滋	저녁에는 이슬로 적시어주길.

上黨佐世才	상당이 세상 도울 재주라 하나
知我六臣義	사육신의 의리를 알아야 하리.
不問東峯翁	내 굳이 묻지 않네, 동봉옹에게
竪石鷺江隈	노량 강가 비석 세운 그 때 그 뜻을.
却從今人看	문득 지금 사람들 이를 보자면,
猶是古人事	옛 사람의 일이라 생각한다네.

[六臣墓碑 東峯所立] [육신묘의 비석을 동봉이 세웠다.]

임연당별집

파와葩窩가 말하기를 "월릉越陵에 철식腏食[1] 한 분이 2백 명이나 되었다고 하나, 다만 환하게 빛나는 분은 육신六臣뿐이다"[2] 라고 하였다.

어석

- 동봉東峰 : 김시습金時習의 또 다른 호號이다.
- 상당上黨 : 한명회韓明澮,1415~1487를 가리킨다. 그는 계유정란癸酉靖難 때 수양대군을 도와 일등공신에 올랐다가 상당부—원군上黨府院君에 봉군封君되었다.

----

1 철식(腏食) : 뭇 신(神)을 제사지낼 때 위패를 나란히 하여 한꺼번에 지내는 일.
2 葩曰 : 越陵腏食殆趂二百, 但炳烺赫赫六臣

사육신묘

김시습 초상

이 시는 육신묘에서 느낀 감회를 적은 것이다. 사람의 삶이란 놀랍도록 짧다. 요절夭折이나 장수長壽나 기껏해야 백 년의 차이도 나지 않는다. 유구한 역사에서 본다면 수명의 장단이야말로 커다란 의미를 가지지 않는다. 그렇지만 사후死後의 명예를 위해서 현세現世의 이익과 욕망을 양보하고 포기하기란 말처럼 쉽지 않다. 어쩌면 욕된 이름으로 영원히 역사에 기억되는 것은 현세만을 위해 제 한 몸을 바친 당연한 결과다.

육신묘六臣墓는 조선 단종 때의 사육신死六臣의 무덤으로 서울 노량진에 있다. 육신은 수양대군에게 참살당한 성삼문成三問, 박팽년朴彭年, 하위지河緯地, 유응부兪應孚, 유성원柳誠源, 이개李塏 등 여섯 명의 사육신을 가리킨다. 그들이 죽어서 시체가 형장에 버려지자 수습하여 묻어준 이가 바로 김시습이다. 거기에 심어 놓은 김시습의 소나무는 벌써 오랜 세월이 지나 보잘 것 없이 변해버렸다. 산운이 조심스레 솔방울을 모아 묻어주면서 그들의 뜻이 영원토록 계승되길 바라는 마음을 담았다. 산운은 의식적으로 6구의 시를 지어 사육신을 추모했다. 죽어서 절의를 지킨 사육신과, 그들의 뜻을 이어 평생토록 은둔을 택한 김시습과 불의한 권력에 기생하여 한 세대를 농단한 한명회의 삶을 비교하였다.

02
노강서원에서鷺江書院

[원주(原註): 정재서원. 정재 박태보가 5월 5일 육신묘 옆에서 세상을 떠났다
定齋書院. 定齋以五月五日, 終於六臣墓傍]

曉沐西溪水	새벽엔 서계西溪물로 머리를 감고
夕採魯山蒲	저녁엔 노산魯山에서 향풀菖蒲를 캤네.
謹甫爲我隣	성근보成謹甫로는 나의 이웃을 삼고
角黍爲我殮	각서角黍로 내가 먹을 밥을 삼았지.
漢水何時盡	한강물 그 언제나 다 마르려나
公名與之存	그대 이름 이와 함께 길이 남으리.

평설

이 시는 노강서원鷺江書院을 방문하여 느낀 감회를 적은 것이다. 노강서
원은 경기도 의정부시議政府市 장암동長岩洞 수락산水落山 기슭에 있는데,
이곳에 박태보朴泰輔 1654~1689를 봉향奉享하고 있다. 박태보는 1689년 기
사환국己巳換局 때 인현왕후仁顯王后의 폐위를 강력히 반대하다 모진 고문
끝에 진도로 위리안치하라는 명령을 받았다. 진도로 정배定配 가다가 5
월 5일에 노량진에서 세상을 떴다. 5월 4일
인현왕후는 끝내 폐위되었다.

노강서원

서계, 노산, 근보, 각서는 박세당朴世堂, 단종, 성삼문成三問, 굴원屈原을 각
각 가리킨다. 모두 다 비운의 삶을 살다 생을 마쳤지만 역사 속에 부끄
럽지 않은 이름을 남긴 사람들이다. 이들을 전면에 배치하면서 박태보
의 의로운 죽음을 부각시켰다. 공교롭게도 박태보는 육신묘 옆에서 세
상을 떴다. 앞선 시와 마찬가지로 절의를 지키다 세상을 떠난 죽음에
대한 조곡弔哭을 이렇게 남겼다.

03

건원릉에서 서소에게 주다健元陵與書巢

[원주(原註) : 족질 인승이 이 때에 참봉으로 있었다族姪寅升, 時爲參奉]

1	望望健元陵	건원릉 아득하게 바라보자니
	葱葱佳氣浮	상서로운 왕의 기운 울창하였네.
	雲樹積夢想	구름과 나무엔 자네 생각 쌓였는데,
	人事苦盾矛	인간사 마음대로 되지 않았지.
5	必待身無累	몸 얽맬 일 없기만 기다리다간
	百年莫一遊	백 년 동안 한 번도 못 가 보리라.
	赫蹄走南阮	편지를 조카에게 띄워 보내고
	吾且下楊州	나는 장차 양주로 내려간다네.
	妻拏一旬計	처자식 열흘 동안 지낼 일들은
10	緩急君且賙	완급 살펴 자신들이 챙기라 했네.
	小兒學大兒	작은 아인 큰 아이를 배울 것이니
	大兒勿悠悠	큰 아이는 걱정하지 않아도 되리.
	老婦憂女瘧	늙은 아낸 딸애 학질 걱정하지만
	貧女自可瘳	가난한 집 딸 저 혼자 나을 것이네.
15	川陸信靑藜	가는 길 지팡이에 의지하고서
	十里五里休	십 리나 오 리마다 쉬고는 했네.

	野曲迤迤盡	굽이 돌던 들길이 다 끝나더니
	環山蒼翠稠	산 주위로 푸른 나무 빽빽하였네.
	氣勢駭壯麗	장엄한 기세는 사람을 놀라게 하니
20	造化工綢繆	조물주의 솜씨인 듯 교묘하도다.
	主人早汎掃	자네는 아침부터 물 뿌려 쓸어
	烏几當林颼	검은 궤안을 바람 부는 숲에 차려 놓았네.
	我以晨鵲知	난 새벽 까치에 그대 만날 것 알고
	準備遙村醲	오기 전 마을에서 술 준비했지.
25	林月日應多	달을 보니 날이 많이 지났었는지
	昨日已半鉤	어제 벌써 반달이 되어버렸네.
	一宵醉溪上	하루 저녁은 시냇가에서 술에 취했는데
28	一宵松下樓	하루 저녁은 소나무 아래 누대에서 취하노라.

어석

- 건원릉健元陵 : 경기 구리시九里市 동구릉東九陵 경내에 있는 조선 태조太祖의 능. 태조는 1408년 5월에 죽고 그 해 9월에 묻혔다. 당시에는 영令: 종5품 · 참봉參奉: 종9품 각 1명을 두어 관리하게 하였다.

- 서소書巢 : 그와 관련된 글은 『산운집』 권3에 「서소 인승에게 답하다答書巢寅升」과 권 7에 「서소에 관한 제문祭書巢文」 등이 남아 있다.

- 왕의 기운 : 원문은 가기佳氣로 되어 있다. 상서로운 제왕의 기운. 남송의 도성 임안을 가리킨다. 『후한서』 「광무제기光武帝紀」에 보면, 광무제는 남양 사람으로 용릉舂陵에서 군사를 일으키자, 왕망이 망기술

望氣術을 보는 소백아蘇伯阿를 파견하였다. 소백아가 남양에 도착하여 멀리 용릉을 보며 말하였다. "기운이 아름답구나! 울울창창하구나! 氣佳哉 鬱鬱葱葱然"

- 구름과 나무 : 원문은 운수雲樹로 되어 있다. 운수는 멀리 떨어져 있는 친구를 생각할 때 흔히 쓰는 표현이다. 두보杜甫의 「봄날에 이백을 생각하다春日憶李白」에 "내가 있는 위수渭水 가엔 봄날의 나무, 그대 있는 강남 땅엔 저녁의 구름渭北春天樹, 江東日暮雲"이라 한데서 비롯되었다.

- 편지 : 원문은 혁제赫蹄로 되어 있다. 글을 쓴 용지를 가리킨다.

- 조카 : 원문은 남완南阮으로 되어 있고, 이본異本에는 남원南原으로 되어 있다. 삼국시대 위나라 때 완적阮籍과 그의 조카 완함阮咸은 고향 마을의 길 남쪽에 살고 다른 완씨들은 북쪽에 살았으므로 두 사람을 '남완'이라 불렀다. 남완 사람은 가난하였다. 여기서는 지은이와 조카 사이를 가리킨다.

- 양주楊州 : 땅 이름. 경기도 양주군과 남양주군 및 의정부시 지역에 해당한다.

- 검은 궤안 : 원문은 오궤烏几로 되어 있다. 오궤는 오피궤烏皮几의 준말로, 까만 염소 가죽을 덮은 자그마한 궤안几案이다. 여기서는 오궤가 가리키는 뜻이 명확치 않는데, 아마도 건원릉 앞에 제사를 지낼 때 쓰려고 내어 놓은 검은색 칠을 한 제사상을 말하는 것 같다.

평설

이 시는 건원릉에 있는 족질族姪을 찾아간 일을 쓴 것이다. 제1구에 건원릉은 실제로 안 보이지만 그쪽 방향을 멀리서 바라보면 왕의 기운을 느낀다고 했다. 고대에는 실제로 그 장소가 아주 멀어서 보이지 않아도 그쪽 방향을 예상하고 쓰는 경우가 많았다. 왕발王勃의「촉으로 가는 두 소부를 전송하며送杜少府之任蜀州」에 "성궐은 삼진에 둘러싸여 있는데, 바람과 안개 속에서 오진을 바라보고 있네城闕輔三秦, 風煙望五津"라 나온다. 이처럼 장안에서 성도까지는 거리가 너무나 멀어 실제로 보이지 않지만 여기서는 오진을 바라본다고 했다. 1~6구까지는 건원릉에 가게 된 동기를, 7~8구는 출발 전 준비를 썼다. 능참봉으로 있는 조카를 찾아가려 했지만 이런저런 이유로 실행에 옮기지 못하다가 이제야 떠나게 되었다. 편지를 조카에게 미리 보내고는 양주 땅을 찾아 나선다. 9~14구는 집안의 일을 식구들에게 당부하였다. 자신의 부재가 마음 쓰이기는 하지만 처자식에게는 열흘 동안 자신 대신 일처리를 잘해 주기를 바랐다. 큰 아이는 제법 컸으니 마음이 놓이고, 작은 아이는 큰 아이가 보살피면 된다. 아내나 자신이나 딸 아이 학질이 걱정이지만 가난한 살림에 용한 의원이나 약을 쓸 형편이 안되니 저절로 낫기 만을 바랄 뿐이다. 15~16구는 가는 도정을 그렸고, 17~20구는 건원릉에 도착하여 바라본 능묘의 건축과 조각에 놀라움을 담았다. 21~22구는 조카의 직무를 나타냈다. 23~28구는 조카와 술을 마시며 그동안의 만나지 못한 아쉬움을 위로하였다.

특히 26구는 출발 때 초승달이든 보름달이었는데 이제 반달이 되었다는 뜻이다. 이미 떠나온 지 5~7일이 되었으니 열흘을 작정해서 떠나온 길이므로 빨리 돌아가야 할 형편임을 알 수 있다. 그러기에 27, 28구에

서 一宵~, 一宵~ 로 급박한 심정을 담았다. 이틀을 조카와 술을 마시며
보내서 이제 내일은 떠나야 할 예정임을 암시했다. 시의 말미가 완결되
지 않은 느낌이 있기는 하지만, 이러한 점을 감안하면 그 아쉬움이 언
외言外에 있음을 확인할 수 있다. 평소에 벼르든 일을 비로소 이룬 것에
대한 뿌듯함과 동시에 조카와 함께 더 있지 못하는 아쉬움을 드러냈다.

04
영남에서 소요한 시편^{嶺南逍遙篇}

1	我昔家梧州	내가 옛날 오주梧州에서 살았을 때는
	門對太虛樓	집의 문 태허루를 마주보았지.
	兒時登樓哭	어릴땐 누대 올라 울었었는데
	哭生小東國	조그마한 동국東國에 태어남을 울었지.
5	十五衣短後	열 다섯에 입던 옷 짧아진 뒤론
	自名高漸離	스스로 고점리라 이름하였지.
	三十歸耕田	서른에 돌아와서 밭 갈았지만
	四十妻猶飢	마흔에도 아내는 굶주렸었네.
	五十賦遠遊	오십에는 「원유遠遊」의 노래 부르며
10	物外謾悠悠	물외에서 유유히 노닐었었네.
	桃花海棠花	복사꽃 해당화가 곱게 피어난
	川陸一何脩	물과 뭍길 어찌 그리 길고 길던지.
	問途敬田夫	농부에게 예를 갖춰 길을 물어도
	田夫簡糇糊	농부 대답 간단하여 모호하였네.
15	山夕結沉陰	산 저녁 깊은 그늘 잠기어 들면
	啼鵂答吠狐	부엉이 울음 울고 여우가 울지.
	茆茨各自掩	띠풀로 집집마다 울타리 엮고

	妻兒相與娛	처자식 서로 함께 즐거워하니
	始知在家人	비로소 알았네, 식구들이 있으면
20	百飢愁定無	아무리 굶주려도 근심 분명 없음을.
	畿湖散夷猶	기호畿湖 땅을 이리저리 헤매이면서
	蘭耕探盈匊	난두蘭耔를 한 움큼씩 캐었었다오.
	朝從長卿飮	아침에 사마상여를 따라 술을 마시고
	暮投茅容宿	저녁엔 모용의 집에 깃들어 잤지.
25	東南累舟車	동남에 가면서 수레와 배로 힘들었는데
	蓉城敦昭穆	용성에서 일가一家 우의友誼을 돈독히 했지.
	煌煌忠孝閭	환하게 빛이 나는 충효의 여문閭門
	一閭同九族	한 마을에 구족이 함께 살았네.
	我起壽諸父	내 일어나 아제비께 축수 올리고
30	諸弟壽汝兄	여러 아우 제 형님께 축수하였네.
	人生今日好	살면서 오늘 이날 이리 좋은데
	明日若爲行	내일에는 어떻게 떠나가려나
	德裕抽厚坤	덕유산은 지덕이 빼어난 고장
	數州大縱橫	여러 고을 가로 세로 걸치어 있네.
35	桃源在其中	그 안에 도원동이 자리 잡았고
	其上明赤城	그 위에는 적성이 환히 밝았네.
	泠風何颯然	찬바람이 어찌나 시원하던지.
	方丈驚起忽	지리산 위로 갑자기 솟구쳐 얼떨떨하네.
	銀河淸且淺	은하수는 맑고도 저리 얕으니

40	可以濯我暍	나의 더위 깨끗이 씻을 만해라.
	日觀秀東魯	일관봉은 동로에서 우뚝 솟았고
	會稽晴南越	회계산은 남월땅에 맑게 서 있네.
	俯身數九州	몸을 굽혀 구주를 헤아려 보고
	緬思鑑湖月	감호에 비친 달빛 그리워하네.
45	放歌與長風	긴 바람에 얹어서 노래 부르니
	吹之入杳冥	아스라이 어두운 하늘로 불려 가누나.
	寥寥竟誰聽	들어주는 사람 없이 적막도한데
48	聊自怨平生	잠시 평생 동안 지음 없음 원망하노라.

[교감]

『임연당별집』에는 제목이 「湖嶺逍遙篇」으로 되어 있다.

[어석]

• 태허루太虛樓 : 양근에 위치한 누대 이름이다. 『대동지지大東地志』에는
"태허루 읍내에 있다"라 나온다.

• 고점리高漸離 : 전국시대 연燕나라 사람. 축筑이라는 악기를 잘 연주하
는 명수였다. 형가荊軻가 진시황제秦始皇帝를 시해하려 떠날 때 역수易
水 강변에서 고점리가 축을 연주하고 형가가 그에 화답하여, "바람은
소소히 불고 역수는 차갑도. 대장부 한번 떠나면 다시 돌아오지
않으리風蕭蕭兮易水寒, 壯士一去不復還"라는 「역수가易水歌」를 부른 것으로 유
명하다. 형가의 친구인 고점리는 형가의 유지를 계승하여 진시황을

축 속에 납덩이를 숨겨넣은 다음 시해하려다가 이루지 못하고 도리어 주살誅殺되고 말았다.

- 기호畿湖 : 경기도와 충청도를 가리킨다.
- 난두蘭杜를~캐었었다오 : 이 구는 굴원이 「이소」에서 난초로 띠를 두르고 두약을 캔 일로 자신의 고결함을 나타낸 것과 같은 의미로 보인다.
- 아침에~술을 마시고 : 이 구에선 사마상여와 같은 묵객들과 어울렸다는 뜻으로 보인다.
- 모용茅容 : 동한東漢 때 진陳나라의 유인留人이다. 나이 사십 남짓이었을 때도 배우지 않았다. 하루는 들에서 밭을 갈다가 비가 내리니 모두 나무 아래로 피했다. 사람들은 모두 책상다리를 하고 앉았는데, 모용만이 홀로 정좌正坐인채로 더욱 공손하였다. 곽태郭泰가 보고 그것을 기이하게 여겨 마침내 더불어 이야기하게 되었다. 그런 후에 모용의 집에서 자게 되었다. 아침에 닭을 죽여 어머니를 봉양하고 스스로는 채소로써 손님과 더불어 식사하였으니 곽태가 더욱 그를 현명하게 여겼다.
- 용성蓉城 : 원래 부용성芙蓉城이라고도 불리는데, 고대 전설에 나오는 선경仙境이다. 여기에서는 어떤 읍성의 별칭으로 보이나 확인할 수 없어서, 연꽃이 핀 성읍城邑이란 뜻으로 보아야 한다.
- 우의友誼 : 원문은 소목昭穆으로 되어 있다. 종묘宗廟에 신주를 모시는 차례. 천자天子는 태조太祖를 중앙에 모시고 이세·사세·육세는 소昭라 하여 왼편에, 삼세·오세·칠세는 목穆이라 하여 오른편에 모시어 삼

소·삼목의 칠묘七廟이고 제후는 이소·이목의 오묘五廟이다. 여기서는 친척 관계를 가리키는 것으로 보인다.

- 구족九族 : 고조·증조·조부·부모·자기·아들·손자·증손·현손을 가리킨다. 일설에는 부족父族 넷, 곧 고모의 자녀, 자매의 자녀. 딸의 자녀 및 자기의 동족과 모족母族 셋, 곧 외할아버지·외할머니·이모의 자녀와 처족妻族 둘, 곧 장인·장모를 이른다.

- 적성赤城 : 단양丹陽의 옛 이름. 전설 중의 선경을 가리키기도 한다. 여기서는 중의법으로 이들을 모두 가리키는 것으로 보인다.

- 일관日觀 : 일관봉日觀峰을 가리킨다. 중국에 있는 태산泰山의 봉우리 이름이다.

- 동로東魯 : 원래는 춘추春秋의 노국魯國을 가리키는데, 후에 노나라 땅을 가리키는 뜻으로 쓰였다.

- 남월南越 : 여기서는 춘추전국시대 월나라 강역으로 지금의 소흥을 중심으로 한 지역을 가리킨다. 중원을 기준으로 남쪽에 있기 때문에 남월이라 하였다.

- 구주九州 : 중국 고대에 전국을 나눈 9개의 주.

- 감호鑑湖 : 중국의 호수 이름. 절강성 소흥에 소재.

[평설]

이 시는 호남을 기행한 일을 다루고 있다. 이본에 따라 호남과 영남으로 다르게 기록되어 있지만, 내용을 참고해보면 호남이 맞다. 1~8구는 자신의 이력을 정리하였다. 양근楊根에서 출생하여 누대에 오르면 좁다란 조선 팔도에 태어난 것을 곡하였다. 15살에 고점리高漸離라 자칭한 것도 인상적이다. 고점리는 그 유명한 형가荊軻의 진시황을 위해 축을 연주하다 축 속에 넣어둔 쇠망치로 진시황을 죽이려 했지만 실패하고 피살당했던 인물이다. 고점리라 자칭한 것은 그의 정신적 지향을 잘 보여준다. 서른에 일이 안 풀려서 집에 돌아와 농사를 지었지만 마흔에도 마누라의 배를 곯게 할 만큼 상황은 좋아지지 않았다.

9~20구는 길을 나설 때의 감상을 담았다. 50살의 나이에 답답한 현실을 외면하고 싶어 훌쩍 집을 떠난다. 수로든 육로든 발길 닿는 대로 두루두루 다녔다. 밤이 되면 부엉이와 여우는 울어대고, 다른 집에서는 가족들의 웃음소리가 들려온다. 생각해보니 근심의 원천이었던 가족들이 살아갈 힘도 되어주었다는 사실을 깨닫게 된다. 끼니를 잊지 못하게 가난하더라도 가족이 함께 할 수 있다는 것은 축복이었다.

21~24구는 기호 지방에서 묵객과 점잖은 사람들과 교유한 사실을 적었다. 25~32구는 동남 지방에 친척집을 찾았던 감회를 말했다. 33~40구는 덕유산과 지리산에서 신선이 되어 상승하는 신유神遊를 적었다. 41~44구는 신유 속에서 중국의 일관봉, 회계산, 감호를 두루 둘러 보았다. 산운의 시에서는 상상 속의 여행이 환상적으로 그려진 경우가 많다. 45~48구는 남쪽의 여행과 신유를 마무리하는 감회를 썼다. 훌쩍 떠나온 여행을 통해 정신적인 해방감을 느끼기 보다 답답한 현실로 돌아오는 아쉬움이 더 커보인다.

05

기사년에 금강산에 들어갔으나 시를 짓지 못하였다가, 수십 년 후인 을미년 꿈에 "何以慰此生, 金剛海上晴"이라는 두 구를 얻었다. 꿈에서 깬 뒤에 꿈속에서의 뜻을 써서 완성하다

己巳入金剛, 不敢詩, 數十年後, 乙未, 夢得生晴二句, 覺用夢中意, 成之

新豊多名酒	신풍新豊에는 이름난 술들이 많고
燕趙多好士	연燕·조趙나라엔 잘난 선비가 많지.
蒼蒼大山河	아스라이 드넓은 산하인지라
可我八尺騏	내 8척 녹이騄騏말을 탈만 하였네.
鴨水界西北	압록강 서북으로 경계 그으니
榮辱東國史	동국의 이 역사가 욕스럽도다.
胡漢愧陪臣	호한胡漢의 배신陪臣되기 부끄러워하고
力田輸柒齒	농사 힘써 왜놈에게 실어 나르네.
四隣各藩籬	사방 이웃 제가끔 울타리 치니
斷斷牛李氏	우 씨牛氏 이 씨李氏 말다툼만 시끄럽구나.
何以慰此生	무엇으로 이 인생 위로해볼까?
金剛海上晴	금강산만 바다 위로 맑게 솟았네.

- 배신陪臣 : 제후의 신하가 천자를 상대하여 자기를 낮추어 이르던 일 인칭 대명사였다.
- 우이牛李 : 당唐나라 우승유牛僧孺와 이종민李宗閔을 이른다. 이들은 두 당파로 나뉘어져 서로 배척하기를 40년 동안 지속해 왔다. 이때 를 우이당쟁牛李黨爭이라 일컫는데, 보통 당쟁을 가리키는 말로도 쓰인다.

평설

이 시는 1809년당시 나이 39세에 금강산을 유람 갔지만 시를 짓지 못했다. 그러다가 무려 26년 뒤인 1835년당시 나이 65세에 꿈에서 두 구를 얻어 완성한 것이다. 무려 26년 뒤의 일이었다.

신풍新豊은 한漢 고조高祖가 장안長安에 도읍한 뒤 자기 고향 풍豐을 생각하며 본떠서 만든 도시로 섬서성陝西省 임동현臨潼縣 동북쪽에 있었다. 특히 신풍주新豊酒라는 명주名酒로 유명하다. 연조燕趙는 오늘날 하북성 북부와 산서성 서부의 땅으로 전국시대 때 연나라와 조나라의 땅을 이른다. 옛날부터 비분강개한 선비들이 이곳에서 많이 배출됐다. 1, 2구에서 신풍과 연조를 등장시켜 호탕하게 시작하더니 3, 4구에서도 역시 너른 땅에서 준마를 타고 싶다는 포부를 보이고 있다.

5~10구에서는 산운의 답답함을 엿볼 수 있다. 좁은 국토로 획정된 사실과, 청나라와 일본에게 굴욕을 당하는 현실에 대한 울분을 토로하였다. 그럼에도 현실을 타개할 의지 없이 당파 싸움에 골몰하는 조정 관

료들에 대한 분노도 깔려 있는 동시에 유람밖에는 아무것도 할 수 없는 자신의 무기력함도 엿보인다.

06
송강의 밤 松江夜

黃驪豈不長	황려가 어이해서 길지 않으랴
楊子亦千里	양자 또한 천 리에 이어진 것을
千里相邂逅	천 리길에 서로가 우연히 만나
二水爲一水	두 물이 합쳐져서 하나 되었네.
上流殊旱潦	상류엔 가뭄·홍수 같지 않아도
下流共濁淸	하류에선 맑고 흐림 함께 하누나.
幷力鑽斗湄	힘 합쳐 두미협을 뚫고 나오니
怒濤鬪風霆	성난 파도 바람 번개 서로 다투듯.
出野曠徘徊	들을 나서 드넓게 배회를 하니
丘陵日以平	언덕들은 나날이 평평해지네.
石灘疏不盡	돌 여울 들쭉날쭉 다함이 없어
往往鳴嗚咽	이따금 목이 메어 울어예누나.
嗚咽復誰爲	누굴 위해 다시금 울어예일까?
明月復圓缺	밝은 달은 다시금 둥글다 이지러지나?

방편方便이 말하기를, "결구는 기이함을 얻었다結得奇"라고 했다.

어석

- 황려黃驪 : 황려는 누른 말과 검은 말 한 쌍을 말하는데 강에서 바위 위로 나왔다 하여 그대로 고을 이름이 되었고 후대에는 영의永義·여강驪江·여흥驪興·여주驪州 등으로 고을 이름이 바뀌면서 점차 큰 고을 이 되었다.
- 양자楊子 : 양주강을 이른다.
- 두미斗湄 : 두미斗尾라고도 한다. 현재의 두물머리로 팔당호 근처로 보 인다.

평설

이 시는 송강松江의 밤 풍경을 읊은 것이다. 송강이 어디인지 확실치 않 다. 황려는 여기서 여강을 이르는 것으로 보이고, 양자楊子는 양자강楊子 江을 이른다. 두 물은 어느 지점에서 합류하게 된다. 제5, 6구는 두 강 이 각각 홍수가 들거나 가뭄이 들어 하나는 맑고 하나는 탁해도, 이제 하나로 합쳐졌으니 그 처지를 같이하게 된다는 뜻으로 다른 내력을 가 진 것이 같은 운명이 되었음을 의미한다. 제7, 8구에서는 물줄기가 두 미협을 힘차게 뚫고 나오는 모습을 그렸다. 9, 10구는 여주에서 한양 방 면으로 가다보면 산세가 날이 갈수록 낮아진다는 뜻으로 보인다. 11, 12 구는 험한 돌이 도처에 깔려 있는 여울에 물이 부딪쳐 시끄러운 소리를 넘을 말한다. 13, 14구에서는 영원한 자연인 물소리와 달빛의 맑고 청아함에, 근원적인 물음을 던져 자신을 되돌아본 것이다. 이러한 경탄과 사색은 장약허張若虛의 「춘강화월야春江花月夜」, 소동파蘇東坡의 「수조가두水調歌頭」 등에서 유사하게 보인다. 제목이 송강의 밤인데 13, 14구에서 밤이란 사실이 그제서야 드러난다.

07
달의 행로周遊

東溟枕畔月	동해에선 물가 베고 있는 달이
隨我西溟白	날 따라 서해 와서 환히 빛나네.
大地中逶迤	대지 위 여기저기 구불구불 다니고
世界行處闢	세상 곳곳 후미진 곳까지 밝히네.
腥臊以爲味	비린내를 가지고 맛으로 알고
夢幻以爲眞	꿈속 일을 생시로 착각을 했지.
歌聲哭聲中	노랫 소리 곡소리 들리는 중에
千年去去陳	천 년 세월 갈수록 묵은 자취 되었네.
我馬乍捷捷	내 말도 갑작스레 허둥대다가
晩賞延風土	저물녘에 연풍延風 땅을 감상하누나.
臨淄聊紫衣	임치에선 자주빛 옷을 입었고
在宋爲章甫	송나라선 장보관을 높이 썼었지.
時時倚長天	때때로 긴 하늘에 의지하여서
高謠以夷猶	드높이 노래하며 머뭇거렸지.
樂者以爲樂	달의 운행 보고 즐거운 사람은 즐거워하고
憂者以爲憂	근심스런 사람은 이를 보고 근심하네.

방편方便이 말하기를 "웅건雄健함을 볼 수 있다適壯可觀"라고 하였다.

어석

- 임치臨淄 : 산동성山東省에 있는 현縣 이름이다. 제齊나라의 도읍지로 이 곳에 북쪽에 있는 직하稷下에서 많은 학자들이 활동하였다. 제나라의 맹사군은 이곳에서 식객 삼천 명을 거느렸다고 하였다.
- 자의紫衣 : 자주빛의 가사袈裟.
- 장보章甫 : 벼슬아치가 쓰는 관의 일종 또는 벼슬하는 것을 말한다.

평설

이 시는 내가 주체가 되느냐 달이 주체가 되느냐에 따라 완전히 다르게 해석된다. 여기서는 사람이 여러 곳을 다니는 것으로 해석하지 않고 달이 동쪽 바다에서 서쪽 바다까지의 운행을 그린 것으로 해석한다. 3～8구는 달을 주체로 볼 수 있다. 아마我馬는 달의 신이 타고 가는 말로 그 수레에 달이 실려 있는 것을 말한다. 새벽이 되어가 여정이 끝나가니까 허둥대는 것이다. 10구의 만晩은 저녁으로 볼 수도 있지만 여기서는 달의 운행이 끝나는 새벽으로 볼 수도 있다. 그래서 나달의신는 천상을 운행하는 곳에서 연풍 땅까지 감상한다. 임치와 송宋은 그러한 감상을 예시한 것이다. 달을 두고 펼친 아름다운 하상遐想이라 할 수 있다. 전체적으로 달의 신이 시적 화자가 되어 달의 운행을 지상과 연관시켜 묘사하였다.

08
뜨락 꽃庭花

庭花明日好	뜨락 꽃은 내일도 예쁘겠지만
不如今日色	오늘의 빛깔만큼 곱진 못하리.
驛路斷山半	역로驛路는 산 자르며 평평히 이어지는데
浮世久役役	뜬 인생에 오래도록 애만 썼다오.
東家子賣屋	동쪽 집에선 아들이 제 집을 팔고
西家父起宅	서쪽 집에선 아비가 집을 지었네.
今日柱下礎	오늘날 기둥 아래 주춧돌들은
古人勒功石	옛 사람 공을 새긴 비석돌이네.
此生何用多	이 삶이 어찌 그리 오래 가리오.
一壺隨靑驪	술 한 병에 푸른 나귀 따르면 되지.
蓬萊夕偃蹇	봉래산은 저물녘에 높이 솟았고
妙香朝婆娑	묘향산은 아침에 너울거리네.

임연당별집

파와葩窩가 말하였다. 내가 일찍이 「배로 사군을 오르다舟上四郡」에서 이르기를 "소낙비가 숲 지나자 물은 더욱 맑은데, 닭들이 세 홰를 우니 새벽 노을 환하였네. 가슴 속의 아름다운 산을 구경하는 마음은, 도리어 높은 이들이 적막하게 영위하지 않음을 괴이하게 여기노라"[1]라고 하였다.

[평설]

우리 인생은 뜰에 핀 꽃과 닮았다. 지금은 화려한 전성기를 누려도 금세 뒷방 늙은이로 전락한다. 우리 인생을 한마디로 표현하자면 꽃과 꿈 같은 단어만큼 적절한 말도 없다. 그러니 아등바등 살 필요가 없는 셈이다. 어느 집에는 불행한 일이 닥치고 어느 집에는 행복한 일이 몰아친다. 누군가의 일평생 공적을 새겨 놓은 빗돌도 남의 집 주춧돌이 되어 소리 없이 사라진다. 그럼 이 짧은 인생을 무엇을 하며 지내야 할까. 나귀에 술병 싣고 어느 날에는 금강산, 어느 날에는 묘향산을 찾으면 그뿐이다.

---

1 葩曰, 余嘗舟上四郡詩云, "鳴雨經林水更淸, 子鷄三鳴曙霞明. 胸中一段佳山賞, 還怪高人寂不營

09

만월대滿月臺

燕麥誰家田	귀리심은 저 밭은 뉘 집 것인가
田中堵礎石	밭 가운데 주춧돌 남아 있구나.
麗王歌舞時	고려왕이 춤추고 노래할 때도
明月如今夕	밝은 달 이 저녁과 같았으리라.

평설

이 시는 고려의 옛 왕궁터였던 만월대를 소재로 쓴 것이다. 고도古都는
그 이름만으로 비감에 젖게 하기에 충분하다. 사람들은 고도에서 영
화榮華와 영락零落의 커다란 낙폭을 확인하기 때문이다. 경복궁은 임진
왜란 때 소실되어 무려 300년 가까이 방치되어 있었다. 홍세태洪世泰,
1653~1725는 「경복궁을 지나며 감회가 있어過景福宮有感」에서 "누대 터는
오래되어 주춧돌에 이끼 끼고, 기러기 울음 잦아드는데 잡초 풀만 가득
해라樓臺地古苔生礎, 鳧雁聲殘草滿池"라고 했다.

만월대滿月臺는 개성시開城市 송악산松嶽山 기슭에 있는 고려의 궁궐터다.
고려 성종 때에 이르러서 풍수지리사상에 입각해서 개성의 지기地氣
를 보강하여야 한다는 주장에 따라 개성 송악산 기슭에 위치하게 하였

만월대

다.[1] 기록에 의하면 당시 만월대는 궁성宮城을 중심으로 부部, 방坊, 리里로 구분된 시가市街로 허다한 궁부宮府와 사원寺院 및 민가로 메워져 있어서 그 호화로운 자태를 자랑하고 있었으며, 그리고 그 둘레를 30여만의 장정을 동원하여 현종 20년1029에 완성한 나성羅城이 에워싸고 있었다.[2]

....

1 국사편찬위원회, 1994, 243면 참조.
2 이기백, 『한국사신론』, 1967, 136면 참조.

그 화려한 위용도 1362년 홍건적의 침입에 의해 폐허로 변하게 된다. 조선시대 수많은 시인들이 이곳을 노래했다. 한 개인의 무너진 옛 집터도 서글프기 마련이니, 망국의 궁궐터야 말한 것도 없다. 휘영청 달이 뜬 밤에 궁궐 터는 귀리 밭으로 바뀌었고 주춧돌만이 옛 궁궐이 있었음을 말해준다. 생각해보면 그 옛날 이렇게 좋은 달밤에 고려왕이 흥에 겨워 춤을 추고 있었을지도 모를 일이다. 개인의 삶이든 왕조의 역사이든 모든 것이 흔적도 없이 사라진다. 이 땅에 영원한 것은 아무것도 없다.

10
고려 태조릉麗太祖陵

故國滄桑盡	옛 나라의 자취도 찾을 길 없고
空山歲月多	빈산에는 세월만 저리 흘렀네.
蕭蕭黃葉裡	우수수 누르시든 잎이 지는데
守墓兩三家	묘지기 사는 집만 두어 채 있네.

평설

고도古都가 한 왕조의 쇠락을 보여준다면, 무덤은 한 개인의 소멸을 보여준다. 옛 시인들이 무덤을 지나며 갖는 감회를 적은 시는 많이 남아 있다. 이름 모를 무덤조차도 허투루 지날 수 없는 것은 그 풍경 속에서 자신의 죽음을 떠올리기 때문이다. 남의 무덤이야말로 자신이 끝내 처해질 운명을 가장 정직하게 보여준다 할 수 있다. 남의 무덤을 보면서 느끼는 감회는 생전에 화려한 이력의 소유자일수록 비감의 정도도 깊을 수밖에 없다.

태조릉太祖陵은 현릉顯陵이라고도 하는데 도선道詵이 정한 터다. 송악산 서쪽에 있는 파지동巴只洞 남쪽에 있다. 뒤에는 산을 등지고 앞에는 냇물이 감싸 안고 흘러간다. 용반호거형龍蟠虎踞形의 명당明堂으로 일컬어진다. 김육金堉은 「고려 태조의 현릉에서麗祖顯陵」에서 "삼한 지역 통합한

왕건 왕릉

만세 전할 그 공훈, 지금에도 남긴 은택 동방 땅에 있는데. 빈산은 적막하고 능침은 허물어져, 잎진 나무 쓸쓸하게 찬 비 속에 서 있구나統合三韓萬世功, 至今遺澤在吾東. 空山寂寞墳塋毀, 落木蕭蕭寒雨中"라 하였다.

왕건은 고려를 세우고 후삼국을 통일한 임금이다. 그러나 고려는 진작 망했고 고려를 세운 개국조開國祖인 왕건은 저리 무덤 속에 있다. 게다가 낙엽들은 땅에 떨어진다. 쇠락하는 시기에 만난 소멸의 흔적은 더욱 인상적으로 다가온다. 오직 있는 것이라곤 묘지기의 집만이 그 옛날 왕건의 무덤이라는 것을 알려준다. 수많은 대신들, 호위 무사들, 아리따운 미녀들은 흔적도 없이 사라지고 묘지기가 호종扈從을 대신한다.

11

박연폭포 朴淵

開城山下路	개성의 산 아래에 있는 길에서
瀑布問來僧	마주 오는 중에게 폭포를 묻네.
雨氣連松嶽	"빗기운은 송악산까지 이어지고
雷聲動大興	천둥소리는 대흥동까지 뒤흔든 다오."

평설

박연폭포는 폭포의 높이 37m, 너비 1.5m로, 금강산의 구룡폭포九龍瀑布, 설악산의 대승폭포大勝瀑布와 함께 3대 폭포의 하나이며, 천연기념물 제388호로 지정되어 있다. 일찍이 서경덕과 황진이와 함께 이른바 송도 삼절松都三絶로 알려져 왔다.

이 폭포는 다른 폭포보다 물이 떨어지는 속도가 빠르고 물소리 또한 요란하다. 송악산은 해발 489m 높이인데 그 산 아래 박연폭포가 위치해 있고, 대흥동大興洞은 천마산과 성거산 사이에 있다. 특히 대흥동은 유현종의 『임꺽정전』에 "대흥동은 오관산과 성거산 사이에 낀 깊은 계곡이다. 마치 여인의 음부와 같아 들어갈수록 험악한 바위산이 사방을 막고 들어갈수록 넓어지니 천연으로 이뤄진 동천洞天이다"라 나온다.

산 아랫길에서 마주 오는 중에게 박연폭포의 위치를 묻자 다짜고짜 하

박연폭포

는 말이 "빗기운은 송악산까지 이어지고 천둥소리는 대흥동까지 뒤흔든다"라고 한다. 폭포의 위력은 물보라의 촉촉한 빗기운이 송악산까지 이어질 정도이고, 엄청난 물이 쏟아져 내리는 소리는 대흥동을 흔들 지경이라는 설명이다. 범인凡人의 물음에 선승禪僧같은 대답으로 위치를 넌지시 알려주었다.

12
행현杏峴

陌頭舊大路	길 머리는 옛적의 큰 길일러니
典型入禾黍	벼와 기장 들어오던 길목이었네.
王氏松都日	왕씨가 송도에서 임금일 적엔
三南從此去	삼남 땅 예로조차 출발했었네.

평설

행현은 어디인지 분명치 않은데 한글 이름으로 하면 살구재이다. 벼와 기장이 들어오던 곳에다가 삼남 땅으로 가려면 이곳에서 시작했어야 했다. 행현은 각종 집산물이 모이고 사람들이 통행을 할 때 거쳐야 하는 매우 중요한 길목이었다. 고려 때 교통 요지였지만 지금은 이름마저 생소한 땅이 되고 말았다. 사람이 떠난 곳에 그 옛날의 지명만 남았다.

13
보개산 가는 도중에 寶盖山中

微風入松林   미풍이 솔 숲으로 가만 들어와

吹葉不成響   솔잎을 불어대도 소리 나잖네.

松間雲暗移   솔 숲 새로 구름이 가만 옮겨가

轉向東峯上   동편 뫼 위를 향해 돌아가누나.

보개산

보개산寶盖山은 경기도 연천군과 포천시에 걸쳐 있는 산으로 높이 877m 이다. 최고봉인 지장봉地藏峰의 모양이 큰 암봉으로 이루어져 있는데 마치 보개를 쓰고 있는 모습을 닮았다고 해서 보개산으로 부르게 되었다. 이 시는 왕유의 『망천집』 연작 중의 하나인 「사슴 울타리鹿柴」의 운을 그대로 썼다. 고요한 산 속에 들어와 있다. 정말 바람이 부는지도 모를 정도의 미풍이 솔잎에 불어서 소리도 나지 않는다. 솔 숲 사이로는 구름이 조금씩 자리를 옮겨가서 동쪽 봉우리 위까지 움직인다. 고요한 정적과 평정한 마음이 있어야 볼 수 있는 풍경을 포착해냈다.

14
적상산에서 산 아래 내리는 비를 보다 赤裳山見山下雨

山下雲雷深	산 아래 구름 우레 잠겨 있으니
人間今日雨	세상에선 오늘은 비내리겠네.
誰家喜田事	밭일 하는 집에선 기뻐할게고
誰家憂遠路	먼 길 가는 길손은 근심하겠네.

임연당별집

방편이 말하기를 "절품絶品이다"라고 하였다.

평설

적상산赤裳山은 전북 무주군 적상면에 소재한 산으로 높이 1,038m이다. "이 산은 암벽이 붉고 가을에 단풍이 들면 온 산이 마치 여자가 붉은 치마를 입은 것 같다고 하여 적상산이라 하였다"고 한다. 산 위에서 저 산아래의 풍경을 바라본다. 산 아래가 잔뜩 구름과 우레에 잠겨 있으니오늘 빗줄기가 시원스레 쏟아질 것 같다. 다같은 비겠지만 농군에게는반가운 손님일 것이고, 나그네에게는 귀찮은 불청객일 것이다. 산 위에서 보니 세상사에 일희일비하는 것이 속절없고 부질없다. 비가 오거나눈이 내리거나 천둥 벼락이 치거나 간에 저 산 위에는 아무런 일도 일

어나지 않는다. 아! 그동안 너무나 자질구레한 일들에 얽매여 살아갔
구나.

전라도 무주부 지도

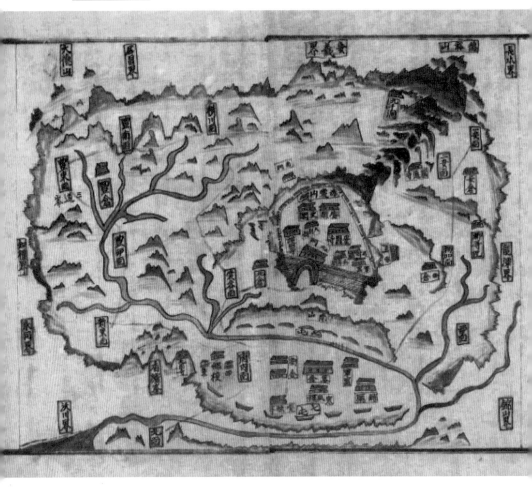

15
일월대에서 日月臺

遠立重霄上	아득히 하늘 위에 솟아 있어서
冷風飄我衣	찬바람이 내 옷을 나부끼누나.
今朝天下霽	오늘 아침 세상이 활짝 개어도
往往白雲飛	이따금 흰 구름이 날리어가네.

평설

일월대日月臺는 지리산 천왕봉 제일 높은 바위 밑에 있는 대 이름이다. 해가 뜨고 지는 것과 달이 뜨고 지는 것을 한 자리에서 볼 수 있는 곳이라고 해서 그런 이름이 붙었다고 한다. 그의 시에는 산 정상에서의 감회를 적은 것이 많이 있다. 인생의 정점에서 삶을 새로이 읽어낸다. 그는 변변찮은 관직에 한번 오른 적도 없었다. 항상 명예나 지위는 그의 편이 아니었다.

그러나 삶을 바라보는 시선은 보통 사람 보다 훨씬 높은 데 위치해 있다. 의식이 높은 경지에 오르게 되면 평소에 굳게 믿어 왔던 시비是非, 호오好惡, 장단長短, 미추美醜, 선악善惡, 우열優劣의 가치는 의미가 줄거나 의미를 잃는다. 산운의 시에는 그러한 삶을 초월한 시선이 엿보인다. 아침에 지리산 정상 일월대에 오르니 찬바람에 옷자락이 마구 나부낀다. 흰 구름은 간혹 가다가 떠다녀 간다. 산 아래 있었다면 볼 수 없었던 이 풍경을 오래도록 간직하리라.

16

옛 사람들은 황양동에 있는 파환석^{波幻石}의 기이함을 일컫곤 했다. 그런데 지금 화양동의 파곶^{巴串}이 바로 이곳이다. 길이로는 백여 보쯤 되고 너비로는 그 3분의 2쯤 된다. 대개 물결이 오랫동안 바위를 갈아대서, 수면에 은은히 물결무늬 같은 것이 있어 파환석이라는 이름을 얻었다.

古人盛稱黃楊洞波幻石之奇, 則今之華陽洞巴串也. 袤可百餘步, 廣居三之二. 盖水波積磨,

石面斷斷若波浪, 然故得波幻石

黃楊洞中水	황양동 가운데 흐르는 물은
驚波蹴天簸	놀란 파도 하늘 찰 듯 일렁이누나.
不知波是石	물결이 돌인 줄을 알지 못하고
鳧鷗時飛下	물새들 이따금씩 내려앉누나.

어석

• 화양동^{華陽洞} : 땅 이름. 지금의 충청북도 괴산군 청천면 화양리 지역. 조선 효종 때 송시열^{宋時烈}이 한거하던 곳이다.

괴산 화양구곡傀山 華陽九曲은 약 3km에 걸쳐 있는 아홉 계곡을 말하는데, 아름다운 풍경으로 유명하다. 속리산 국립공원 내에 있는 계곡으로 화양천을 따라 제1곡 경천벽擎天壁부터 제9곡 파곶巴串까지 있다. 우암尤庵 송시열宋時烈, 1607~1689과 연관 있는 유적들이 계곡을 따라 남아 있다.

파천巴串은 '파곶'이라고도 부르며, 흰색 바위로 이루어져 있다. 파환석이라는 이름은 다른 문헌에는 전혀 등장하지 않는다. 이 돌에는 오랜 세월 물의 힘으로만 온전히 만들어 낸 파도의 흔적이 있다. 물결이 어찌나 정교한지 새들은 물결이라 착각하고 종종 내려와 앉는다. 자연이 만들어낸 황홀한 풍경을 재치있게 묘사했다.

17

단구에서 돌아오는 길에^{丹丘歸路}

罷某玉虛洞	옥허동서 바둑 한판 다 두고 나니
明月下靑山	밝은 달이 청산에 내려왔구나.
簫聲帶餘戀	퉁소 소리 아련히 그리움 띠고
嫋嫋白雲間	흰 구름 사이에서 간드러지네.

평설

단구丹丘는 단구역丹丘驛은 원주原州에서 동쪽 7리에 있다. 단구라는 말 자체가 전설 속에 신선이 살던 곳을 의미한다. 단구의 경치가 신선이 살 만큼 아름다웠던 모양이다. 옥허玉虛도 선경仙境을 의미하는데, 여기 서는 단구를 가리키는 말로 보인다. 옥허에서 바둑을 한 판 다 두었다 는 말은 실제로 바둑을 두었다는 것이라기 보다, 자신의 일을 다 마쳤 다는 말이다. 단구에서 돌아올 때에 어느덧 밝은 달이 청산을 내리 비 추고 있는데 어디선가 퉁소소리가 흰 구름 사이에서 울려 퍼진다. 선취 仙趣가 문면에 가득하다.

18

회인을 지나며 過懷仁

[이경리가 이때 고을 원님이 되었는데, 들어가 만나보지 않고

이 시를 돌 벽에다 써 놓고 지나갔다李友景理時爲倅, 不入見, 書此石壁而過]

白雲向楚山	흰 구름은 초산을 향해 떠가니
遙曳無定跡	길게 끌며 정해진 자취 없도다.
流入松桂間	소나무 계수나무 사이 들어도
棲鶴眠不識	깃든 학은 잠들어 알지 못했네.

[교감]

『임연백시』에는 제목이 「客遊」로 되어 있다.

[임연당별집]

이경리李景理가 이 때에 수령이 되어 있었다. 들어가서 만나지 않고 이 시를 돌벽에다 써 놓고는 지나갔다. 뒤에 들으니 이경리가 그 시를 보고 말하기를 "방편이 말하기를 '맑도다'라고 했으니 이것은 반드시 산운이 지나간 것일 것이다"라 하고 돌아가서 매우 기뻐하였다.[1]

· · · · · · · · ·

1 李友景理, 時爲倅, 不入見, 書此石壁而過. 後聞李見其詩曰, "方便曰'淸' 此必山雲過去也." 廻可喜.

- 회인懷仁 : 충청남도 보은군 회북면 일대에 있었다.
- 초산楚山 : 전라북도 정읍井邑의 옛 이름을 가리킨다.

평설

한시에는 뜬금없이 찾아갔다訪~不遇가 만나지 못하고 돌아오는 일이나, 찾아 갔다가 흥이 다해 만나지 않고 돌아오는 일을 다룬 것을 쉽게 찾아 볼 수 있다. 만남이 상호 간의 허락을 전제로 하는 지금과는 사뭇 사르다. 통신 수단은 예전보다 훨씬 발전했지만 사람의 정은 예전만 못하다. 우리는 계속 이어져 있지만 늘 끊어져 있다. 그런데 우리는 서로가 계속 만나고 있다는 착시 속에 살고 있다. 약속의 무게는 현저히 가벼워졌고 그리움은 허락되지 않는 세상에 살고 있다.

이경리는 이시좌李時佐, 1776~1842로 보인다. 이시좌는 1823~1827년까지 회인 현감을 지냈다. 그의 불망비不忘碑가 1854년에 세워졌는데 회인초등학교 경내에 남아 있다. 산운은 회인을 지나다가 현감인 이시좌를 만나지 않고 시 한 편을 돌벽에다 써 놓고 그냥 돌아왔다. 원님인 친구에게 신세를 지고 싶지 않아서인지 일정이 촉박해서인지 알 수는 없지만, 그는 그냥 시만을 남겨 놓고 훠이훠이 발걸음을 옮겼다. 흰구름은 산운 자신을 가리키는 것으로 보인다. 초산楚山은 전라북도 정읍井邑의 옛 이름을 가리키는데, 여기를 말하는지는 분명치 않다. 흰 구름처럼 자취를 남기지 않고 훌쩍 떠났다. 깃든 학은 친구인 이시좌를 말하는 것으로 보인다. 흔적을 남기지 않는 흰구름처럼 슬쩍 왔으나 잠든 학처럼 친구

가 모르고 있어 그대로 떠났다. 만남보다 더 많은 추억을 남기고 그는
떠났다.

19
오주의 옛 집터 梧州舊居

古墟禾黍中	기장 밭에 묻혀버린 옛날의 집터
堆石煤猶黑	쌓인 돌엔 그을음이 여태도 검다.
昔日日斜時	그 옛날 하루 해가 저물 적에는
阿孃窓下織	어머님은 창 밑에서 길쌈을 했네.

[교감]

『임연백시』에는 제목이 「楊根舊居」라 되어 있다.

[평설]

여기서 오주梧州는 양근楊根의 다른 이름으로 보인다. 어릴 때 살던 옛 집
터는 기장으로 덮혀 있었는데 아직도 그 옛날 부뚜막을 만들었던 돌에
는 그을음이 남아 있다. 그렇게 살았던 흔적은 남아 있지만 그때 그 사
람들은 내 곁에 없다. 어머니는 그 옛 집에서 해질녘에도 쉬지 못하고
길쌈을 하셨다. 추억만 남고 그 모든 것은 흔적도 없이 사라지고 잊혀
진다. 옛 집은 언제나 슬프다. 남아 있지만 남아 있지 않아 슬픈 곳, 바
로 옛 집이다.

20
두미斗湄

朝鮮千派水	조선에 흘러가는 많은 물줄기에서
先數斗湄奇	가장 먼저 두미의 기이함 꼽지.
宇宙東西闢	우주가 동과 서로 환히 열릴 때
風雲出入吹	바람 구름 들고 나며 불어댔었지.
龍深江不動	용은 깊이 있어 강 속에서 잠자코 있고
虎遠谷猶疑	범은 멀리 갔어도 골짝에서 어른대는 듯.
巫峽何彷佛	무협巫峽이 어찌 이와 비슷할건가.
玄猿起士思	잔나비가 고향 생각만 일으킬 것을.

임연당별집

다른 책에서는 '우주는 동과 서가 환히 열리고宇宙東西闢'가 '산악은 중간에서 갈라져 있고山岳中間坼'라고 되어 있다.

어석

- 무협巫峽 : 중국 양자강揚子江의 상류에 있는 협곡 이름. 이곳의 물은 배가 뒤집힐 정도로 거세다고 알려져 있다.

평설

두미斗湄는 남한강과 북한강이 합류되는 곳이다. 이곳은 풍경이 아름다워서 많은 시인들이 시를 남긴 바 있다. 제3구와 4구는 두미가 처음 생성될 때의 모습을 그린 것이다. 제5구와 6구는 두미의 미스터리한 느낌을 말한다. 두미는 네스 호의 전설처럼 용이 출몰한다는 소문이 있을 정도였다. 용과 범은 지금 사라지고 없지만 왠지 용도 범도 있을 것만 같은 그런 곳이었다. 게다가 두미는 잔나비가 우는 것 같은 애절함이 없지만 그 유명한 무협보다도 더 낫다. 실제로 두미에는 없는 용과 범, 원숭이를 제시해서 두미의 기세와 위용을 돋보이게 했다.

21
공북루拱北樓

錦水環蒼壁	금강이 푸른 절벽 돌아가는 곳
丹樓出遠烟	붉은 누각 멀리 안개 위에 솟았네.
城晴湖右帆	맑은 날 성 밖으로 충청도 배 떠 있고,
門碧漢陽天	문 위 벽옥색 하늘은 한양漢陽과 같네.
風露征衣變	바람·이슬에 나그네 옷 닳아졌고
鶯花客日遷	꾀꼬리와 꽃에 객지 시간 흘러갔네.
遠途幾時已	머나먼 길 그 언제나 끝마치려뇨
看看釣歸船	돌아가는 낚싯배만 바라보노라.

어석

• 공북루拱北樓 : 충청남도 공주公州의 동북단에 위치한 이 건물은 원래
이 자리에 있던 망북루望北樓를 1603년에 중수하여 공북루라 이름한
것으로, 금강錦江을 향하여 서 있다.

평설

이 시는 공주에 있는 공북루를 유람하고 읊은 것이다. 1, 2구는 공북루
의 원경을 묘사하였다. 붉은 누대는 공북루의 기둥이 붉기 때문에 이르

公洲双樹山城ヨリ錦江ヲ望ム
River Kin as Seen from Mount Shiju, Koshu.

公州山城拱北樓より錦江を望む

는 말이다. 3, 4구는 공북루에 올라 바라본 주위의 풍광이다. 강에는 배
들이 떠 있고 하늘은 벽옥색으로 푸르기만 하다. 5, 6구는 유람하고 있
는 자신의 처지다. 바람과 이슬을 맞아서 옷은 닳고 바랬지만 새소리
듣고 꽃 구경 하느라 봄날의 시간이 가는 줄도 모르고 지냈다. 7, 8구는
집으로 돌아가고픈 마음을 담았다. 원도遠逵는 집에서 멀리 떨어진 곳
에서 지내는 일을 말한다. 귀선歸船은 낚시를 마치고 돌아가는 배를 말
하니 아직 돌아갈 곳을 정하지 못한 자신의 처지와 대비했다. 산운은
이렇게 말하는 것 같다. "이제 그만하면 됐다 집으로 돌아가자"

공북루에서 공북은 북극성을 받든다拱北의 뜻인데, 『논어』에 나오는 "덕
정을 펴면, 제자리에 머물러 있는 북극성 쪽으로 뭇별들이 향하는 것처
럼 될 것이다爲政以德, 譬如北辰, 居其所, 而衆星拱之"에서 나온 것으로 결국 임금을
그리는 마음을 나타낸 것이다. 좀 더 적극적으로 해석하자면 산운은 공
북루를 통해 한양과 임금을 그리는 뜻까지 내포했다고 볼 수도 있다. 이
것은 4구에서 벽옥색 하늘이 한양과 닮았다는 것과 의미가 이어진다.

22

운장대雲丈臺

雄奠東南國	조선의 동남쪽에 자리잡고 있으니
三江臺上分	운장대에서 세 강이 나뉘어지네.
洗磨積風雨	비바람이 답쌓여 씻고 또 닳아갔지만
高冕盡乾坤	운장대 드높고 넓어 천지까지 갈 정도네.
眇眇疲雲寒	아득하여 구름 자리까지 오르기 힘들고
飄飄擬帝閽	표연하여 천상의 궁문과 같네.
此生能幾到	이 인생 몇 번이나 올 수 있으랴
世故苦頻煩	세상 일은 몹시도 번거로운데.

〔교감〕

『임연백시』에는「俗離山 雲丈臺」로 되어 있다.

〔임연당별집〕

"대臺 위에는 세 갈래의 물이 있다. 한 갈래는 한강漢江이고, 다른 갈래는 금강錦江이며, 한 갈래는 낙동강洛東江이다臺上有三派水, 一爲漢水, 一爲錦江, 一爲洛" 라고 했다.

- 삼강三江 : 여기서 삼강이란 세주細註에도 나와 있듯이, 한강·금강·낙
  동강을 이른다.

이 시는 속리산의 운장대를 읊은 것이다. 운장대에서 세 갈래로 흐르는
물이 한강·금강·낙동강으로 나뉘어진다. 3, 4구는 두보의 영향을 상
당히 받은 것으로 보인다. 두보의 「악양루에 오르다登岳陽樓」에서도 "오
초는 동남으로 갈라졌고 건곤은 밤낮으로 떠 있누나吳楚東南坼, 乾坤日夜浮"
라 하여 거대한 기세를 나타냈고 또, 두보의 「임읍에 사는 동생의 편지
가 오다臨邑舍弟書至」에서도 "천지에 바람과 비가 쌓였으니, 온 골짜기에
서 물결이 새어 나오네二儀積風雨, 百谷漏波濤"라 하여 천지가 장마에 잠기는
뜻을 나타내었다. 운장대는 영겁의 세월을 비와 바람에 씻기고 닳아져
갔지만 하늘과 땅을 모두 둘러쌀 만큼 거대하다. 5, 6구는 운장대의 드
높고 탈속적인 면모를 노래한 것이다. 5, 6구는 첩어眇眇, 飄飄로써 그 형
상을 먼저 묘사하고 나머지 3자로 그 형상을 보충했다. 운새雲塞, 구름이 있
는 변방, 곧 운장대가 있는 자리까지 가기가 피곤하고, 천궁의 궁문과 비
슷하다는 것이다. 결국 운장대가 마치 천궁의 궁문과 같으니 높은 신선
세계에 온 것 같다.

23
박연폭포 朴淵

久知朴淵好　　박연폭포 좋은 줄은 진작 알았지만

詭激未曾圖　　신기한 모습 구경할 엄두 못 냈네.

雷霆蟠地大　　천둥 우레 땅 위에 두루 서렸고

蟠蝀到天虛　　무지개 허공 위에 걸리어 있네.

綠波視俱下　　신록과 물줄기는 바라보면 다 쏟아지는데

出洞耳猶呼　　골짜기 나왔어도 귀에선 소리 나네.

詩句徐凝愧　　시구는 소동파가 비판한 서응의 시처럼 부끄러
　　　　　　　운데

丹靑惠釋愚　　폭포는 혜석惠釋의 그림 속에 들어온 듯하네.

어석

• 우愚 : 어리석다, 속이다, 자신에 대한 겸사 등의 뜻이 있는데, 여기서
는 '속이다'의 의미로 해석한다.

평설

이 시는 박연폭포를 구경하고 난 감회를 적은 것이다. 박연폭포의 명성
은 진작 들었지만 구경할 엄두를 못내고 있다가 이제야 찾아왔다. 3~6

구는 박연폭포의 압도적인 모습을 그렸다. 폭포가 쏟아지는 엄청난 소리며, 폭포 가에 가로 놓인 무지개는 상서로운 느낌을 한층 더해 주었다. 폭포수가 쏟아져 내려오는 소리가 어찌나 큰지 골짜기를 벗어나도 귓전에 웅웅 거린다. 7, 8구는 전고典故가 있는 말이다. 서응徐凝은 당나라 때 시인으로 일찍이 항주杭州의 개원사開元寺에서 지은 모란시牧丹詩가 백거이白居易에게 알려지면서 시명詩名을 떨치기 시작했다. 그러나 교유 관계가 원할치 못하여, 고향에 돌아와 시주詩酒를 벗 삼으며 일생을 마쳤다. 특히 그의 「여산폭포를 바라보며望廬山瀑布」라는 시가 유명한데, 이 시의 "한 가닥의 폭포수 줄기가 푸른 산 빛을 경계를 지어서 깨뜨렸다一條界破靑山色"라는 구절을 소동파가 혹평하면서 후대 시화에 오르내린 것으로 유명하다. 여기에서는 산운 자신이 박연폭포를 두고 지은 시가 소동파가 혹평한 서응의 시처럼 부끄럽다는 의미이다. 또, 소동파의 친구이자 그림을 잘 그렸던 혜숭惠崇은 석혜숭釋惠崇이라고도 부른다. 황정견의 「정방이 가지고 있는 화첩에 쓰다 5수題鄭防畫夾五首」중 한 수에 "혜숭이 그린 안개비 속에 돌아가는 기러기, 소상과 동정호에 내가 앉아 있는 듯하네. 돌아가는 조각배를 소리쳐 부르려고 하니 친구가 이것은 그림이라 말하네惠崇煙雨歸雁, 坐我瀟湘洞庭, 欲喚扁舟歸去, 故人言是丹靑"라 나온다. 황정견이 정방이란 사람이 가지고 있는 혜숭의 그림을 보고 그 그림 위에 이 시를 적은 것이다. 혜숭의 그림이 황정견을 속여 그림 속으로 들어가 버렸다는 말이다. 산운은 이 고사를 써서 실경을 보고서는 혜숭의 그림과 같다고 표현했으니 한마디로 박연폭포의 모습이 그림과 같다는 말이다.

24
바다에 배를 띄우다^{泛海}

出海東風正	바다로 나아가니 동풍이 순조로워
輕舟泛遠波	가벼운 배 먼 물결에 둥실 떠가네.
安危高枕晏	안전하여 높은 베개에 편안하였고
憂樂故鄕賒	근심은 고향과 함께 멀어졌구나.
逐日行相及	해 따라 가다보니 해에 이를 듯 하고
窮天去欲摩	하늘 끝까지 가다보니 하늘을 만질 듯하네.
倘然飄過楚	만일 초나라로 나부껴가면
一盞吊長沙	한 잔 술로 굴원에 조문하리라.

어석

- 굴원 : 원문은 장사長沙로 되어 있다. 장사에 있는 멱락수汨羅水에서 굴원
이 빠져 죽었다. 여기서는 굴원에게 조문하겠다는 말이다.

평설

이 시는 유람에 나서서 배에 몸을 실었을 때의 감회를 적은 것이다. 1~
4구까지는 실제의 여행을 5~8구까지는 상상의 여행을 말한다. 바람도
순조로워 배는 아무런 거리낌없이 잘도 간다. 3, 4구에서 안위安危와 우

락憂樂은 편의복사偏義複詞, 두 글자를 겹쳐 써서 한 가지 뜻을 채용하는 것으로 안위에서는 안安, 우락에서는 우憂의 뜻을 취한 것이다. 배는 안전하기에 베개를 높이 하고서 편안히 잠을 청하였고, 고향과 멀리 떨어지면서 생활과 관련된 자질구레한 근심으로부터 자유로워졌다. 배의 안전과 산운의 마음을 이렇게 표현했다. 시의 후반부에서는 완전히 다른 상상의 세계가 펼쳐진다. 이 배를 타고서 해와 하늘까지 가게 되어 해에 이르듯 하고 하늘을 만질 것도 같다. 포부가 이만저만 큰 것이 아니다. 이러한 여행은 단순히 공간만을 지향하지 않았다. 7, 8구는 시간을 훌쩍 뛰어넘는 여행으로 전이된다. 그 옛날 초나라로 가게 되면 굴원을 위해 한 잔 술로 조문하겠다고 했다. 이처럼 산운은 실제의 여행에서 시작하여, 시간과 공간을 뛰어넘는 여행을 꿈꾸었다.

25
참성단參星壇
[마니산은 단군 기우제를 지내던 곳] [摩尼山 檀君 祭天所]

逶迤攀老石	구불구불 가다 늙은 돌 잡고 올라
超忽坐淸飇	초연하게 바람 속에 앉아 있노라.
雲霞相紫翠	구름과 노을은 모두 자주빛이고
天海共沈浮	하늘과 바다 함께 뜨고 갈앉네.
搖搖疑厚地	흔들려서 땅 위인가 의심하였고,
杳杳悵神州	아득히 어두워지는 신주神州 한탄하누나.
檀君還一夢	단군도 한바탕의 꿈이었거니
吾亦夢中遊	나 또한 꿈속에서 노니는도다.

[교감]

① 『임연백시』에는 제목이 「摩尼山 參星壇」으로 되어 있다.

② 『임연당별집』에는 작품 하단에 '共은 다른 책에서는 兩이라 되어 있다共一作兩'라고 했다.

[어석]

• 참성단參星壇 : 마니산 꼭대기에는 단군이 단군기원 51년기원전 2282에

민족 만대의 영화와 번영을 위해 친히 단을 쌓고 10월 상달에 하늘에 제사를 올렸다는 참성단이 있다. 참성단은 고구려의 유리왕과 백제의 비류왕 10년에도 왕이 친히 나와 제사를 지냈으며, 신라와 고려를 이어 구한말까지 춘추로 제사를 지냈었는데, 일제의 민족정신 말살정책과 함께 중단되었다.

- 후지厚地 : 대지를 가리킨다. 『후한서』「중장통전仲長統傳」에 "當君子困賤之時, 跼高天, 蹐厚地, 猶恐有鎭厭之禍也"라 했다.
- 마니산摩尼山 : 인천광역시 강화군 화도면에 있는 산. 마리산摩利山·마루산·두악산頭嶽山이라고도 한다. 백두산과 한라산의 중간 지점에 위치한 해발고도 469.4m의 산으로, 강화도에서 가장 높다.

[평설]

이 시는 참성단에 올라 왔을 때의 감회를 쓴 것이다. 1, 2구는 산에 오르는 과정을 적었다. 한참을 오래된 돌을 더위잡고 올라와서 앉아서는 바람 속에 몸을 맡긴다. 3, 4구는 정상에서 바라본 원경을 적었다. 구름과 노을은 온통 자줏빛이고 하늘과 바다는 같은 색으로 뜨는 것이나 가라앉는 것을 함께 했다. 4구는 당나라 왕발王勃이 지은 「등왕각서滕王閣序」의 "저녁노을은 짝 잃은 따오기와 나란히 떠 있고, 가을 강물은 넓은 하늘과 하나의 색이로다落霞與孤鶩齊飛, 秋水共長天一色"라는 말에서 나온 것이다. '천수일색天水一色'이라고도 한다. 5, 6구는 참성단에 있는 느낌을 적었다. 너무 높이 올라와 여기가 땅인가도 싶었고, 신주가 아득히 보이기는 한데 단군은 찾을 수 없어 탄식이 나온다. 7, 8구는 자신의 감회를 적었다. 모두다 모를 리 없는 단군도 한바탕의 꿈 속 같은 삶을 살다 떠났으니 자신과 같은 범부도 꿈 속의 삶을 노닐다 떠나면 그뿐이다.

26

돌아온 뒤에 지난 일을 그리워하다歸後追懷

遍遊江國返	물가 마을 두루 놀다 돌아와 보니
紫葛上空臺	자주 넝쿨 빈 누대로 기어올랐네.
圖書眠寂寞	책들은 눕혀 있어 적막만 한데
雲水向徘徊	구름과 물 이리저리 배회하누나.
月今西海白	달빛은 지금 서해에서 새하얀데,
風是五湖來	바람은 호수에서 불어오도다.
分明經歷處	너무나도 또렷한 지나온 곳들
閑坐畫爐灰	한가히 앉아 재 위에 적어본다네.

교감

『임연백시』에는 제목이 「湖海歸後追懷」로 되어 있다.

어석

- 자갈紫葛 : 포도과의 식물명이다.
- 오호五湖 : 춘추시대 대부인 범려范蠡가 월나라 왕을 보좌하여 오나라를 멸망시킨 다음 벼슬을 버리고 떠나 오호五湖로 은거하였다. 그곳에서 성명을 바꾸고 살아 월나라 왕의 시기와 모해를 피하였다. 보

통 공적을 이루고 난 뒤 관직을 버리고 은거함을 비유한다.

평설
이 시는 호남을 유람하고 돌아온 뒤의 감회를 적은 것이다. 2∼4구는 집에 도착하여 주위의 모습을 그린 것이다. 얼마나 떠나 있었는지 모르지만 한참만에 집으로 돌아왔다. 넝쿨은 누대 위까지 자라 올라와 있었고, 책들은 주인의 손길을 잃고 방치되어 있었다. 주변을 보니 구름은 떠나가고 물은 흐르고 있었다. 특히 3, 4구는 운수雲水로 표상된 자신이 마음을 잡고 학문이나 수양에 전념하지 못하는 상태를 의미한다. 서해에 지는 달을 묘사한 것으로 보아, 그가 사는 곳은 서해 바닷가나 바다 가까운 곳으로 추정된다. 산운이 중앙에서 멀리 떨어져 있다는 느낌을 주기도 한다. 호수라고 번역한 오호五湖는 통상 은거함을 의미하니 이러한 느낌을 더욱 강화해 준다. 3, 4구와 5, 6구 사이에는 일정한 시간의 공백이 있고 시선과 정감도 달라져 있다. 3, 4구가 돌아온 직후의 모습이라면 5, 6구는 당일 밤이나 며칠 지난밤을 묘사한 것이다.

아직까지도 그동안 다녀왔던 그곳들이 마음에 또렷하게 새겨져 있다. 얼마의 시간이 흘러야 일상에 적응이 되는지는 모르겠지만 후유증이 없지는 않다. 지나온 곳들을 화로의 재 위에 하나둘 적어본다. 화로가 등장하는 것으로 보아 돌아온 때는 겨울로 보인다. 이미 추억이 된 아련한 기억들과 앞으로 놓여진 뚜렷한 현실에서, 아직까지는 유람의 기억이 수위首位를 차지한다. '재 위에 적는다畵爐灰'는 표현은 한중 문인의 시에서 종종 나온다.

27

나그네 감회客懷

匹馬朝鮮國	말을 타고 조선을 돌아다니며,
山川踏七分	산천의 칠 할은 두루 밟았지.
朴淵垂噴薄	박연폭포 물줄기 내뿜어대고
楓嶽聳紛紜	금강산은 봉우리 솟아 있었네.
到處皆明月	가는 곳 어디에나 밝은 달 있어
平生是白雲	내 생애 떠가는 흰 구름이었네.
蕭然松影下	시원한 소나무 그늘 아래서
心事向僧云	마음 속 일, 스님에게 털어 놓았네.

[교감]

『임연백시』에는 제목이 「客中吟」으로 되어 있다.

[평설]

이 시는 유람을 다닐 때의 감회를 적은 것이다. 산운의 유람 취향은 「유산록遊山錄」에 잘 보인다. 한 필 말을 타고서 조선 천지를 거의 돌아보았다. 그중에 박연폭포도 금강산도 있었다. 5, 6구에 밝은 달明月과 흰 구름白雲은 주제를 담은 시어이다. 여기서 흰 구름은 일차적인 의미 이외에도 부모님이 계신 고향으로 고향 혹은 산림에 돌아가 은거하는 것을 뜻한다. 도홍경陶弘景의 「산중에서 하소유의 조문에 시로서 답하다詔問山中何所有,賦詩以答」에 "산 속에 무엇이 있느냐고요, 고개 위에 흰 구름만 많이 떠 있죠. 그저 나 혼자만 즐기며 좋아할 뿐, 보여 드릴 수 없으니 어떡하나요山中何所有,嶺上多白雲. 只可自怡悅, 不堪持寄君"라 하였고, 왕유王維의 「송별送別」에 "말에서 내려 그대에게 술을 권하며 묻노니, 어디로 가시오. 그대는 말하길, 뜻을 이루지 못해 남산으로 돌아가 숨으려 하오. 마음대로 떠나시오, 다시 묻지 않을 테니 흰 구름은 다하는 때가 없는 법이오下馬飮君酒, 問君何所之? 君言不得意, 歸臥南山陲. 但去莫復間, 白雲無盡時"라 하였으니 이때의 흰 구름과 의미가 통한다. 그러므로 흰구름과 밝은 달은 그의 삶이 무엇을 지향하는지를 잘 보여준다 할 수 있다. 제7구에서 시원한 소나무 그늘에 앉아 있으니 결국 구름처럼 어디서 왔는지 알 수 없는 스님이 한 명 지나간다. 산운은 내 마음을 아는 이는 결국 운수행각雲水行脚하는 스님밖에 없을 것이라 생각한다. 나그네와 나그네가 만나서 마음을 털어 놓는다. 산운이 사숙私淑한 이이李珥와 늙은 노승의 이야기가 생각나게 하는 시 구절이다.

28
도중에서 途中

冉冉川原暮	시나브로 들녘은 저물어가서
凉颷颭客袍	서늘바람에 나그네 옷 나부끼누나.
驪州孤樹出	여주가 나무 우듬지 위로 나타나는가 하면
雉嶽夕陽高	치악산이 해질녘에 높이 솟아 있곤 했지.
生理疲鞍馬	생계 위해 말 타고 다니다 지쳤으니
男兒愧鬢毛	사내로 태어나 귀밑머리 센 것 부끄럽네.
關東笙鶴侶	관동에선 학 타고 피리 불던 벗
客與鏡湖舠	객들과 경포에서 배 타고 노닌다지.

평설

이 시는 나이가 들어서도 자리 잡지 못하고 이리저리 부유浮游하는 자신의 모습을 그렸다. 여기에는 여주, 치악산, 관동, 경포 등 4개의 지명이 등장한다. 1, 2구는 황혼이 되어서도 아직 길 위에 있는 풍경을 담았다. 3, 4구는 여로에서 본 여주와 치악산의 모습을 말했다. 길을 가다 여주 교외에 가까이 가게 되니 나무 위로 여주 성읍이 조금씩 드러나는 모습을 그렸고, 해질녘에 치악산 근처에 다다르자 높이 솟은 치악산이 보이는 모습을 그렸다. 여주와 치악산은 상당한 거리이니 이곳저곳을 많이 다녔다는 의미로도 읽힌다. 5, 6구는 생계를 위해 어쩔 수 없이 객지를 오고 가는 것에 대한 자괴감을 표출하였다. 구체적이지는 않지만 객지를 오고가며 생계를 도모하는 일을 해야 했거나, 이유를 알 수는 없지만 여기저기 떠돌아 다니는 모습을 말한 것으로 보인다. 어떤 경우이든 비육지탄髀肉之嘆의 서글픈 심정이 느껴진다. 7, 8구는 관동關東에서 한가하게 지내는 친구에 대한 부러움을 담았다. 생계에 얽매인 자신과 한가히 지내는 친구와의 대비를 통해, 늙어서도 여전히 자유롭지 못한 자신의 처지를 그려냈다.

29

남들과 유람하기로 약속하며 與人約遊湖海

永郎留約共婆娑	영랑永郎이 함께 날아보자 약속을 남겼기에,
黃鶴呼來試紫霞	황학을 불러내서 자주빛 노을 위 날아가 볼까.
茫茫海國三千里	아득하게 펼쳐 있는 바닷가 삼천 리에
最是何山月色多	어느 산 달 빛이 가장 좋을까?

임연당별집

농인農人이 말하기를 "시선詩仙이다"라 하였다.

어석

- 영랑永郎 : 사선四仙 중에 한 명이다. 사선은 신라시대의 네 국선國仙으로 곧 영랑·술랑述郎·안상安詳·남석행南石行을 말한다.

- 황학黃鶴 : 당나라 최호崔顥의 「황학루黃鶴樓」에 "옛사람은 이미 흰 구름을 타고 사라지고, 여기에는 빈 황학루만 남아 있네. 황학이 한번 가서 다시 돌아오지 않으니, 흰 구름만 천년에 부질없이 왕래하누나昔人已乘白雲去, 此地空餘黃鶴樓. 黃鶴一去不復返 白雲千載空悠悠"라 했다. 이때부터 "황학"은 한번 가면 다시 돌아오지 않는 사물을 비유한 말로 쓰였다.

- 자하紫霞 : 자주색 노을. 도가에서는 신선이 자주색 노을을 타고 다닌

다고 한다.

이 시는 친구와 유람을 가기로 약속하며 쓴 것이다. 영랑, 자하, 황학 등의 단어를 사용하여 문면에 선취仙趣가 가득하다. 친구를 영랑에 빗대어 황학을 불러내서 자주빛 노을을 날고 싶다는 바람을 담았다. 그렇게 신선이 되어 삼천 리 땅 구석구석을 한참을 날아다니다 보면, 어느 산의 달빛이 가장 멋질 지가 기대된다. 이 시에서도 역시 달에 대한 애호가 엿보인다.

30
서군으로 떠나는 노래發西郡行

慈母出門惜遠違	어머닌 문을 나와 먼 길 떠남 서운하여
問兒回棹在何時	자식더러 언제나 돌아오나 물으시네.
只恐風雨忿客日	비바람이 나그네 길 막을까 염려하여
臨行不敢定歸期	떠나며 올 기약을 감히 정치 못하였네.

평설

이 시는 자신이 서군으로 떠날 때에 어머니가 전송하는 장면을 담았다. 어머니는 문 밖으로 나와서 자꾸만 먼 지방으로 떠나는 아들이 안쓰러워 언제쯤 돌아오냐 물어본다. 어머니 마음을 잘 알지만 언제나 돌아온다 딱 부러지게 이야기할 수는 없다. 유람 길에 예기치 않은 일이 발생할 수 있으니 날짜를 특정해 말씀을 해드리면 어머니의 걱정을 더 할 수 있겠다는 생각에서다. 떠나야만 살 수 있는 아들과 돌아와야 마음이 놓이는 어머니의 마음이 교차한다.

31
엣날 웅진 古熊津

鳳凰山下錦江頭	봉황산 아래 있는 금강의 어귀는
道是前朝戰戍州	그 옛날 싸움하던 고장이라네.
浮世千年明月下	뜬 세상 천 년 지난 밝은 달 아래
今人歌舞古人樓	지금 사람 옛 누각서 가무를 즐기누나.

평설

고구려의 대대적인 침공으로 백제는 한강 유역을 상실하고 개로왕蓋鹵王.?~475이 참살당하여 부득이 웅진熊津으로 남천南遷하게 된다. 공주 지역은 북으로 차령 산맥과 금강에 둘러 싸여 있고, 동으로는 계룡산이 막아서 고구려와 신라로부터의 침략을 방어해 주는 천혜의 요새였다. 이곳을 관통하여 흐르고 있는 금강을 통해 서해로 나아갈 수 있고, 또 남쪽에는 곡창인 호남평야가 있어서 관방關防뿐 아니라 교통과 경제의 요충지로서 좋은 입지 조건을 갖추고 있었다. 이곳에서 백제는 웅진시대475~538를 열었다.

금강은 그 옛날 삼국이 치열하게 패권을 다투던 곳이다. 지금은 그 어느 곳에서도 그 옛날 싸움의 흔적을 찾아볼 수 없다. 달빛은 천 년 전이나 지금이나 마찬가지이지만 인간들의 세상은 변했다. 누군가는 원한 서린 죽음을 맞이한 곳이건만 지금은 그 자취에서 누군가가 노래하고 춤춘다. 땅은 그 옛날의 땅이지만 시시각각 변하는 인사人事 속에서 남는 것은 허망함뿐임을 말한다.

32
창석담에서의 감회蒼石潭感懷

花開花落古人臺	옛 사람 놀던 누대에 꽃 피고 지나니
流水聲中月幾迴	흐르는 물소리 속 달은 몇 번 떴더뇨.
今年客少去年客	올해 손님은 지난 해 손님보다 젊으니
自有浮生如此來	지나가는 인생 절로 이처럼 가는도다.

평설

이 시는 창석담에 오른 감회를 적은 것이다. 풍광이 아름다울수록 비감함도 깊어진다. 아름다운 풍광은 영원과 하루를 떠올리게 하니, 장구한 풍광 속에 짧은 인생은 더욱더 도드라진다. 올해 찾아오는 나그네는 지난해 찾아오는 나그네 보다 더 젊은 사람이 찾아온다는 이 평범한 진리 속에서 세월의 흐름을 탄식하게 된다. 장소는 그대로지만 거기를 찾아오는 이는 매번 달라진다. 유희이劉希夷의 「백발 노인을 슬퍼하며를 본떠 지음代悲白頭翁」에 "올해에 꽃이 지고나면 얼굴도 시들 터인데 내년에 꽃이 피면 누가 남아 있을거나?今年花落顔色改,明年花開復誰在"와 송지문宋之問의 「유소사有所思」란 시에, "해마다 해마다 꽃은 서로 비슷한데, 해마다 해마다 사람은 같지 않네年年歲歲花相似, 歲歲年年人不同"이라 나오는데, 이 시의 정서와 맞닿아 있다.

산운의 시는 소멸하는 모든 것에 대한 연민을 보여준다. 소멸한 자취에서 그들의 살았을 적 모습을 떠올린다. 그러면서 자연스럽게 우리도 종래에는 소멸할 수밖에 없음을 인정한다. 그는 아름다운 풍경 이면에 서려 있는 소멸의 기억을 떠올리거나 소멸할 수밖에 없는 숙명을 떠올린다. 시인은 보이지 않는 것을 볼 수 있거나, 늘 똑같이 보이는 것을 다르게 보는 사람들이다.

33

운장대雲丈臺

晴峯高出萬山頭	봉우리가 모든 정상에 솟았으니
曠宇蒼茫入遠眸	아득한 광경이 한 눈에 다 들어오네.
浩劫風雲中鬱鬱	영겁 세월 속 바람과 구름이 그 안에 빽빽했고
浮生歌哭下悠悠	뜬 인생 노래와 곡소리 아래에 많이 있었네.
琪花舊夢香全熟	옛 꿈 속 기화琪花의 꽃 향기 온통 짙고
黃鶴前身跡尚留	전생에 타고 날던 황학의 발자국 아직도 있네.
無那人間餘宿債	인간 세상에 남은 빚 어쩔 수 없어서
夕陽怊悵更夷猶	해질녘 쓸쓸하게 다시금 머뭇대네.

임연당별집

파가 말하기를 "내가 청화산靑華山[1] 정상에 올라가서 운장대雲丈臺를 돌아보고 지은 시 1연에 이르기를 '빗자국은 돌에 세 갈래 물 떨어졌고,

....
1 　청화산: 경상북도와 충청북도 3개 시군의 경계를 이루며 괴산군 중앙에 솟아 있다. 높이 984m이다. 조선시대 실학자 이중환(李重煥)이 『택리지』에서 "청화산은 뒤에 내외의 선유동을 두고 앞에는 용유동에 임해 있다. 앞뒷면의 경치가 지극히 좋음은 속리산보다 낫다"고 할 정도로 경관이 뛰어나다.

바람기운 멀리 오현촌五賢村²에서 나뉘네蓋曰, 余登靑華絶頂, 回眺雲丈一聯云, '雨痕
石滴三泒水, 風氣遙分五賢村"라고 했다.

- 기화琪花 : 선경仙境에 있다는 아름답고 고운 꽃.

평설

이 시는 속리산의 운장대를 읊은 것이다. 3, 4구는 높은 곳에서 바라본
광경을 그려냈다. 영겁의 세월 속에 바람과 구름은 빽빽하게 잠겨 있었
고, 허망한 인생 속에 노래와 곡소리는 엇갈리었다. 높은 곳에 올라와
서 보면 그 아래에 있는 모든 것들이 자질구레하고 부질없다. 드라마
〈송곳〉에서 "서 있는 곳이 다르면 풍경이 달라진다"라 했던 말과 통한
다. 산운의 시에는 유독 산 정상에서 아래를 조망하는 내용이 자주 보
인다. 5, 6구는 산운 자신이 신선 세계에 있었음을 회상하는 방식으로
운장대의 선경仙境을 강조하였다. 7, 8구는 이곳을 떠나기 주저되는 아
쉬운 속내를 인간 세상에 남은 빚으로 표현했다. 그는 남은 빚을 다 치
르고 선취仙趣 넘치는 그 공간으로 다시 돌아갔을까?

----

2 오현 : 오현은 조광조, 이황, 이이, 김장생, 송시열을 들기도 하고, 김굉필, 정여창, 조광
   조, 이언적, 이황을 들기도 한다.

34

백제의 옛 도읍^{百濟舊都}

[오늘날 광주의 옛 읍이다今廣州, 古邑]

蹇驢斜日載吟哦	절뚝발이 나귀 타고 해질녘 시 지으며
延賞川原失舊痾	강과 들에서 오래 노니 지병이 사라지네.
古都山斷千年路	옛 도읍 가는 길에 산 있어 천 년 전 길은 끊겨 있고
老樹烟生百姓家	늙은 나무 연기 나는데 백성의 집 자리했네.
別來夢自楊根月	떠나온 후 꿈속에선 절로 양근楊根의 달 떠오르고,
渡後心猶斗尾波	강 건너온 뒤 마음은 두미강의 물결 같네.
近日轉深行李苦	요즘에 갈수록 나그네의 고달픔 깊어지니,
嶺湖餘債奈衰何	영남·호남에도 가야 하건만 노쇠함 어찌하랴.

어석

- 양근楊根 : 지금의 경기도 양평군楊平郡 양평읍 양근리 지역에 있었다.

이 시는 백제의 옛 도읍을 읊은 것이다. 나귀 타고 시 지으며 여기저기 노닐다 보니 오래 앓던 병도 씻은 듯 사라지는 것 같다. 3~6구에서는 길에서 마주한 풍경을 담았다. 가는 도중 산이 있어 가던 길이 끊겨 있었고, 나무 사이로 밥짓는 연기가 피워 오르는 백성들의 집도 있었다. 양근의 달과 두미강의 물결도 자꾸만 생각이 난다. 7, 8구는 애초에 여행이 짧은 기간에 끝날 것이 아니라 호남과 영남까지 목적했음을 확인할 수 있다. 이제 여행을 시작한 지 얼마 안 되었는데 노쇠한 탓에 그 긴 여정을 견뎌낼 수 있을까 걱정하였다.

술잔을 들고 시를 읊다

觴詠類

01
압구정에서 이계현에게 주다^{鴨鷗亭, 與李季賢}

[용규이다容奎]

賣玉抱玉歸	옥 팔려다 옥 안고 돌아가는 건
日暮荊山市	형산 시장에 날이 저물어서네.
長嘯驚市人	긴 휘파람으로 상인들 놀래키는데,
子獨不掩耳	그대는 홀로 귀를 감싸지 않네.
南山高千尺	남산이 천 척이나 높직하여도
意氣便可移	그대 의기는 옮길 수 있었지.
惠好日以深	좋아하는 마음이 날로 깊어져
虎衢擬相隨	어려운 일 당해도 함께 하자 했는데
關河黃鳥日	타향에서 꾀꼬리가 울던 날에
緬焉感別離	이별을 생각하여 마음 아파라.
寥寥舊遊處	적막하고 쓸쓸한 우리 놀던 곳
水聲秖自知	물소리만이 절로 기억하려나.
東風忽西風	동풍이 불었다가 홀연 서풍이 불어
浮萍散復合	부평초는 만났다가 또 헤어지는데
中間累蹉跎	중간에 여러 번을 어긋났다가
白髮飄颯颯	이제는 백발만이 나부끼누나.

悲歎此生事	슬퍼서 탄식하는 인생의 일은
誰家燈下夢	누구 집 등 아래의 꿈이었었나.
一杯君且斟	한 잔은 그대가 따르시게
一杯我當送	한 잔은 내가 응당 따라 그대 보내리.
鷗亭石作柱	압구정은 돌로 기둥 만들었는데
作者嫌不固	만든 이는 약할까 걱정했었지.
今日爲吾居	오늘은 나의 거처 되었지마는
明日誰來住	내일은 누가 와서 거처하련지

교감

① 『북한한시선』에는 제목이 「與一寶遊鷗亭」으로 되어 있다.

② 『임연백시』에는 제목이 「與一寶遊鷗亭」으로 되어 있다.

임연당별집

파가 말하기를, "눈앞에서 평소에 보는 것이나 말한 사람은 드물다坡曰. 眼前常常之見, 稀有人道得"라고 하였다.

어석

• 형산荊山 : 옛날 중국 춘추전국 시대, 초나라의 변화卞和라는 사람이 형산에서 옥돌 하나를 주웠다. 이 돌이 바로 화씨지벽和氏之璧이다. 형 산은 바로 화씨지벽을 얻은 장소를 말하기도 한다.

• 타향 : 원문은 관하關河로 되어 있다. 관하는 함곡관函谷關과 황하黃河를

이른다.

이 시는 이용규에게 준 것이다. 『산운집』에는 그에게 보낸 편지인 「이
신천 용규에게 주다與李信川容奎」가 있다. 1~4구는 그들의 만남을 말했
다. 산운의 재주를 알아주는 사람이 없는데 오직 이용규 만이 그의 재
주를 인정하고 알아 주었다. 5~8구는 그들의 교유를 말했다. 이용규는
의기가 높은 인물이었다. 산운은 그와의 교분이 날로 두터워져서 어려
운 일 당하면 서로 함께 도와주자고 다짐했었다. 9~12구는 두 사람이
이별할 때의 아쉬움을 그렸다. 13~16구는 인생을 회고하였다. 여러 곡
절 끝에 만나고 헤어지는 일을 반복하다, 어느새 노경老境에 이른 사실
을 적시했다. 17~20구는 꿈같은 인생에서 만나 서로 술을 수작하는 모
습을 담았다. 21~24구에서는 인생의 허무감이 짙게 깔려 있다. 지금은
압구정에 자신이 와서 이렇듯 자리를 차지하고 있지만, 그 후에는 어떤
이가 차지하고 앉아 있을까하는 물음으로 시를 끝냈다. 세월은 빨리 흘
러가고 무엇하나 항구한 것은 없다. 그러니 사람과의 정情도 늘 한결같
을 수는 없다. 전반적으로 허무함이 짙게 깔려 있는 시이다.

02
중양절에 이희중〔철〕과 단풍을 구경하다
九日, 與李熙仲[皴], 賞楓

氣候變蕭森	날씨가 스산하게 바뀌어가니
草木損素質	초목은 본바탕을 잃어가누나.
凡卉豈不愛	모든 꽃을 어찌 사랑하지 않으련만
最爲幽蘭怵	그윽한 난초가 가장 사랑스럽네.
楓樹醉人眼	단풍나무 보는 이 눈을 취하게 하고,
斜日相映徹	지는 해에 단풍들이 비치어 서로 비추네.
衰華發外輝	시든 꽃이 밖으로 빛을 발하니
在人猶白髮	사람에 있어서는 흰머리 같네.
循林以徘徊	숲 속을 여기저기 거닐다 보니
幽緒不可述	그윽한 생각 이루다 말할 수 없네.

[교감]

『임연백시』에는 제목이 「九日與翠松賞楓」으로 되어 있다.

[어석]

• 이희중李熙仲 : 이희중의 이름은 철이다. 뒤에 이철의 호가 취송이라

고 나오니, 희중은 그의 자임을 알 수 있다.

평설

이 시는 가을이 되어 모든 것들이 소멸해 가는 것을 목도하는 슬픔을 적은 것이다. 스스로의 노년도 여기에 한 몫을 더해 지는 해, 시든 꽃, 흰머리 등 시 전편에 쇠락한 이미지가 가득하다. 날씨가 쌀쌀해지면서 모든 것은 점차 제 모습을 잃어간다. 모든 꽃이 다 사랑스럽지만 그중에 가장 눈이 가는 것은 난초다. 난초는 군자로 상징되니 이 꽃이 가장 사랑스럽다는 말에서 그의 내면에서 지향하는 바를 엿볼 수 있다. 5, 6구는 단풍나무에 햇살이 비쳐져 뒷면까지 붉게 물든 잎들이 서로를 비추어 더욱 붉다는 뜻으로 보인다. 7, 8구에서는 시든 꽃들이 눈에 띄는데 사람으로 빗댄다면 흰머리와 같으니, 여기서 자신의 노년을 읽었다. 전반적으로 노년의 애상이 깊게 투사된 시이다.

03

이경우〔제안〕이 때마침 이르다李景愚齊顔 適至

黃昏入簾櫳　　저녁 빛 발 사이로 새어드는데

悄悄秋獨處　　가을날 쓸쓸하게 홀로 있다네.

林朋闒然至　　숲 속에서 친구가 불쑥 이르니

相迎禮數去　　반기느라 예법은 버리었노라.

醉歌自風流　　취해 부른 노래 절로 풍류스럽고

狂吟亦律呂　　미친듯한 읊조림도 가락 있다네.

我有山上田　　나는 산 위에 밭을 가지고서는

火耕而播黍　　불 놓고 밭 갈아서 씨를 뿌렸네.

母雞三伏雛　　어미 닭 병아리 셋 품고 있는데

中者如鳩巨　　둘째 놈 비둘기마냥 큼직하구나.

會待秋月時　　가을 달이 뜰 때를 기다리어서

可以一醉與　　안주 삼아 마음껏 취해보리라.

更有東籬菊　　더욱이 동쪽 울에 국화 있으니

抽笋今尺許　　웃자란 국화순 벌써 한 자쯤이네.

이 시는 연락도 없이 찾아온 친구에 대한 반가움을 적었다. 가을날 저녁에 혼자 있었는데 불쑥 친구가 찾아왔다. 마침 심심하던 차에 찾아온 친구가 반가워서 번거로운 예의범절 따위는 저 멀리 팽개치고 호들갑을 떨며 만났다. 정말 가까운 사이는 점잔이나 빼며 격식 따위나 차리지 않는다. 친구와 함께 취가醉歌와 광음狂飮을 나눈다. 되는 소리 안되는 소리 가리지 않고 가슴 속 심사를 토해내 듯 쏟아낸다. 달이 뜨면 화전 일궈 농사지은 기장밥에다, 가장 큰 중닭 한 마리를 안주삼아 술을 한 잔 나누려 한다. '동쪽 울타리 국화東籬菊'란 도잠陶潛의 시 「음주飮酒」에 "동쪽 울타리 아래에서 국화를 따다가, 유연히 남쪽 산을 바라보누나采菊東籬下,悠然見南山" 한 데서 온 말이다.

04
걸어서 서쪽 이웃에 이르다 步到西隣

窮巷連芳草	궁벽한 마을 방초로 이어졌어도
老病掩小牖	늙고 병들어 작은 창 닫게 하누나.
一年十分之	일 년을 열로다가 나누게되면
憂日常居九	울적한 날이 항상 아홉은 되네.
秋凉試巾服	서늘한 가을은 탕건과 옷을 시험하니
氣力借之酒	기력은 술에게만 빌릴 수 있네.
出門損拘囚	문 나서면 갇혀 있음 덜게 되기에,
散步愛林藪	산보하며 수풀을 사랑하노라.
冉冉到西隣	천천히 서쪽 이웃집 이르러보니
月扉明可叩	달 밝아 사립문을 두드릴 만 하였네.
見君勤迎候	그대 힘써 마중 나올 것 생각을 하나
齟齬覺皓首	기대가 어긋나니 흰머리만 깨닫게 되리.
昔與爾翁遊	예전에 그대와 함께 놀았을 때는
醉哄不相咎	취기로 떠들어대도 허물 안됐네.
回頭舊賞花	머리 돌려 오랫동안 꽃 감상 하노니
依依山堂後	한들한들 산당山堂 뒤에 피어 있었네.

* 산당山堂 : 산 중의 사원寺院을 이른다.

평설

가난한 마을에 향기론 풀이 둘러져 있다. 늙고 병든 몸은 그마저 보고 싶지 않아 문을 닫는다. 일 년을 열로 나누면 우울한 날이 항상 아홉은 된다. 기력이 쇠한 몸으로는 가을의 서늘함조차 견디기 어렵다. 단지 몸을 추스를 수 있게 만드는 것은 오직 술뿐이다. '엄掩'과 '구수拘囚'를 통해서 시인의 폐쇄적인 심사가 드러나고 있으며, 8구에서는 이것이 극도로 심화된다. 산보는 오직 사람이 없을만한 수풀 속만이 좋다 하였다. 달빛이 교교히 내리는 저녁에 친구를 찾아 나선다. 오랜만이라고 버선발로 뛰어나올 친구를 상상해본다. 그러나 아무도 마중 나오지 않아서, 문득 생각해보니 자신의 나이를 깨닫게 된다. 이 친구가 살아 있는 데 집을 비운 것인지, 세상을 떠났는지는 분명치 않다. 분명한 것은 예전에 함께 놀던 때는 취기로 호기를 부려도 허물이 되지 않는 친구였다는 점이다.

05
해후 邂逅

지리산 가운데서 한 명의 노인을 만났는데, 시로 평생을 논하는데 이르렀다. 내가 내 젊은 때 지은 작품을 외워주며 말하였다. "어떤 사람이 용문시龍門詩에서 이르기를 '하늘 땅 가운데 우뚝이 서서, 비바람 아래서 항상 소리치노라'라고 하였다는데 그 궁달이 어떻겠습니까?" 노인이 말하였다. "그 사람이 진실로 영특하지만 반드시 현달하지는 못할 터이니, 아마도 남명 조식曺植의 부류이겠지요. 대개 산은 높은 걸 마다하지 않지만 너무 높으면 봄꽃이 미치지 못합니다. 하물며 비바람이 아래에 있어서 말이지요. 다만 엄격한 행동으로 화를 면할 사람일 뿐입니다"라고 하는 것이었으니, 헤어진 이후에도 그 사람을 잊을 수가 없었다(方丈山中, 遇一丈人, 語及詩, 觀平生. 余誦余少時作曰: "或人龍門詩云: '乾坤中特立, 風雨下常號.' 其窮達何如?" 丈人曰: "其爲人固英特, 未必達也, 其南冥者流也與? 盖山不厭高, 而太高則春華不及, 風雨在下者乎. 但危行而免矣者已." 別來, 不忘其人).

長途誰爲伴	기나긴 길에서는 누굴 벗하나
白雲共遲遲	흰 구름 나와 함께 천천히 가네.
入山無定居	산 속에 들어서도 정한 곳 없더니
出山無定之	산 나와도 갈 곳을 정치 못했네.

邂近磯上翁	물가에서 한 노인과 만나게 되니
蓑衣吹參差	도롱이 갖춰 입고 퉁소를 부네.
凡民豈不老	무릇 사람이라면 어찌 늙지 않으리오
秀氣詑彤眉	빼어난 기운에 긴 눈썹 날리었네.
笑指方丈峯	웃으며 지리산을 가리키는데
三月雪猶縞	삼월에도 눈은 여태 희게 쌓였네.
下界丘陵間	그 아래 편 언덕의 사이에서는
萬花啼黃鳥	온갖 꽃들 사이에서 꾀꼬리 울고.
我道峰山松	나의 길은 산봉우리의 소나무
風霜以爲生	바람·서리 맞고서 살아간다네.
擁腫謝輪輿	옹이 박혀 공인工스도 사양을 하니,
獨自含遠聲	저 홀로 먼 소리를 머금고 있네.

[교감]

『임연당별집』에는 '不忘其人'이 '不敢忘其人'으로 되어 있다.

[임연당별집]

농인이 말하기를 '그 시를 읽으면 그 사람을 알진져讀其詩而知其人者乎'라 하였다.[1]

....

1 이 평은 『맹자』 「만장하(萬章下)」에서 "그의 글을 읽고 그의 시를 낭송하면서도 그가 어떤 사람인지 모른대서야 말이 되겠는가[誦其詩, 讀其書, 不知其人可]"라 나온 것으로 소박한 반영론을 볼 수 있다.

어석

• 방미厖眉 : 흰 털이 섞인 눈썹 전하여 노인을 말한다.

평설

이 시는 지리산에서 우연히 만난 노인과의 일화를 소재로 하고 있다. 산운은 이 노인과의 만남이 매우 인상적이었던 것 같다. 그의 「유산록」에도 이 만남이 기록되어 있다. 시를 읊어주자, '남명자류南冥者流'라 말한 것은 대단히 상징적인 말이다. 남명 조식은 매우 강개慷慨한 인물로 유명할 뿐만 아니라, 지리산을 여러 번 유람해서 「유두유록遊頭流錄」을 지을 정도로 이 산과는 상당한 연관성을 지니고 있다. 여기서 남명을 언급한 것은 산운의 품성을 이해하는 데 매우 중요한 단서임에 틀림없다.

이 시에서 흰 구름白雲은 산운山雲 자신을 말한다. 자신은 구름같이 정해진 곳도 만날 사람도 있지 않다. 바람에 날리는 구름처럼 흘러갈 뿐이다. 그렇게 멈춰진 곳에서 친구를 만나고 술과 시를 나눈다. 어느날 유람길에 어느 노인과 만나게 된다. 9구는 세상 사람들이 함부로 넘볼 수 없는 높은 경지를 보여준다. 계절은 3월인데 산에는 아직도 하얀 눈이 남아 있다. 이 시에서 고절高節한 경지는 순백으로 표상되어, 눈雪과 흰 구름白雲은 대등한 위치로 사용되고 있다. 9·10구와 11·12구는 세속世俗／탈속脫俗을 대비하여 보여주고 있다. 15·16구에서 옹종擁腫은 『장자』「경상초庚桑楚」에 "순박한 사람하고만 같이 살고 부지런히 힘써 일하는 하인들만 부리고 살았다擁腫之與居, 鞅掌之爲使"에서 나온 말로 순박淳朴하고 자득自得한 모양을 이르는 말이고, 윤여輪輿는 『맹자』「등문공하滕文公下」에서 나온 말로 고대7에 수레를 만드는 공인工人을 말한다. 즉, 자신을 옹이 박힌 소나무로 표현하여 수레 만드는 공인工人도 단호히 사양하여 강개慷慨한 송뢰松籟를 지니고 있다는 말이다. 결국 윤여는 다름 아닌 자신의 현세적인 영달을 가능케 해줄 수 있는 당파黨派의 힘이다. 산운은 당당히 그것을 거부한다. 3월 산에 쌓인 눈이나, 옹이 박힌 소나무처럼 강개한 삶을 지향한다.

06
판교에서 운자를 나누다^{板橋分韻}

遊人橋上來	벗님네 다리 위로 놀러 와서는
俯臨橋下水	다리 아래 강물을 굽어보누나.
浮生笑語中	뜬 인생들 웃으며 떠드는 속에
流水去未已	강물과 함께 쉼 없이 흘러가누나.

[교감]

『임연백시』에는 이 시가 가장 앞에 실려 있는데, 제목이 「板橋分韻得水字」라 되어 있다.

[평설]

친구들과 다리에 놀러 와서 시를 짓는다. 시를 짓다가 다리 아래 강물이 흘러가는 것도 바라보고 그러다 이 이야기, 저 이야기 나누다 까르르 웃는다. 아! 인생도 저 강물처럼 흘러 지나간다. 이 아무렇지도 않고 특별하지 않은 이 장면이 놀랍도록 아름답다. 인생이란 그저 아무것도 아닌 그런 시간들이 모인 것은 아닐까? 다른 해석도 가능하다. 3, 4구는 "인생은 웃으며 말하는 가운데 있고 강물은 그치지 않고 흘러가누나"라 하여도 된다.

산운집山雲集

07
해악〔이동찬〕과 함께 판교를 거닐다 同海嶽[李東贄]步板橋

歲月殊怊悵	세월은 자못 서글프기만 한데
秋風又一來	가을 바람 다시금 불어오누나.
萬木蟬中老	매미소리에 나무는 늙어들 가고
殘花鴈後開	기러기 간 후에도 시든 꽃 피어 있네.
攀崖衣染草	벼랑에 오르느라 옷은 풀물이 들고
步石屐翻苔	바위를 거니니 신발에 이끼 끼네.
悄悄林光暮	조용한 숲의 빛은 저물어만 가는데
徘徊繞酒盃	느긋한 걸음으로 술잔가 맴도네.

[교감]

『임연백시』에는 제목이 「與海岳遊板橋」로 되어 있다.

[평설]

가을 바람이 불어 오는 것을 느끼니 온통 주변에는 쇠락한 모습 투성
이다. 나무는 한층 더 노목의 모습으로 바뀌어가고, 화려했던 꽃은 속
절없이 시들어간다. 이런 때에 가까운 사람을 만나는 것은 여간 위로가
되지 않는 일이다. 벼랑을 함께 오르느라 옷에는 풀들이 고스라히 흔적

을 남겼고, 바위를 거니느라 신발에는 바위에 끼어 있던 이끼가 끼어 있었다. 그러면서 두 사람의 유대가 한층 깊어진 느낌이다. 함께 다니는 것으로도 위로가 되는 시간이었다. 그러다 해가 뉘엿뉘엿 저물어갔다. 이제 서로 술잔을 들어 남은 이야기를 할 생각이다. 짧은 가을도 덧없는 인생도 서글프지만 그렇게 함께 걸어서 좋았다. "한잔 하자! 남은 날들을 위해서."

사람들과 헤어지며

送別類

01

바다 벗과 헤어지며^{別海伴}

海伴臨岐問	바닷가 벗 갈림길서 내게 묻기를
何山相與從	어드메 산에서 만나 노닐까?
處處蒼凉月	어디나 스산한 달빛 비추일테니
簫聲是我蹤	퉁소소리 들리는 곳 내 있을걸세.

평설

이 시는 해반海伴의 의미를 어떻게 보느냐에 따라 두 가지 정도로 해석
될 수 있다. 첫째, 해반을 실제하는 친구와의 헤어짐이 아니라 일종의
비유적 대상으로 상정한 경우다. 그렇다면 여기에서 해반이란 '신선'의
느낌을 준다. 퉁소는 봉황을 타고 날아간 소사簫史나 옛 이야기 속에 나
오는 신선들을 연상시킨다. 이렇게 보면 산과 바다의 대화나 산과 바다
를 두고 노니는 정신의 자유로운 비행으로도 읽힌다. 둘째, 이 시는 벗
과 헤어지며 느낀 감회를 적은 것으로 보는 경우다. 해반은 바닷가에
사는 친구인지, 바닷가에서 만난 친구인지 분명치 않다. 아마도 평소부
터 친분이 있는 사람이라기보다 여행길에서 우연히 만난 사람으로 보
인다. 그와 갈림길에서 마지막 인사를 나눈다. 상대는 어차피 다시 만
나지 못할 것을 잘 알면서 공으로 다음번에는 어느 산에서 만나서 노닐

자고 실없는 소리를 한다. 산운은 스산한 달빛에 통소 소리가 들려오는 곳에 자신이 있을테니 다시 만나자는 말을 건넨다. 그들은 다시 만났을까 만나지 못했을까?

02
배에 올라 작별하며^{登舟留別}

兩人座相遠	두 사람 앉은 곳이 멀리 떨어져
別處微翠起	헤어지는 곳 엷은 이내 일어나누나.
擧手語未詳	손짓해도 말소리는 분명찮아도
知是勉行李	행장을 조심하란 말인 듯해라.

[교감]

『임연백시』에는 제목이 「登舟別」로 나온다.

[평설]

이 시는 벗과 헤어지면서 쓴 것이다. 한 명은 배에 앉았고 한 명은 나루터에 앉아 있다. 떠나가는 사람이나 남겨진 사람이나 애달픈 마음은 다를 바 없다. 그런데 멀리 저 나루터에서 손짓을 섞어 가며 말을 해도 무슨 말인지 알아 먹을 방법이 없다. 아마도 봇짐을 잘 챙겨서 다니라는 뜻 같다. 분명하게 보이지도 들리지도 않지만 그래도 분명한 것은 이별을 아쉬워하는 서로의 마음이다. 헤어지는 마음을 담담하게 표현한 소묘素描라 할 수 있다.

03

전의에서 외사촌들〔김사설·김사예〕과 헤어지면서^{全義留別外}

從[金思卨 思叡]

主人惜別離	주인이 이별함을 애석히 여겨
每言來日發	입만 열면 내일 가라 말을 하누나.
不知十年留	모를래라 십 년을 머문다 해도
畢竟有一別	마침내 한번 이별 있을 것이니.

교감

『임연백시』에는 제목이 「別外從」으로 나온다.

어석

• 전의全義 : 현縣 이름. 세종특별자치시 전의면全義面 읍내리 지역을 이른다.

평설

이 시는 전의에 사는 외사촌과 헤어지면서 쓴 것이다. 외사촌 형제들은 오늘은 함께 있고 내일이 되면 떠나라며 한사코 만류한다. 아쉬운 마음이야 모를 바 아니지만 이 말처럼 10년 동안 함께 있는다 한들 헤어질 때 한번은 아쉬울 수밖에 없다. "눈 딱 감고 헤어지자. 그리고 다시 만나자."

04

고종사촌형 내서씨와 작별하며〔강재응〕

留別內從兄來胥氏 [姜載膺]

悽悽老人別	늙은이로 구슬피 헤어지자니
相看鬒毛絲	마주보매 터럭만 새어졌구나.
無怪兩三過	두 세 번 지날 것이 분명하지만
不能言後期	뒷기약은 참으로 말할 수 없네.

[교감]

『임연백시』에는 제목이 「重城別」로 나온다.

[평설]

이 시는 고종사촌형과 헤어지면서 느낀 감회를 쓴 것이다. 노년의 헤어짐은 구슬플 수밖에 없으니, 헤어짐이 영별永訣의 가능성을 간직하고 있는 까닭에서다. 서로 마주 보니 흰머리만 눈에 띈다. 상대의 늙음을 보다가 나의 늙음을 재확인하게 된다. 앞으로 두세 번 정도 이곳을 또 지날 기회가 있긴 하겠지만, 다시 만난다는 그 말은 쉽게 꺼내기 힘들다. 그때 형님이 그곳에 여전히 있지만 자신이 이 세상에 없을지, 자신은 그곳을 지나지만 형님이 없을지는 아무도 알 수가 없다. 그들은 몇 번이나 더 함께 만났을까?

05

청주에서 이사용 원재와 이별하다 ^{淸州別李士用 元材}

嶺路上逶迤　　고갯 길 구불구불 올라갔더니
路盡爲嶺脊　　길 다하자 산등성이 높은 곳 됐네.
到頭惜一步　　산머리서 한 걸음을 애석해 함은
一步君家隔　　한 걸음 더 그대 집과 멀어져설세.

평설

이 시는 이원재와의 이별을 아쉬워하며 쓴 것이다. 고갯길을 하염없이
올라갔더니 길은 다 끝나고 산등성이 높은 곳이 나온다. 이제 어려운
길은 다 끝나고 내리막 길만 남은 셈이다. 그러나 마음은 홀가분해지기
는커녕 더욱 무거워만 진다. 여기서 한발자국 내딛을 때마다 그대와도
그대의 집과도 멀어지게 되기 때문이다. 이별은 아무리 반복해도 단련
이 되지 않는다.

06
연성 이시좌와 이별하면서 蓮城 [李時佐] 別懷

離思空寥落	이별이라 하릴없이 쓸쓸만 한데
高窓送夕陽	높은 창은 저녁 해 보내오누나.
故人往來路	내 친구 가고 오던 한줄기 길이
迤迤入前岡	구불구불 앞산으로 들어가누나.

평설

이 시는 친구와 헤어지는 감회를 적은 것이다. 친구를 보내 놓고 보니 마음이 텅 빈 것처럼 쓸쓸하기만 한데, 게다가 창문으로 지는 석양빛이 비추어온다. 그나마 다잡은 마음이 더더욱 무너져 내린다. 지금쯤 친구는 길을 따라 앞산으로 들어갔을 것 같다. "친구야! 잘 가시게."

다른 사람에게 시를 보내다

寄贈類

01

이호에게 부치다. 족질 인태이다^{寄二護, 族姪寅泰}

綠髮風馬翁	바람타고 다니는 검은 머리 노옹이
貽我長生訣	나에게 오래 사는 비결 줬으니
靑松持作飱	푸른 솔잎 가져다 밥을 지으면
久能傲霜雪	오래 백발 이길 수 있다고 했지.
吳氓不須稻	오나라 백성은 벼를 재배할 필요 없고
魯姬不須縞	노나라 계집은 명주를 짤 필요 없다네.
茯苓隨唾化	복령은 침에 섞여 바뀌어가고
竽籟發之嘯	생황과 퉁소에서 휘파람 소리 나오네.
嘯聲正蕭灑	휘파람 소리 마침 시원하노니
誰是吾子野	누가 나의 사광이던가.

> **어석**

- 복령茯苓 : 담자균류擔子菌類에 속하는 버섯의 한 가지. 소나무의 땅 속
  뿌리에 기생하며, 겉은 흑갈색이고 주름이 많으며, 말리면 희게 되고
  수종水腫이나 임질 등의 약재로 쓴다. 『회남자淮南子』「설산훈說山訓」에
  "천년 묵은 소나무의 밑에는 복령이 있다千年之松下有茯苓"라 나온다.
- 사광 : 원문은 자야子野로 나온다. 자야는 진晉나라 악사樂師였던 사광

師曠의 자. 그는 귀가 대단히 밝아 음률에 밝게 통했다 한다.

(평설)

이 시는 선취가 전편에 가득하다. 녹발綠髮은 까맣게 윤기 나는 머리카락으로 늙지 않고 젊음을 유지하는 선인仙人을 의미한다. 이백李白의 시「태산에서 놀다遊泰山」에 "우연히 선동을 만났는데, 검은 머리 양쪽으로 쪽찌어 올렸네偶然値靑童, 綠髮雙雲鬟"라고 하였다. 풍마風馬는 진晉나라 부현傳玄,217~278의 작품으로 알려진「오초가吳楚歌」에 "구름으로 수레를 삼고 바람으로 말을 삼네雲爲車兮, 風爲馬"라고 하였다. 이런 선인이 장생長生의 비결을 주었으니 곡식은 안 먹고 솔잎 따위를 먹는 벽곡辟穀의 방법이다. 벽곡은 도교에서 선인仙人이 되기 위한 양생술養生術의 하나였는데, 선인은 이 방법을 사용하면 장수할 수 있다고 했다.

5~8구의 의미는 정확히 알기 어렵다. 오나라 백성들은 밥을 먹을 필요가 없고, 노나라 계집은 명주로 짠 옷을 입을 필요가 없다는 것으로 보이지만 확실치 않다. 복령을 먹고, 생황과 통소를 불어본다. 생황과 통소에서 흘러나오는 휘파람 소리를 그대는 사광師曠처럼 잘 알아줄 것이라 했다. 아마도 자신의 선취어린 생활을 족질인 인태는 이해줄 것이라는 의미로 보인다.

서소에게 지어주다 與書巢

泛泛洞庭葉	떠다니는 동정호의 잎사귀들은
往往相與合	때때로 서로서로 합하여지듯
巢翁月下酒	달 아래에서 술을 소왕과 함께
五年今復斟	오 년 만에 다시금 주고받누나.
半夜話離緒	밤의 절반 헤어질 때를 말하고
半夜話古今	나머지 절반 예와 지금 이야기했네.

평설

동정호를 떠다니는 잎사귀들은 약속을 하지 않아도 호수 어디에선가 종종 만나게 된다. 그러나 사람은 그렇지 않아서 만나지 못하고서도 세월이 순식간에 지나간다. 그래서 서소와 5년 만에 술잔을 주고받게 되었다. 그래봐야 하룻밤밖에 주어진 시간이 없어 보인다. 이 짧은 밤의 절반은 헤어질 때의 감회를 말하고 나머지 절반은 옛날 이야기와 지금의 이야기를 나눈다.

03
만오에게 드리다^{呈晚悟}

[이민겸이다李敏謙]

1	采采溪上蓀	무성한 시내 위의 향초는
	幽香清我酒	그윽한 향 나의 술 맑게 하누나.
	擧盃還停盃	술잔을 들다가 또 술잔 멈추면
	緬思千里友	천리 밖의 친구가 생각나누나.
5	揮麈映風流	총체를 흔들면은 풍류 멋지고
	落筆響離騷	붓을 대면 이소가 메아리치네.
	吐氣化長虹	기염 토하면 긴 무지개로 변하여
	時時天半高	때때로 하늘 절반 높이가 되네.
	平原愛美人	평원군은 미인을 사랑하였고
10	丞相輕褒¹衣	승상은 포의를 가볍게 여기네.
	東篁不結實	동쪽 대나무 열매 맺지 못하니
	丹鳥其如饑	봉황도 굶주린 것처럼 보이네.
	如彼江上舟	저와 같은 강물 위에 배들도
	無人濟行旅	나그네를 건너 줄 사람이 없네.
15	南風北風波	남풍과 북풍이 파도를 일으키니

....

1 褒는 襃의 오자로 보인다.

산운집山雲集

飄泊上下渚　물가 위 아래로 정처 없이 떠다니네.

霜颷徹夏衣　칼바람은 여름옷을 통과하였고

松火照夜粥　소나무 관솔불은 밤중에 죽을 비춰주네.

婚姻苟無金　혼인 치를 때 만일 돈이 없다면

20　誰數王謝氏　누가 왕도王導와 사안謝安을 손꼽겠는가?

猶復戀邦國　오히려 다시 나라를 그리워하니

柒室算皥熙　캄캄한 방에서 호호희희 계산했네.

少正不可貸　소정묘少正卯처럼 용서받을 수는 없는 사람이었고

安石不可遲　사안謝安처럼 더디 세상 나와서는 안 될 사람이
　　　　　　　었네.

25　府兵强仙李　부병府兵은 선이仙李를 강하게 했고

賓興來散宜　빈흥賓興은 산의 생散宜生을 오게 하였네.

訟淸虞刑日　송사訟事는 순舜임금이 형벌을 맡았을 때처럼 맑
　　　　　　　았고,

富均禹井時　부富는 우禹임금이 정전법을 했던 것처럼 균등하
　　　　　　　였네.

傍人厭常談　옆 사람은 평범한 말을 싫어하여서

30　睡中謾唯許　수면 중에 부질없이 허가만 하네.

鳥獸群相呼　조수는 무리지어 서로 부르는데

人生獨齟齬　인생만 유독 홀로 어긋났도다.

禮向貴者恭　예란 귀한 자에 대해 공손한 것이고

語向富者詳　말이란 부유한 자에 대해 상세하구나.

35	東家孔夫子	동쪽 집에서는 공자님이 계시더라도
	西家恣訕謗	서쪽 집에서는 방자하게 비방을 하네.
	高歌怨遙空	높은 노래는 허공만을 원망하니
	心事在滄洲	마음 속의 생각은 창주에 있네.
	願借麻姑爪	원하노니, 마고의 손톱을 빌어
40	搔盡滿頭愁	머리 가득 찬 근심 다 긁고 싶네.

[교감]

『임연백시』에는 「與李晚悟」로 되어 있다.

임연당별집

피茝가 말하기를, "정전제井田制는 후세에 결코 행할 수 없는 것이다. 단지 백성의 토지 점유를 제한하는 것이 마땅하다. 노천老泉, 蘇洵의 「논형衡論」은 옳으니, 때를 알고 형세를 알게 되는 것은 『주역周易』을 배운 큰 방책이다茝曰, 井田, 後世, 決不可行. 只宜限民占田. 如老泉衡論可矣, 知時識勢, 學易之大方."라고 했다.

어석

• 총체를 흔들다 : 원문은 휘주揮麈로 되어 있다. 진晉나라 사람들이 청담淸談을 나눌 때 항상 사슴 꼬리로 만든 총체를 흔들어 담소에 도움이 되게 하였다. 그로 인하여 후에 담론을 칭하여 '휘주'라 한다.

• 평원군平原君은~사랑하였고 : 평원군은 전국시대 조趙나라 무령왕武靈王의 아들이며, 혜왕惠王의 아우이다. 이름은 승勝인데, 평원 땅을 봉

지로 받았기 때문에 평원군으로 불려졌다. 평원군의 애첩이 누각 위에 있다가 절름발이가 다리를 절룩대며 물을 긷는 모습을 보고 큰 소리로 웃었다. 다음날 절름발이가 평원군의 집 문 앞에 와서 평원군의 애첩을 평원군이 죽일 것을 청했지만 끝내 죽이지 않았다. 일 년 남짓 지나 빈객과 문하의 가신家臣들이 점점 떠나 떠난 자가 절반을 넘었다. 평원군이 그 까닭을 묻자 문하의 한 사람이 "군께서 절름발이를 비웃는 자를 죽이지 않자, 군께서 여색을 밝히고 선비를 천하게 여긴다고 생각하여 선비들이 떠난 것입니다." 이에 평원군은 절름발이를 비웃은 애첩의 목을 베어 직접 절름발이의 집까지 찾아가 바치며 사과했다. 그 후에 문하에 다시 사람들이 차츰 찾아오기 시작했다. 『사기』「평원군우경열전平原君虞卿列傳」

• 승상은~가볍게 여기네 : 당나라 시인 이백은 「노나라 선비를 희롱하다嘲魯儒」라는 시를 지어 그를 조롱하였는데, 그 전문은 다음과 같다. "노나라 늙은이 오경을 담론하며 백발로 장구에서 죽어 갔네. 경제의 계책 물어보면 뚜렷한 주관 없네. 발에는 원유하는 신을 신고 머리에는 방산건 썼네. 느린 걸음으로 곧은길 따라갈 때 발걸음 떼기 전에 먼지부터 일으키네. 진나라의 승상부는 이런 사람 깔보았네. 그대가 숙손통이 아니니 나와는 본래부터 유가 다르지. 세상일도 모르는 주제여 문수에 돌아가 농사나 짓게魯叟談五經 白髮死章句 問以經濟策 茫如墜煙霧 足著遠遊履 首戴方山巾 緩步從直道 未行先起塵 秦家丞相府 不重褒衣人 君非叔孫通 與我本殊倫 時事且未達 歸耕汶水濱"

• 왕도王導와 사인謝安 : 진晉나라 사람으로 두 집안이 모두 명가名家였다.

- 깜깜한 방桼室 : 여기서는 칠실지우漆室之憂를 말한 것으로 보여진다. 칠실지우란 신분에 지나친 근심을 이르는 말로 옛날 노魯나라의 천부賤婦가 깜깜한 방속에서 나라 일을 근심하였다는 고사에서 나온 말.

- 호호희희皞皞熙熙 : 광대하고 자득한 모양을 말한 것이다.

- 소정少正 : 춘추시대 노나라 대부를 소정묘少正卯를 말한다. 공자가 노나라에서 섭정할 때 다섯 가지 비위 사실을 들어 소정묘를 양관兩觀 앞에서 벤 일이 있다. 『공자가어孔子家語』「시주始誅」

- 사안謝安 : 동진東晉 중기의 명신名臣. 시호는 문정文靖. 양하陽夏에서 났음. 자는 안석安石이다. 그는 세상에 나갈 뜻이 없어서 벼슬하지 아니하고 회계會稽의 동산東山에 들어가 은거하고 있다가 사십 세에 이르러 처음으로 관계에 나가서 환온桓溫의 사마司馬가 되고 마침내는 태보에 이르렀다. 사후에 태부太傅에 추증되었으므로 사태부謝太傅라 불리어졌다.

- 부병府兵 : 수나라와 당나라 때 유사시에는 종군하고 무사한 때에는 여러 주州에 분산하여 경작하며, 그중에서 선발하여 수도의 위병衛兵으로 번番들게 하던 군사.

- 선이仙李 : 조선시대, 왕가王家의 성인 이 씨를 높여서 이르던 말이다.

- 빈흥賓興 : 주대周代에 선비를 채용하는 법. 향음주鄕飮酒의 예로써 빈객賓客을 삼아 추천하는 일.

- 산의생散宜生 : 문왕文王이 노인을 잘 봉양한다는 것을 듣고 굉요閎夭와 함께 귀의하여 문왕의 사우四友가 되었다. 문왕이 주紂에게 잡혀 유리羑里라는 옥에 갇혀 있을 때에 동료인 굉요 등과 더불어 미녀美女와 보

옥을 주에게 바치고 문왕을 석방하였다. 『사기』 「주본기周本紀」

- 창주滄洲 : 고대에 상용적으로 은사隱士의 거처로 일컬어졌다.
- 마고麻姑 : 마고는 손톱이 긴 선녀의 이름이다. 흔히 마고소양麻姑搔痒
  이라는 말로 쓰이는 데, 마고라는 손톱이 긴 선녀가 가려운 데를 긁
  어 준다는 뜻이다. 보통 일이 뜻대로 잘 되는 것의 비유로 쓰인다.

평설

1~8구까지 친구의 뛰어난 자질을 말했다. 향초의 향기가 풍길 때에 술 한잔 하다가 친구의 생각이 떠올랐다. 그는 주미를 휘두르면 그 모습이 멋졌고 붓을 대면 멋진 글이 흘러 나왔다. 한마디로 보통나기가 아니었다. 9~20구까지는 고단한 처지에 대해서 말하고 있다. 9구와 10구에서 평원군과 승상의 예는 모두 선비를 대우하지 않은 일을 말한다. 평원군의 예는 어석에 밝혀 놓았는데 승상의 예는 구체적으로 누구의 일을 말하는지 구체적으로 확인할 수는 없다. 11~16구까지 굶주린 봉황과 건네줄 배가 없는 나그네는 모두 실의失意한 이민겸의 모습을 그린 것이다. 17~20구는 이민겸의 어려운 생활을 그렸다. 추운 날에도 여름옷으로 버티어야 했고, 등불을 켤 형편이 못되어 관솔불을 켰으며, 혼인을 치를 때에는 수중에 갖고 있던 돈도 넉넉지 않았다. 21~28구는 그의 훌륭한 자질을 이야기한다. 소정묘처럼 용서받을 수 없는 큰 흠이 있었고, 사안처럼 늦게 출사出仕했었다. 그러나 부병府兵과 빈흥賓興, 송사訟事와 경영經營 모두에 재주가 있던 인물이었다. 재주는 있었지만 세상에 충분히 쓰이지 못했던 것으로 보인다. 29구에서 끝까지는 모두 세상에서 버림받은 아픈

현실을 노래했다. 특히 33~36구는 부귀한 사람만을 대접하는 세태와 아주 훌륭한 자질이 있더라도 비방당할 수밖에 없는 현실을 그렸다. 이러한 절망적인 인식은 37~40구까지에서 은사의 거처인 창주滄洲와 신화에 나오는 마고를 통해 현실의 고단함을 탈피하려 했다.

04
이계현에게 화답하여 주다 和與李季賢

虛牖對前山	빈 창은 앞산을 마주하는데
山深飛翠浮	산 깊어 푸른 빛이 날아드는 듯.
依依空復情	머뭇대며 괜히 다시 뭉클하는 건
故人昔此留	친구가 옛날에 예서 머물러서지.
渡溪將誰見	시내 건넌들 장차 누구를 볼까?
步溪空逗遛	시냇길 걷다 부질없이 머물러 있네.
晚謠悵不平	저물녘의 노래는 불평을 탄식하는데
川原曠悠悠	내와 들은 끝없이 넓기만 하네.
今年思去年	금년에 지난해를 생각해보니
去年足風流	지난해는 풍류 한참 멋들어졌지.
古來竹馬好	예전부터 죽마지우 좋다하는데,
豈盡到白頭	어찌 모두 흰머리 될 때까지 좋겠나?
不如晚來交	늘그막의 사귐과 같지 못하는 것은
老成寡怨尤	나이 들수록 허물이 적어서이네.
整暇損餘慮	규칙적인 생활 근심을 덜어주는데
文酒日夷猶	술 마시고 시 지으니 날마다 한가롭네.
花畵叩吾扉	그림같은 꽃이 내 문짝 옆에 피어 있어,

步月以夕酬	달빛 속을 거닐며 저녁에 화답시 짓네.
人事如浮雲	사람일은 뜬 구름과 비슷하노니
聚散不自由	모이고 흩어짐도 뜻대로 되지 않네.
君在岑壑好	그대가 있을 때는 깊은 산 속 좋더니만
君去岑壑愁	그대가 떠나가자 깊은 산 속 시름겹네.

어석

• 삶의 여유 : 원문은 정가整暇로 되어 있다. 정가는 모습이 이미 빈틈이
없이 침착하고 서두르지 않는 것을 이르는 말로 쓰인다.

평설

이 시는 이용규李容奎[1]에게 준 것이다. 자주 어울려 왔던 친구의 부재를
안타까워 하는 마음을 담았다. 작년만해도 함께 있었지만 올해는 함께
있게 되지 못했다. 어릴 시절부터 사귀는 죽마지우는 물론 소중하지만
늘그막에 사귄 친구는 여러모로 완숙한 상태에서 만나게 된 것이니, 죽
마지우만 못할 것도 없다. 그대와 함께 있을 때는 고적한 산 속 생활도
버틸 만하였지만 그대가 떠난 뒤로는 시름만이 가득하였다.

....

1 이용규(李容奎, 1776~1835) : 본관은 경주(慶州)이고 자는 계현(季玄)이다. 이유원은
   그에 대한 묘지명인 「南原府使李公墓誌」를 남겼다.

05
이백승에게 주다^{與李伯承}

[조영이다祖榮]

明月不長圓	밝은 달도 언제나 둥글지 않듯.
人事有乘除	사람 일 좋았다가 나빠도 지네.
城朝去年侯	지난해에는 노예로 시중 들었지만
大夫昨日御	어제는 대부되어 다스린다네.
夢中笑復啼	꿈 속에서 웃고 우는 것과 같으니
夢者不自悟	꿈꾸는 자 저 홀로 못 깨닫누나.

(교감)

『임연백시』에는 제목이 「與李滴翠」로 되어 있다.

어석

• 성조城朝 : 중국 한나라에서 시행한 형벌로써, 아침 일찍부터 성城을
쌓는 노동을 시키는 형벌임. 남자에게 부과하였으며, 형기刑期는 4년
이었다.

• 후侯 : 후候의 통가자로 쓰여서 여기서는 남의 명령을 기다리다. 남의
시중을 들다로 해석하였다.

결국 산다는 것은 좋은 일과 나쁜 일의 반복일 뿐이다. 그러니 좋은 일이 생긴다 해도 너무 기뻐할 것도 나쁜 일이 생긴다 해도 너무 낙담할 것도 없다. 사람의 운명은 한 치 앞도 알 수가 없다. 노예였다가 불과 1년 사이에 대부가 되기도 한다. 그러나 알고 보면 출세나 좌절도 꿈 속에서 울고 우는 일에 다름 아니다. 우리 인생을 가장 명징하게 표현한 단어가 있다면 그것은 꿈夢이다.

06
이공무에게 답하다答李公務

[노영이다魯榮]

不識韓荊州	한형주 같은 그대 아지 못하니
昔我以爲恥	그때엔 부끄럽게 생각했었네.
相逢月未央	만나서 달이 중천에 이르기도 전에
長歌怨千里	긴 노래로 천 리 이별 원망한다네.
浮萍與浮萍	부평초와 부평초로 떠도는 신세
邂逅何處水	어디메 물가에서 만나보려나.

평설

이 시는 나그네 처지로 맞는 이별의 섭섭함을 담았다. 1~2구는 상대를
한형주에 빗대서 예전부터 진작 알지 못한 아쉬움을 말했다. 한형주韓
荊州는 당나라 때에 한조종韓朝宗이 형주자사荊州刺史를 지냈으므로, 그를
'한형주'라고 불렀다. 그가 후진後進들의 사람됨을 알아보고 많이 발탁
했으므로, 당시 선비들이 그를 많이 따르며 받들었다. 3~4구는 만난지
얼마 안된 시간 만에 헤어짐을 아쉬워 했다. 5~6구는 객중송객客中送客
을 의미한다. 자신이나 상대방이나 모두 나그네 신세로 여기저기 떠도
는 신세다. 그러니 다시 만나는 것을 기약하기가 더더욱 어려워서 이별
의 정이 더욱 각별할 수밖에 없었다.

07

신야에게 부치다^{寄莘野}

[의승이다義勝]

緬彼波上鷗	멀리 저 파도 위에 갈매기는
飛止無悔尤	날거나 앉거나 후회할 일 없네.
志士重捿遁	지사志士는 은둔의 삶 중히 여겨서
飄然謝簪組	훌쩍 떠나 벼슬을 사양했었네.
方領制儒衣	방령으로 유자의 옷을 만들고
晏位花藥塢	저물녘 작약이 핀 둑에 서 있네.
蘭荏日葳蕤	난초와 민족두리풀은 나날이 우거져가니,
幽吹熏講帷	그윽히 불어 강유에 향기가 나네.
我願浮錦湖	나는 원하노라. 금강에 떠서는
八百買仁里	팔 백리 밖에 있는 좋은 마을 사기를.
婚嫁累尚平	혼사는 상평尙平에 누가 되는 것이니
徘徊惜頹暑	배회하며 지는 햇빛 아쉬워하네.

임연당별집

방편자가 말하기를 "시문을 짓는 방법이 정돈되고 심오하다^{篇法整奧}"라
고 하였다.

- 방령方領 : 옷깃이 네모난 것을 이른다. 후에 유자儒者 또는 유자의 옷을 가리키는 말로 쓰였다.
- 강유講帷 : 강의하는 자리. 중국 한나라 때 동중서董仲舒가 장막을 치고 강의한 데서 나온 말이다.
- 인리仁里 : 풍속이 아름다운 마을.
- 상평尙平 : 동한東漢 때의 상장尙長을 가리킨다. 자字는 자평子平이고 하내河內 사람이다. 벼슬을 하지 않고 은거하면서 자녀들을 출가시킨 뒤에는 집안 일에는 일체 관여하지 않았다 한다. 후에 집안일로 스스로를 얽메이지 않는다는 뜻의 전고로 쓰이게 되었다.

평설

이 시는 의승義勝에게 보낸 것이다. 전반적으로 은둔의 삶을 지향하는 내용을 담았다. 저 파도 위의 갈매기는 날아갈 때나 날기를 멈춰 있을 때나 후회가 없다. 갈매기처럼 불기不羈의 삶을 살고 싶다는 바램을 담았다. 벼슬을 사양하고는 네모난 깃이 달린 옷을 입고 저물녘에는 꽃을 감상하면 그뿐이다. 난초와 민족두리풀은 모두 향초香草인데 바람이 불어서 휘장까지 좋은 향기가 풍겨온다. 9~10구는 무슨 의미인지 분명치 않다. 마지막에는 늘그막에 아직 남은 혼사로 인해 무거운 마음을 담았다.

08
근사재에게 수답하다酬近思齋

[성근묵이다成近黙]

菟絲附長松	토사는 기다란 소나무에 붙어서
與之拂淸風	그와 함께 맑은 바람에 흔들리네.
願言隨君子	원하노니 군자를 따라서
行行同所適	가고 가서 가는 곳을 함께 하기를.
我如老駑駘	나는 노둔한 말과 같으니
望君時加策	그대가 때때로 채찍질 하길 바라네.
爲君鳴素琴	그대를 위하여서 거문고 타서
豪宕靡律格	호탕하게 율격을 함께 하려네.
但恐方外聲	다만 두려운 것은 방외 소리를
子期不肯聽	종자기가 듣기 좋아하지 아니함이네.

어석

- 성근묵成近墨, 1784~1852 : 조선 후기의 문신. 본관은 창녕昌寧. 자는 성사
  聖思, 호는 과재果齋. 1809년에 사마시司馬試에 합격하였다. 1838년에 양
  근군수 재임 시에 이조로부터 재학才學이 뛰어난 인물로 추천을 받
  아 경연관經筵官을 거쳐 1805년에 장령으로 발탁되었고 1807년에 집

의로 승진하였다. 1852년에 형조참의로 임명되었는데, 그해에 죽었다. 청렴·강직하기로 이름을 떨쳤으며 학문이 빼어났다. 죽은 뒤에 이조판서에 추증되었다. 저서로는 『과재집』이 있다.

- 토사^{兔絲} : 새삼과에 속하는 일년생 기생만초^{寄生蔓草}다. 잎이 없고 딴 식물에 감겨 붙어서 양분을 섭취하며, 열매는 토사자^{兔絲子}라 하여 약재로 쓰인다.

[평설]

이 시는 성근묵에게 준 것이다. 산운은 성근묵과 각별했던 사이로 보인다. 이러한 사실은 서로의 문집에서 확인할 수 있다. 산운이 성근묵 보다 13살이 연상이지만 두 사람은 망년지교^{忘年之交}를 나누었다. 토사는 기생식물로 알려져 있다. 토사와 소나무의 관계를 통해 서로가 각별한 사이임을 말했다. 자신의 부족한 자질을 노둔한 말에 빗대서 상대의 권면을 바랐다. 또 거문고 소리를 통해 자신의 방외인적 기질이 상대방에게 이해받지 못할까 두려운 마음도 함께 담았다. 비록 겸사가 없진 않겠지만, 나이를 뛰어넘어 상대를 존중하는 마음이 인상적이다.

09

강재에게 수답하다酬剛齋

[김정현이다金鼎鉉]

古人不待吾	옛날 사람은 나를 만날 수 없고
後人吾不待	후세 사람도 나를 만날 수 없네.
與君生幷世	그대와 함께 같은 세상 살아도
胡復渺如海	어찌하여 바다처럼 아득하던고
睠彼枝上禽	저 가지 위의 새를 돌아 보게나
嘯侶相好音	좋은 소리 지저귀며 친구 부르는 걸.

평설

이 시는 친구를 그리워하는 마음을 담았다. 1, 2구는 진자앙陳子昂이 지은 「유주대에 올라서登幽州臺歌」에 "앞으로는 옛사람을 보지 못하고 뒤로는 오는 사람 볼 수가 없네前不見古人 後不見來者"를 연상시킨다. 옛 사람은 먼저 죽어 내가 만날 길이 없고 후세 사람은 아직 태어나지 않아 만날 길이 없다. 오직 만날 수 있는 것은 같은 시대에 살고 있는 마음이 맞는 사람들 뿐이니, 더할 수 없이 소중한 인연이라 할 수 있다. 그러나 친구는 멀리 떨어져 있어 만나기 힘들다. 바다처럼 아득한 사이가 되어버린 것은 실제 두 사람의 거주지가 떨어져 있는 것인지, 마음의 거리가 멀어져 있는 것인지는 분명치 않다. 가지 위의 새들도 저처럼 사이좋게 지내니 우리도 좋은 사이로 지내자고 했다. "우리 좀 자주 만나자"라는 투정이 섞여 있다.

10

강재가 와서 읊으면서 화답하기를 요구했으나,
화답하지 않다가 끝에 가서 이에 이 시를 짓다

剛齋來吟, 要和不和, 末乃作此

有口須飮酒	입 있으면 모름지기 술 마셔야 하건만
無酒焉用口	술이 없으니 입을 어데 쓰겠나
有口口何言	입 있은들 입으로 무얼 말해야 하나.
道言聽者疑	말해도 듣는 이들 의심만 하네.
長歌歌如哭	높은 노래 지어 곡하듯 노래 불러도,
我哭人笑之	나는 곡하지만 남들은 비웃기만 하네.
爲詩不必好	시 지어도 꼭 잘 짓지 못하였는데
不好又何爲	못 짓는다 해도 어쩔 수 없다오.
君且休云云	그대 잠시 아무 말씀도 하지를 마오
耳聾亦多時	귀가 먹은 지 오래되었다고,

[교감]

① 『북한한시선』에는 제목이 「剛齋求吟要和不和末乃作此」로 되어 있다.

② "長歌歌如哭 我哭人笑之"가 『북한한시선』에서는 "我歌歌如哭 我哭
人笑之"로 되어 있다.

③『임연백시』에는 제목이 「剛齋來吟不和末乃作此」로 되어 있다.

임연당별집

농인이 말하기를 "강개하다懷慨"라고 하였다.

평설

이 시는 강재剛齋,김정현을 말한다라는 사람이 자신의 시에 화답을 요구했지만 산운이 답시를 짓지 않자, 자신이 귀머거리가 된 것 같다고 투정을 부리자 쓴 것이다. 유수대流水對를 사용하여 표현했다. 입의 쓰임새는 4가지를 꼽을 수 있다. 술 마시기, 말하기, 노래하기, 시 읊기 등이다. 그런데 산운은 이중에서 능한 것이 단 하나도 없다. 술이 없어서 입을 사용하지 못하고, 믿어주는 사람이 없어서 말을 할 필요도 없으며, 노래를 하자니 비웃음이나 당할 판이고, 시를 읊자니 재주가 없어 잘 짓지 못한다. 그러니 입이 하는 모든 일에 재주가 없어서 입을 닫고 있었다는 변명 아닌 변명을 한 셈이다. 이처럼 그가 소통의 단절을 강하게 호소하였다. 9, 10구는 자신이 이런 이유로 화답을 하지 않은 것이니 내 속도 모르고, 내 화답을 듣지 못해 귀 먹은지 오래되었다는 말은 하지 말라 하였다. 또 다른 해석의 가능성은 "그대 잠시 아무 말씀도 하지 마시게, 귀가 먹은 지 또한 오래됐으니"이다. 산운 자신의 소통을 위한 시도가 자의든 타의든 단절되면서, 결국 자신을 '이롱耳聾'이라 하여 자신이 주체가 되어 소통을 거부하려는 의지를 분명히 표현한다.

11
제목을 잃음^{失題}

1

汲黯抍一死	급암이 죽을 각오로 충언할 때는
萬口恣誅殛	모든 사람 죽여야 한다 마구 떠들었지만
使黯言而侯	급암이 충언으로 제후가 되자
萬人爭衒直	모든 사람 다투어 충직하다 주장했지.
是時公孫相	그 당시의 재상 공손홍
此機識不識	이러한 요체를 아는가 모르는가.

2

持鐮問蒺藜	낫을 들고 납가새에게 묻노니,
爾刺欲刺誰	"네가 누굴 찌르려고 하나?"
青松敢自高	"푸른 소나무가 감히 자고자대하며
偃蹇淩天威	높이 솟아 하늘을 능멸하고 있어서요."
歎息拾松淚	탄식하며 솔잎 위에 송진을 따고
琥珀瑩輝輝	영롱하게 반짝이는 호박도 캐네.
合與西方美	이 둘을 서쪽 사는 미인에게 보내니
識知以爲珥	이를 알아보고 귀거리로 삼았구나.

『임연당별집』에는 識知以爲珥가 識之以爲餌로 되어 있다.

- 급암汲黯 : 한대漢代의 간신諫臣. 자는 장유長孺. 복양濮陽사람. 경제景帝 때
  에 태자세마太子洗馬가 되고 무제武帝 때 동해東海의 태수를 거쳐 구경九
  卿의 반열에 올랐다. 성정이 매우 엄격하여 직간을 잘하여 무제로부
  터 옛날의 사직社稷의 신하에 가깝다는 평을 들었다.
- 납가새蒺藜 : 납가새과에 속하는 일이년 초. 열매는 단단하고 억센 가
  시가 있다. 뿌리와 씨는 약재로 쓴다.

1️⃣ 급암은 한 무제에게 목숨을 내놓고 간언했던 인물이다. 무제의 절대
적인 신임을 받는 어사대부 공손홍에게도 '위선으로 가득찬 행동을 일
삼는 자'라고 호된 비판을 가한기도 했다. 역사서에는 보통 급암을 강
직한 사람으로 공손홍을 처세의 달인으로 그려졌다. 산운은 두 사람을
대비 시켜서 강직과 처세 중에서 급암의 손을 들어주었다.

2️⃣ 제2구는 시적 화자가 납가새에게 묻는 말, 제3, 4구는 납가새의 대답
이다. 납가새와 푸른 소나무는 소인과 군자를 의미한다. 여기서는 푸른
소나무의 드높은 정신을 칭송하기 위에 납가새와의 대비하는 방법을
썼다. 낫을 든 자는 끝내 푸른 소나무를 시기하는 납가새를 걷어내고
푸른 소나무에서 송진또는이슬과 호박을 얻는다. 시적화자는 자신과 푸

른 소나무를 동일시하여 서쪽 미인여기서는임금또는상급자를의미하다이 자신의

뜻을 받아 들이는 것을 기뻐한다.

12

산 유람에 필요한 말을 구하는 나를
기롱하는 사람에게 답하며 答人譏求山遊騎

植杖斜植水	지팡이를 비스듬히 물에 꽂으니
杖腰中虯蹙	지팡이 가운데가 구부러졌네.
我杖本非曲	내 지팡이 애당초 굽지 않았고
見者亦非錯	보는 이도 또한 잘못 보지 않았지.
盍余正植之	어찌 내가 지팡이 바르게 꽂아
使人靡玄惑	사람의 현혹을 없앨 줄 몰라서겠나.

(평설)

이 시는 산에 놀러가려고 할 때에 필요한 말馬을 구한다 하니까 주변 지
인들이 핀잔을 주자, 자신의 상황을 해명하기 위해 쓴 것이다. 산운은
유람을 즐겨했다. 유람을 다닐 수 있는 여유 있는 처지여서가 아니라
유람이라도 떠나지 않으면 견딜 수 없어서였다. 물에 꽂은 지팡이에 빗
대어 자신의 의지를 드러낸 것이다. 지팡이가 삶이라면 지팡이를 꽂는
것은 삶에 대한 대응 태도를 의미한다. 현실적인 삶의 방정식에 순응한
다고 해서 꼭 바른 것도, 순응하지 않는다고 해서 그른 것도 아니다. 다
만 자신의 스타일에 맞춰 삶을 살면 그뿐이다. 내가 삐딱하게 살아서

다른 사람들이 삐딱하게 보는 것이니 그 점에 대해서는 섭섭하지 않다. 그렇다고 지팡이 자체를 바로 꽂아서 남의 눈높이에 맞출 생각도 없다. 지팡이를 비스듬히 물에 꽂으면 물과 만나는 중간 부분이 빛의 굴절 현상에 의한 착시錯視를 통해 약간 각도가 꺾여서 보이는데 그런 차이가 남들이 나를 오해하는 지점이다. 지팡이도 곧고 나도 곧고 너의 눈도 곧다. 다만 꽂는 각도에 따라 휘어져 보일 뿐이다. "내가 바로 꽂을 줄 모르는 것이 아니다. 당신들의 방식들을 그대로 따르지는 않겠다. 그러니 나를 알아달라 하지 않겠다. 나는 나대로 살겠다." 모든 것은 삶의 방식 차이이지 옳고 그름은 없다. 산운은 곡직曲直은 상대적인 개념이니 함부로 자신의 기준으로 상대방을 판단하고 재단하는 데 대한 심한 피로감을 드러냈다. 정식正植과 사식斜植의 차이를 통해 상대적인 처세處世의 다양성을 이야기 했다.

13

윤군서〔치익〕에게 수답하다^{酬尹君瑞〔致翼〕}

老栗禿無枝	늙어버린 밤나무 가지도 없이
蕭然照山日	쓸쓸히 산 해만이 비추어주네.
與君爲兒時	어릴 적에 그대와 둘이서 함께
共摘枝上實	가지 위에 열매를 땄더랬었지.

[교감]

『임연백시』에는 제목이 「酬尹上舍」라 되어 있다.

[평설]

오래된 밤나무는 변변한 가지도 없이 햇살 만을 받고 있다. 생각해보니 그 친구와 나는 밤나무에서 밤을 함께 따곤 하였다. 아주 오래전 일이다. 밤나무도 늙었고 그대도 나도 다 늙었다.

14

섣달 그믐날 밤에 이취송〔취송은 철의 호이다〕에게 지어주다 歲夕, 贈李翠松[瞮號]

君生共我年	그댄 나와 동갑으로 태어났으니
歲歲同懷抱	해마다 품은 생각 똑같았었네.
金鏡不須開	거울을 굳이 열어 보지 않아도
見君知我老	그댈 보면 내 늙은 줄 절로 알겠네.

평설

이 시는 섣달 그믐에 동갑내기 친구에게 준 것이다. 동갑同甲이란 말은 그 자체 만으로 묘한 친밀감을 유발한다. 같은 시대의 분위기와 같은 문화를 공유했기 때문이다. 게다가 같은 추억까지 공유했다면 생각마저 점차로 닮아감을 느끼게 된다. 그러니 그런 동갑내기 친구와 서로 마주하고 있으면 굳이 거울을 꺼내볼 것도 없다. 세월의 풍파를 고스란히 겪은 친구의 얼굴을 보면 자연스레 나도 그만큼 늙을 줄을 알게 되기 마련이다.

15

상호[홍재경이다]에게 지어주다 與湘湖[洪在絅]

不識身全老	이 몸이 늙어가는지 전혀 몰랐는데,
驚君白髮新	그대가 나의 백발 보고 놀라네.
相逢如欲拜	나를 보고선 절을 하려 하는데,
還是催行人	"이보게, 나는 그대와 같은 연배네"

어석

- 안항雁行 : 같은 항렬의 사람을 이르는 말이다. 다른 의미로는 같은 연배, 동등한 반열을 뜻하기도 한다. 여기서는 후자의 의미로 해석한다.

평설

이 시는 주체를 누구로 보느냐에 따라 두 가지 해석이 가능하다. 우선 자신의 늙음을 인지하지 못하다가 상대방을 보고 늙음에 놀랐다는 것으로 해석하게 되면 "몸이사 늙은 줄을 몰랐었는데, 그대 백발 하얀데 깜짝 놀랐네. 서로 만나 큰 절을 해야 할 것 같지만, 역시 같은 연배 사람이었네"라는 해석이 가능하다. 이렇게 해석을 하면 상대방의 흰머리를 보고 연장자인 줄 알아 인사하려 했다가 뒤늦게 동년배인 줄 알았다는 말이다. 요즘 식으로 말하자면 상대방은 의문의 1패를 한 셈이다.

그런데 이렇게 해석하면 상대방에 대한 예의도 아니고 시를 지은 목적과도 부합되지 않는다.

자신은 본인의 나이를 객관적으로 보기 힘들다. 매일 보다보니 예전의 얼굴과 다를 게 없어 보인다. 그러나 서로가 떨어진 시간이 오래될수록 내 늙음은 상대에게 도드라져 보일 수밖에 없다. 내 희끗희끗한 머리를 보고 당연히 자신보다 연장자라고 생각을 하고, 상대방은 나에게 절을 하려다가 같은 나이라는 설명을 듣고 그 행동을 멈춘다. 지금도 이와 다르지 않다. 오랜만에 만난 동창의 모습을 보고 깜짝 놀란다. 예전에 보았던 친구의 모습은 하나도 남아 있지 않고 중년의 모습이 들어 앉아 있다. 사실 상대도 나의 모습을 보고 이처럼 놀랐으리라. 세월은 그렇게 급하게 모든 것을 뒤바꿔 놓는다.

16
달 아래서 이만오를 생각하며^{月下懷晚悟}

[1]

天月廣陵明	하늘 달에 광릉이 환히 밝으니
忠州豈不照	충주라고 어찌하여 안 비추리오?
故人誰家樓	그대께선 누구 집의 누각 위에서
長謌怨脩嶠	높은 노래로 높은 산 원망하는가.

[2]

送君十年來	그대를 보내고서 십 년 됐는데,
匆匆一兩見	바빠서 한 두 차례 만나 보았네.
鬢髮已皤然	머리털 이미 희게 세어졌으니
十年復幾遍	십 년 동안 몇 번이나 만나게 될까.

[교감]

『임연당집』에는 위의 시만 실려 있는데, 『임연백시』에는 「月下憶李晚悟」라는 제목으로 아래의 시까지 실려 있다.

어석

- 광릉廣陵 : 경기도 광주廣州를 달리 이르는 말이다.

평설

이 시는 충주에 있는 이만오가 보내온 편지나 시에 대한 답시答詩로 보인다. 달을 매개로 해서 공간은 다르지만 상대와 내가 같은 그리움을 공유한다는 내용의 시들은 연원이 깊다. 그 기원은 남조 때 사장謝莊의 「월부月賦」에 나오는 "미인은 멀리 가 버려 소식은 끊겼지만 천 리 멀리 떨어져도 달빛은 함께 보네美人邁兮音塵闕, 隔千里兮共明月"라 한데서 찾을 수 있다. 또, 소동파의 사詞「수조가두水調歌頭」에 "다만 바라는 것은 사람이 오래도록, 멀리서도 아름다운 저 달 같이 구경했으면 좋겠어요但願人長久千里共嬋娟"라 나오고, 장구령張九齡의 「달을 보며 멀리 있는 사람을 그리워하다望月懷遠」에 "바다 위로 밝은 달 떠오르니 하늘 끝에서 이 시간 함께 보겠지海上生明月, 天涯共此時"라 나온다. 이처럼 옛날 사람들은 달을 매개로 서로의 그리움을 상상하고 확인하곤 했다.

1 시도 달을 매개로 이야기를 진행한다. 자신은 광주 땅에 있고 친구는 충주 땅에 있다. 아마도 친구는 왜 이리 연락이 없냐며 무심한 사람이라고 타박을 했던 모양이다. 거기에 산운은 이렇게 답한다. 자신은 이렇게 달빛이 환히 보이는데, 친구는 아마 높은 산에 있어 달이 더디 떠서 보이지 않는 모양이라고 말한다. 마치 "나는 늘 당신을 생각한다. 그러니 잘 생각해 봐라"라고 말하는 것 같다. 이 구절을 이해하기 위해서는 높은 산에 더디 달이 뜨는 풍경을 담은 시 한 편을 더 읽어 볼 필

요가 있다. 능운凌雲의 「낭군을 기다리며待郞君」에서 "달 뜨면 오신다던 님, 달 떠도 안 오시네. 님 계신 그 곳, 산이 높아 달이 늦게 뜨나 郞云月出來, 月出郞不來, 想應君在處, 山高月上遲"라 했다.

2 시는 마음이 어찌 됐든 서로 간 소원했던 왕래를 인정한다. 생각해 보니 십 년 동안 상대를 한두 차례 만나 보았는데, 이제 늙었으니 이후 십 년에는 몇 번이나 만나게 될지에 의문을 품으며 끝냈다. 이 시는 아직도 친구를 향한 마음은 그대로이지만 형편상 왕래를 자주 할 수 없는 처지에 대한 아쉬움도 함께 담겨져 있다.

17
석전에게 지어 올리다^{모石田}

[족형 익연이다族兄翼淵]

天上有圓月　　하늘 위엔 둥그런 달이 떠 있어
流光照沼遞　　흐르는 빛 아득하게 먼 데 비추네.
一客鳴玄琴　　한 사람은 거문고를 연주하는데
一客倚欄際　　한 사람은 난간 가에 기대어 있네.

(평설)

달빛이 가득한 가운데 한 사람은 거문고를 타고 한 사람은 말없이 듣고 있다. 가타부타 별다른 묘사 없이 그저 둘이 있는 한 장면을 포착해 냈다. 마치 백아와 종자기의 지음知音을 연상케 한다. 달빛, 거문고 소리, 좋은 사람 이 셋이 있으니 그 자체로 아름다운 풍경이 되어버렸다.

18
이백승(이조영이다)에게 주다 與李伯承

望見故人來	친구가 오나하고 내다 봤더니
遲遲隔林末	느릿느릿 숲 저편 끝에서 오네.
野逕避田畴	들길이 밭두둑길 피하여 나서
逶迤多曲折	구불구불 곡절이 많기도 하네.

〔교감〕

『임연백시』에는 제목이 「與滴翠」라고 되어 있다.

〔평설〕

이 시는 친구를 기다리며 쓴 것이다. 산운은 친구가 이제나 저제나 오
나 하고 수시로 문 밖을 내다본다. 기다림은 그리움을 증폭시킨다. 마
침 친구는 저 너머에서 느릿느릿 발걸음을 옮기고 있다. 들길은 밭두둑
을 피하여 요리조리 구불구불 휘어진 모양이다. 담박에 나를 향해 왔으
면 좋겠지만 휘어진 길을 따라오느라 시간이 더 걸리니 애가 탄다. 구
불구불한 길은 친구가 자신을 찾아오기까지 겪었을 여러 우여곡절을
의미하는 것으로 볼 수도 있겠다. 이 시에는 이제는 찾아보기 어려운
그리움이 온전히 남아 있다.

19
이경우의 생일 잔치에서 지어 주다 與李景愚晬席

兒生母晬日　　제 어미 생일 날에 아이 났는데,

母老兒爲壽　　어미 늙어 아이가 축하를 하네.

而兒復有兒　　그 아이에게 다시 아이가 있어

學爺獻爺酒　　아비에게 배워서 술잔 올리네.

[교감]

① 『임연백시』에는 제목이 「梧村壽母宴」으로 되어 있다.

② 『임연당별집』에는 제목이 「與李景愚壽母晬席」으로 되어 있다.

[평설]

이 시는 이경우李景愚의 어머니 환갑잔치에 지어준 것이다. 어머니와 그 아들이 같은 날에 세상에 태어났다. 이 날은 자신의 생일이면서 어머니의 생일이 된다. 축하를 하기도 하고 축하를 받기도 해야 한다. 게다가 이날은 어머니의 환갑잔치날이었다. 이경우는 어머니 생신을 축하하려고 술을 올리고 이경우의 자식들은 이경우에게 술을 올린다. 이경우와 그의 어머니가 생일이 같다는 점에서 착안하여 가정의 화목함을 절묘하게 그려냈다.

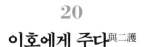

20
이호에게 주다與二護

南湖水碧泛輕舟	남호의 푸른 물에 가벼운 배 띄우노니
獵獵荷風逐越謳	하늘대는 연꽃 바람 강남노래 따라가네.
沿洄莫近灘流急	오르고 내릴 때는 급류 가까이 가지 말라.
却恐隨波不自由	물결 따라 휩쓸릴까 오히려 두려우니.

임연당별집

족질인 참판 인태이다族侄參判寅泰

어석

• 남호南湖 : 용산 부근의 한강을 일컫는 용산강의 별칭이다.

평설

이 시는 이인태李寅泰, 1771~1845에게 준 것이다. 이인태는 족질族姪이었지만 산운과 동갑이었고 각별한 사이였다. 이인태는 이조참판까지 역임한 인물이다. 권력의 중심으로 갈수록 그만큼 예기치 않는 영욕榮辱을 겪을 가능성은 높아진다. 그러니 정쟁政爭에 휩쓸리지 말고 자신의 소신껏 살아줄 것을 주문했다.

21
외종에게 주다^{贈外從}

山川閭里不分明	산천의 마을들이 분명치 않았으니
星宿中間幾度更	별자리가 그 중간에 몇 번이나 바뀌었나.
君家女子冠笄者	그대 집 여자 중에 비녀 꽂은 사람은
盡是當年別後生	모두 그 때 헤어진 뒤 태어난게로구려.

어석

- 관계^{冠笄} : 갓과 비녀. 전傳하여 남자가 스무 살이 되어 갓을 쓰는 관례^{冠禮}와 여자가 열다섯이 되어 비녀를 꽂는 계례^{笄禮}를 이른다.

평설

세월은 모든 것을 달라지게 만든다. 옛 기억을 한참 더듬어 옛 마을을 찾아 보지만 그때 기억 속 마을과는 너무도 달라져 있다. 그대와 헤어졌던 것이 언제였던가. 꼼꼼히 따져보니 어느덧 숙녀가 다 되어 있는 그 여자애들이 외종사촌과 헤어진 뒤에 태어난 아이이다. 벌써 헤어진지 15년이 훌쩍 지나갔구나. 무심한 세월이여!

22
옥천의 어소를 지나가다過沃川漁沼

[동지 이재항이 여기 사는데, 그는 아들 여덟과 딸 둘을 두었다李同知在沈居之,
李有八子二女]

洞天朝日映層軒	골짜기 아침 해가 높은 다락 비추니
鍾鼎繁華八子村	종쳐서 밥을 먹는 번성한 여덟 아들 사는 마을이었네.
休把汾陽相比擬	곽분양과 서로들 견주지 마시게나
汾陽曾不老桃源	그도 진작 도원桃源에서 늙지는 못했으니.

어석

- 옥천沃川 : 충청북도 옥천군을 말한다.
- 층헌層軒 : 긴 난간欄干이 있는 여러 층의 집을 가리킨다.
- 종정鍾鼎 : 종명정식鍾鳴鼎食을 말한다. 종을 쳐서 여러 사람들에게 식사 시간을 알린 다음에, 밥을 먹을 때에는 솥을 늘어 놓고 먹는다는 말인데, 부귀한 집안의 호사스러운 생활을 뜻한다.
- 곽자의郭子儀 : 당나라 때 명장名將이다. 화주華州 사람으로 현종玄宗 때에 삭방절도 우병마사朔方節度 右兵馬使가 되어, 안록산의 난을 평정하였고 또 회흘回紇과 손잡고 토번을 정벌했다. 벼슬이 태위 중서령에 이

르고, 분양군왕汾陽郡王에 봉해졌다. 그는 모든 복을 갖추어 백자천손
百子千孫을 거느리고 팔자 좋게 일생을 보냈으므로 후에 부귀영화를
누린 사람을 표현할 때에 그의 이름을 많이 썼다.

이 시는 많은 자식을 낳고 다복하게 사는 이재항의 집을 방문하고서 쓴
것이다. 이재항은 아들 여덟에 딸 둘을 두었다. 산운은 이 사람을 보고
서 일단 곽자의郭子儀를 떠올렸다. 곽자의는 아들 여덟 명에 사위 일곱
명이 모두 조정에서 현달하였고, 손자 수십 명은 다 알아보지 못하여
문안 때면 턱만 끄덕일 뿐이었다고 하였다. 곽자의는 인간사의 복이란
복은 다 누린 셈이다. 이재항과 곽자의 모두 아들을 여덟 명 둔 사실에
서 착안해 두 사람을 빗댔다. 오히려 곽자의는 도원에서 행복하게 늙지
는 못했지만 이재항은 도원에서 늙어가고 있다 했다. 산운이 이재항의
손을 들어주었다. 다복한 가정에 대한 축원이 담긴 소품小品이다.

遣興類

민요풍 한시

01
시골의 저녁^{村夕}

秋日在林梢	가을 햇살 나무 끝에 걸리어 있고
淸陰落溪水	맑은 그늘 시냇물에 드리웠구나.
山屋兒呱呱	산 집에 어린애는 응애 울지만,
山婦舂末已	산 아낙의 절구질은 끝나질 않네.

평설

이 시는 방아찧기 노래인 용가舂歌에 속한다. 우리네 시골에서 가장 흔히 접하는 절구질의 모습을 통해 과장없이 담담하게 현실 문제에 접근하고 있다. 해는 져서 저녁 무렵에 들어섰다. 아이는 무에 불편한지 엄마를 찾아 울어대지만 당장 달려가 볼 수가 없다. 아낙은 아직 절구질을 끝내지 못했기 때문이다. 이 시에는 저녁이 가까워 올 때에, 일을 마치지 못한 아낙의 급한 마음이 잘 그려져 있다.

02
시골집村家

1

村嫗懶不裳	촌 할미는 치마도 두르지 않고
抱兒簷下坐	손주 안고 처마 밑에 쪼그려 있네.
爲兒待兒爺	손주가 손주 애빌 기다리는 건
樵歸持山果	나무하고 가지고 올 산과일 때문.

2

抱兒兒莫啼	아가야 아가야 울지 말아라
杏花開籬側	살구꽃 울타리에 붉게 폈잖니
花開且結子	살구꽃이 피어서 열매 영글면
吾與爾共食	아가야 우리 함께 따 먹자꾸나

> 평설

할머니가 아이를 달래는 풍경을 담은 시이다. 할머니와 손주는 시골집에서 흔히 볼 수 있는 풍경 중 하나다. 보채는 손주와 달래는 할머니를 대비하면서, 자장가를 통해 할머니와 손주와의 따스한 교감을 회화적으로 그려내고 있다. 2에서 '아이의 울음兒啼'과 '살구꽃의 붉음杏花'이 청각과 시각적 대비 속에서 실제감을 더하고 있다. 특히 결구에서 할머니와 손주 모두 같은 사람을 기다리는 묘한 연대가 아름답다. 혈연의 따스함이 짙게 배어 있다. 이 작품에서 산운은 감정을 최대한 절제하며 사소한 것을 일상적 구법으로 그려내고 있는데, 이런 산운의 일상적 구법은 일상적 풍경을 가장 적합하게 묘사하는 것을 가능하게 한다. 이렇게 원경遠景에서 근사近事로의 묘사는 음풍농월하는 관념적인 사물인식에서 벗어나, 일상의 사물과 현상을 노래하게 된다. 사소한 것들에서 의미를 획득해 가는 과정을 통해 조선적인 것의 실체와 현실을 더욱 핍진하게 보여주게 되는 것이다.

3

村婦出田鋤	촌 아낙 밭에 김매러 나가야 하니
小兒托隣嫗	아이는 이웃집 할미한테 맡기네.
兒啼口與飯	"아이가 울면 입에 밥을 먹어주고
寢兒勿太燠	아이가 잠들면 너무 덥게 마세요"

4

村婦背負兒	촌 아낙은 아이를 등에 업고서
恩恩鳴杵急	쿵덕쿵 쿵덕쿵 절구질 급히 하네.
峯陰渡野來	"산 그림자는 들판 건너 오고 있으니
田丁已應入	바깥 양반 일 마치고 들어 오리라"

3 번 시가 시골 아낙의 모성애를 표현하고 있다면, 4 번 시는 남편의 귀가 시간에 마음이 급해지는 아낙의 심사를 담아내고 있다. 이 두 편의 시에서 화자話者는 촌 아낙으로 설정되어 있다. '물태욱勿太燠'와 '저급杵急'의 표현에서 아이에 대한 애정과 남편에 대한 걱정을 각각 보여준다. 표현 하나로도 작품 전체의 의도를 충분히 전달하고 있다. 특히, 4 번 시는 '총총悤悤'이라는 첩어疊語를 사용하여 바삐 절구질을 하는 아낙의 조급한 마음을 효과적으로 표현하고 있다. 이 두 작품은 모두 촌 아낙의 대화체를 통해서 그려내고 있어 진솔한 정감을 드러난다. 두 작품 모두 표면적으로는 보여주기를 통해 전형적인 시골 아낙의 일상적 행위를 담담히 보여주고 있을 뿐이다. 밭일하러 가기 위해 자식을 이웃집에 맡기는 행위라든가 아이를 업고 절구질하는 모습은 어느 시골 현장에서도 쉽게 볼 수 있는 담담한 풍경이다. 그러면서도 그 이면에는 곡진하고 절실한 아낙의 심사가 녹아들고 있는 것이다.

曉起喚兒孫	새벽에 일어나 아들과 손자를 부르나
兒母覺還睡	애 엄마는 깨었다가 다시 잠드네.
今日耕山田	"오늘은 산에 있는 밭을 갈아야하니
田夫宜早饋	애비를 일찍 챙겨 먹여야 할텐데."

6

吉貝宜上田	"목화는 윗 밭이 마땅하고
下田種禾黍	아랫 밭엔 벼와 기장 심어야 하리.
老牛日以耕	늙은 소로 날마다 밭을 가는데,
耕遲不忍楚	더디더라도 차마 때릴 수 없네"

7

大兒驅牛耕	"큰 놈은 소를 몰아 밭을 갈았고
小兒隨後栽	작은 놈은 뒤 따라 씨를 뿌렸네.
老父雖無力	늙은 아비 비록 기력 없다지만
猶堪負餉來	아직까진 들밥은 나를 수 있네"

평설

5번 시에서 화자는 시어머니로 보인다. 새벽에 일어나 아들과 손자를 부르는데 며느리는 피곤한지 깨었다가 이내 잠이 든다. 3, 4구를 시어머니의 말로 본다면, 전부田夫는 두 가지로 해석이 가능하다. 일반적인 농

173

부나 자신의 아들로 볼 수 있다. 어찌 되었건 빨리 일어나 아침밥을 짓지 못할까봐 염려하는 마음을 담았다.

⑥번 시에서 '늙은 소'에 대해 애정을 보이는 평범한 농군의 따스한 마음을 그려냈다. 조그만 땅이라도 있으면, 가꾸고 싶은 것이 농군의 마음이다. 윗밭에는 목화를 재배하고, 아랫밭에는 벼와 기장을 심으려니 하루가 아까운 형편이다. 하지만 늙은 소로 밭을 갈다보니 일은 더디고 마음만 조급하다. 그렇더라도 소는 자신과 반평생을 함께하며 늙어간 친구같은 존재이다. 그런 소가 더디다하여 매질을 할 수는 없다.

⑦번 시에서는 자식에 대한 늙은 아비의 부정父情을 그려내고 있다. 농군의 가장 큰 관심은 역시 농사일이다. 농군의 마음은 땅에 대한 애착과 사랑을 바탕으로 해서, 농사일에 소중한 동반자인 소에게까지 따스한 시선을 옮겨가고 있다. 특히 소와의 동질감은 화자 자신을 '노부老父'라 칭한 데서 드러난다. 대체로 소는 백성의 고통을 대변하는 제재로 등장하면서, 산운 자신과의 정서적 동일화를 보여준다. '불인不忍'에서 보듯 하찮은 가축에게도 깊은 애정을 보여주는데, 이것은 산운의 분별과 차별을 넘은 화해로운 시각을 반영한다.

이 시는 농군의 속내가 묻어 나오는 분위기로, 마치 탁주 한 사발에 거하게 취한 농군의 농요를 듣는 듯 하다. 대개 산운시에 등장하는 화자는 농부와 며느리들이며, 3인칭 시점으로 등장하는데, 대부분은 산운 자신과 일치하고 있다. 산운시에서 대화체는 통상 독백체의 형식을 띠는데, 그것은 오언절구라는 형식상의 제약 때문에 여러 인물을 등장시켜 다양한 대화의 양상을 보여주는 데는 한계가 있기 때문이다.

8

田夫見斜日	남편이 지는 해를 보고서는
先送婦人炊	먼저 집사람을 밥 지러 보내네.
老人得無餒	노인이 배 주리지 않아야 하니
夕飱不可遲	저녁 밥 늦출 수야 없는 일이지.

9

耕歸面阿母	밭갈고 돌아와 어머니를 뵈오니
阿母北窓下	어머닌 북창 아래 누워 계시네.
枕簟問如何	잠자리 어떠셨나 여쭤 봤더니
今日熱如火	"오늘은 불처럼 뜨겁더구나"

어석

- 아모阿母 : 어머니를 친근히 부르는 말.
- 북창北窓 : 도연명의 「아들 엄 등에게 주는 글與子儼等疏」에 "늘 말하기를, 5~6월에 북창 아래 누워, 시원한 바람이 건 듯 불어오면, 스스로 희황羲皇 적 사람이라고 하곤 하였다"라 하였다.

평설

위의 시 두 편은 모두 모자母子의 따스한 정경을 그린 것이다. 전편이 밭을 갈고 들어와 어머니에게 문안을 드리는 내용이라면, 후편은 나무꾼 아들이 일터에서 어머니를 걱정하는 내용이다. 9 번 시에서 1·2구는 아모阿母가 선련체蟬聯体로 구성되어 있고, 3·4구는 모자 간의 대화체로 이루어 졌다. 이런 형식적인 배치를 통해 생동감과 현장감을 살려서 모자 간의 정감을 효과적으로 표출하기 때문에 읽는 이들은 진솔함을 느끼게 된다. 폭염에서 일한 아들에게 바람 잘 드는 창문 아래에 있었을 어머니가 너무 더웠다고 투정을 부리는 모습이 실감나게 묘사되고 있다.

그런데 특이한 점은 며느리가 화자로 등장하는 시에서는 주로 독백체로 그려진 데 반해, 모자 간의 관계는 온전한 대화의 형태를 띠고 있다는 사실이다. 이런 미묘한 대화의 차이를 통해 여성들 간의 소통의 단절을 잘 반영하여 그들이 겪는 질곡의 삶을 효과적으로 그려내게 된다.

03
이웃 농부農隣

今日子來耘	오늘은 자네가 김매러 오니
明日我當謝	내일은 내가 마땅히 사례를 함세
巧拙如相較	잘하고 못함을 서로 비교한다면
拙者將何稼	못하는 이 장차 어이 농사 지을까

교감

『임연백시』에는 제목이 「村家」라 되어 있다.

평설

이 시는 농촌의 일상적인 품앗이 풍경에 대해 쓴 것이다. 능숙한 이웃
집 일손한테 감사하며 위로하는 내용을 담았다. 나와 너가 대립적으로
그려지지 않고 화해와 협조를 바탕으로 한 관계로 설정되어 있다. 3구
의 '잘하고 못함巧拙'은 대립을 보여주기 위한 것이 아니라, 분별과 차별
을 뛰어넘은 의식의 반영이다. 산운의 민중시에서 보여주는 대립적 시
각과는 분명히 차별되어 나타난다. 이것은 뒤에 나오는 '맏며느리'와
동서들과의 심리적 연대와 궤를 같이하는 것이다. 소외되고 핍박받는
계층들은 서로 대립하지 않는 것으로 형상화된다. 산운은 그들과의 묵
시적인 연대의식을 따스한 시각으로 다루고 있다.

04
시골 며느리^{村婦}

1

問君母年幾	자네 노모는 연세가 어떻게 되나
我母常多病	우리 어머님은 늘 병이 많으시다네.
了鋤合一歸	김매고 한 번 가서 봬야 하지만
舅嚴不敢請	시아버지 무서워서 청할 수 없네.

2

君家遠還好	자네 친정은 멀어서 좋겠구먼,
未歸猶有說	못 간다 해도 변명할 게 있을테니까
而我嫁同鄕	헌데 나는 한 동네 시집와서도
慈母三年別	엄마 얼굴 삼 년간 못 보았다네.

[교감]

1번 시의 부제는 屬仲婦이고, **2**번 시의 부제는 屬季婦이다.

[평설]

악부시의 전통에서 '며느리'는 무척 익숙한 소재이다. 중국 최대의 악부서사시인 「공작동남비孔雀東南飛」를 비롯하여 고려시대 백원항白元恒의 「백사음白絲吟」, 조선 후기의 이광정1674~1756의 「향랑요薌娘謠」, 최성대의 「산유화여가山有花女歌」, 신헌申櫶의 「오뇌곡懊惱曲」, 정약용의 「도강고가부사道康瞽家婦詞」 등이 있다. 시집 중심의 가족체계에서 며느리는 언제나 주변부에 위치했다. 며느리에게는 권리는 철저히 배제된 채 의무만이 강요되었다. 그래서 며느리는 중세의 모순적 현실을 반영하는 데 용이한 시제詩題임에 틀림없다.

이 작품은 큰 며느리가 큰동서와 작은동서에게 하소연하는 형식으로 되어 있다. 여기서 화자는, 님에 의해 존재가 인정되고 세계와의 갈등도 대부분 님과의 관계 속에서 야기되는 여인의 모습이 아니라, 딸－어머니·며느리－시부모의 관계로 형성되는 한 가정 내에서 독립적인 기능을 하는 존재로, 그가 겪는 문제도 시집살이나 친정에 대한 그리움 같은 생활과 밀착된 것들이다.[1] 따라서 기존의 작품들과 일정하게 차별되어 나타난다.

우선, **1**에서는 화자가 가장 허물없을 손아랫동서에게 자신의 처지를 하소연하고 있다. 제3구에서 지척에 있는 친정도 마음껏 방문하지 못하는 며느리의 고통을 통해 중세사회의 불합리를 표현한 것이다. 이 작품은 친정어머니의 건강문제에 걱정은 더해 가도, 지척에 친정집을 두고서도 문병조차 가지 못하는 기막힌 심정이 잘 드러나 있다. **2**에서는 답답한 심정을 막내동서에게 마저 하소연하고 있다. 여기서도 동서

....

1 이혜순, 「여성화자 시의 한시 전통」, 『한국한문학연구』 학회창립 20주년 기념특집호, 한국한문학회, 1996.

와 자신은 친정에 가지 못하는 처지에 있어 마찬가지다. 제4구에서 3년이란 표현은 앞서 '요서了鋤'를 사용한 것과 같이 며느리의 고통을 잘 드러내 주고 있다. 또, 두 시에서 "舅嚴不敢請, 慈母三年別" 같은 대목에서는 시집살이요謠 같은 구기口氣마저 느낄 수 있다. 이처럼 이 시는 며느리 간의 대화를 통해 인간의 진정眞情을 드러내어 여인들의 속내를 진솔하게 그려냈다.

05
시골 절구질 소리村杵

落日下山村	지는 해가 산촌에 지고 나니까
隱隱生微霭	은은히 엷은 이내 피어오르네.
杵聲度野遲	절구 소리 들판 더디 지나가더니
遞後一杵至	뒤이어서 다른 절구 소리들리네.

[평설]

이 시는 구체적인 묘사는 생략한 채 시각과 청각적 심상만으로 해질녘
농촌 풍경을 담담히 그려내고 있다. 또, 동작보다는 장면에 치중하는
데, 이는 민요를 그대로 채록하지 않고서 민요적인 정서만을 수용하였
기 때문이다. 수식과 묘사를 최대한 배제한 채 즉물적인 시선으로 진솔
한 시골 정감을 표현해내고 있다.

06
농부의 집田家

耕田賣田糴	갈던 밭을 팔아서 쌀 팔았으니
來歲耕何地	내년에는 어떤 땅에 농사지을까
願生伶俐兒	똑똑한 자식 놈을 잘 낳아서
學書作官吏	글 배워 관리되길 바래보누나.

[교감]

① 『북한한시선』에서는 제목이 「田家苦」로 되어 있다.

② 『임연당별집』에서는 제목이 「田家苦」로 되어 있다.

③ 『임연백시』에는 「屬季婦」에 속해져 있다.

[평설]

이 시는 전가류田家類에 해당하며 환정還政의 폐해를 그린 작품이다. 유인식의 『대동시사大東詩史』에는 다음과 같은 간략한 해설도 실려 있다. "양연亮淵은 문장에 능하였으나 청고淸苦함으로 스스로를 지켰다. 당시 권귀權貴들이 정권을 잡아 욕심에 찬 관리들은 빼앗는 것을 일삼았기에 백성들은 살 수가 없었다. 양연은 그것을 가슴 아파해 이 시를 지었다." 조선 왕조의 마지막 개혁이 정조 때를 기점으로 실패로 끝난 이후 세도

집권기로 접어들면서 부세 운영과 관련된 삼정의 문란은 이전보다 훨씬 더 심각한 모순을 노정시켰다. 이 때 삼정은 전정, 군정, 환정으로 표현되지만 19세기 가장 중요한 모순으로 등장했던 부세는 환정이었다.

천재天災나 한해旱害로 인한 가난이라면 오히려 수긍할 만하나 이것은 인재人災에 가깝다. 거기에는 관의 무능력과 하급관료의 조직적인 부정이 개입되어 있다. 자신이라도 아들을 하나 낳아 인재를 막아보리라는 소박한 희망으로도 읽히고, 자신의 자식 중에는 관리가 없어 이러한 수탈을 당한다는 말로 관리들에 대한 증오를 완곡히 표현한 것으로도 읽힌다.

07
나무꾼 친구^{樵伴}

樵伴樵盡未	나무꾼은 땔감을 다 못했는데
山日下西海	산 속 해는 서해로 떨어지누나.
阿母已夕炊	"어머니는 이미 저녁밥 짓고
出門苦相待	문 앞에서 애타게 기다리시리"

교감

『임연당별집』에는 "苦란 글자는 다른 책에는 遙란 글자로 쓰여져 있다
苦一作"라 되어 있다.

평설

이 시는 나무꾼을 두고 쓴 것이다. 산운의 시선은 비근卑近한 인물과 사
건에 주목한다. 어찌 보면 사사로울 수도 있는 촌부村婦와 촌노村老, 노부
부들의 일상을 포착하여 삶의 가치를 부여했다. 나무꾼은 매우 고단한
직업이다. 추위와 맹수, 야박한 주인까지 요즘의 고단한 비정규직 노동
자와 다름없다. 땔감을 정신없이 했건만 한 짐을 채우기에는 부족하다.
벌써 야속한 해는 힘겨운 하루를 정리하고 있다. "조금만 힘내자! 어머
니는 벌써 따순 저녁밥을 지어놓고 문 앞에서 기다리신다" 힘겨운 노
동도 기다려주는 가족이 있기에 버틸 만하다.

물고기^漁

家翁每却魚	아버님이 늘 고기를 물리시노니
無或失鹽豉	혹시라도 내가 양념을 잘못해선가?
竊料長者心	저으기 어르신네 마음을 헤아려 보니
怕兒近水戲	아이들 물에 가 노는 것 걱정하신게지

교감

『임연백시』에는 「屬季婦」에 속해져 있다.

어석

• 염시鹽豉 : 콩을 발효시켜 만든 말린 청국장과 비슷한 식품. 음식의 조
미료로서 쓰인다. 혹은 두시豆豉라고도 쓴다.

평설

이 시는 시아버지의 반찬 투정에 곤혹스런 며느리 모습을 담고 있다.
이 시를 「속계부屬季婦」의 맥락에서 살펴보지 않으면, 이 시는 사려 깊
은 며느리와 자애로운 시아버지에 대한 내용이다. 곧, 할아버지는 물
가에서 노는 손자들이 걱정이 되어서 식사를 물리치는 것이다. 그러나

이 시를 「속계부屬季婦」 연작 속에서 보여준 며느리와 시집식구와의 대립적인 관계 속에서 살펴보자면, 분명 긍정적인 내용이 아니라 부정적인 내용으로 보아야 타당하다. 자꾸 반찬을 내치는 얄미운 시아버지를 며느리는 처음에는 자기 탓을 하다, 손주들 걱정하셔서 그렇겠지 하며 위안한다. 시아버지의 밥상을 내치는 얄미운 모습과 어쩔 줄 모르는 며느리의 모습이 희화적으로 그려져 있다. 일단 두 가지 해석의 가능성을 열어둔다. 시아버지가 얄미운 것이거나 배려가 깊은 것이다.

09
주막酒家

倚扉望似掩	사립문 기대 보니 닫혀 있기에
錯疑人不在	사람이 없는 줄로 잘못 알겠네.
兒童耳獨聰	어린 아이는 귀가 유독 밝아서
遙聞數聲咳	멀리서도 기침소리들 듣는구나.

평설

아이 하나 데리고 어딘가를 가다가 주막을 찾았다. 문이 굳게 닫혀 있어 사람들이 없는 줄만 알았다. 함께 간 아이가 멀리서 주막에서 들려오는 기침소리를 들었다. 하마터면 그냥 지나쳐 갈 뻔했는데 아이 덕에 주막에 들어가 하룻밤 쉴 수 있게 되었다.

김홍도, 〈주막〉
국립중앙박물관 소장

10
산 속의 정자 山亭

山亭白日閒　　산 속 정자 대낮에 한가하여서,
山鳥啼兩兩　　산새들만 지지배배 우짖는구나.
柳絮飛將下　　버들개지 날아서 떨어지려다
輕風吹復上　　미풍 불자 다시금 솟아오르네.

이농인李農人이 말하기를 "『망천집輞川集』¹ 안에 섞어 놓아도 누가 능히 분별할 수 있겠는가農曰: "雜置輞川集中, 誰能分淄澠"² 라고 하였다.

평설

이 시는 봄날의 나른한 풍경을 섬세한 감각으로 포착하고 있어, 마치 선계의 풍경인 것처럼 아득하고 편안한 분위기가 넘쳐난다. 산정山亭에

---

1 망천집(輞川集) : 망천(輞川)이란 왕유(王維)의 별장이 있던 섬서성(陝西省) 남전현 (藍田縣)을 가리키는데, 망천집은 왕유의 문집을 말한다.
2 분별할 수 있겠는가 : 원문은 치승변미(淄澠辨味)라 되어 있다. 제환공(齊桓公)의 신하 역아(易牙)가 맛을 잘 알아 치수(淄水)와 승수(澠水)의 물맛을 보고 알아냈다는 고사. 어떤 일에 도통한 사람은 보통 사람이 알 수 없는 것을 잘 알아 낼 수 있다는 비유가 있 는데, 여기서 나온 말이다.

는 산새山鳥만 제가 주인인 듯 지지배배 울고 있다. 이 시의 시안詩眼은 역시 '한閑'이다. 한가함이야말로 미세한 버들가지를 남다른 눈으로 관찰할 수 있게 만들어준다. 1. 2구에서 산정山亭을 원경遠景에서 묘사하다, 3, 4구에선 버들가지를 근경近景에서 묘사한다. 마치 버들가지의 움직임이 눈에 보이듯 선하다. 이런 삶의 여유와 관조에서 포착되는 정경은 여러 편의 시에서 보인다.

11
누대 위에서^{樓上}

睡裏聞黃鳥   잠결에 꾀꼬리소리 듣고선

依窓待復啼   창에 기대 다시 울길 기다렸는데,

啼時還不省   막상 울 때에는 보지 못했네.

雲片過樓低   구름조각 누대 아래 지나고 있어.

평설

잠결에 꾀꼬리 소리를 설핏 들었다. 정신을 차리고 창가에 기대서 다
시 꾀꼬리 소리를 들어 보려고 한다. 그러나 때마침 꾀꼬리 소리가 들
려 오는데, 그때 구름이 누대 아래를 지나가 끝내 꾀꼬리 모습을 보지
는 못했다. 끝내 산운은 꾀꼬리의 모습을 확인하지는 못했다. 이 시에
보이는 존재하지만 존재하지 않은 것 같은 미묘함은 왕유王維의 「녹채鹿
柴」에 "빈 산에 사람 보이지 않고 어디선가 말소리만 들리어오네空山不見
人,但聞人語響"라 하는 것과 느낌이 비슷하다.

12

잠에서 깬 뒤睡餘

半頰微凉石枕痕	한쪽 뺨 서늘하니 돌베개 느낌 남은 게고
床書撩亂識風翻	상 위 책이 어지러우니 바람이 섞은 것이네.
俄來一曲滄洲瑟	아까 들려온 창주에서 타던 비파 소리는
卽是松聲睡裏聞	바로 꿈결에 들은 솔바람 소리였네.

어석

• 창주滄洲 : 동해東海 중에 있어 신선이 산다는 곳을 이른다. 옛날에 항상 은사隱士의 거처를 의미하는 뜻으로 쓰여졌다.

평설

얼마나 잠을 잤을까 잠에서 깨어나자, 모로 돌아 자서 한쪽 뺨만 돌베개의 차가운 느낌이 남아 있었다. 돌베개石枕는 보통 "바윗돌을 베개 삼고 시냇물에 이를 닦는다枕石漱流"라고 써서 산림에 은거하는 생활을 비유할 때 많이 쓰는 표현이다. 그새 한바탕 바람이 불어댔는지 상 위 책들은 이리저리 어지럽기 만하다. 가만 가만 생각해보니 창주에서 타던 비파소리를 들었는데, 깨고 보니 다름 아닌 솔바람 소리였다. 꿈에서 막깼을 때의 몽롱한 느낌을 잘 그려냈다.

13
한잠 자고 난 뒤^{夢餘}

夢爲飛鶴遠翶翔　　꿈속에서 학이 되어 멀찍이 날아다니다

卽向蓬壺趂月光　　곧 봉호산을 향하여 달빛을 쫓았지.

漁笛一聲忽驚起　　어적漁笛의 한 울림에 홀연 놀라 일어났어도

尙疑身在白雲隯　　아직도 내 몸이 흰 구름 사이를 나는 듯했네.

어석

• 봉호蓬壺 : 봉래산蓬萊山의 이칭이다. 보통 금강산을 가리킨다.

평설

이 시는 꿈 속에서 본 광경을 꿈에서 깬 뒤에 쓴 것이다. 꿈 속에서 학이 되어 훌쩍 멀리 날아서 달빛에 금강산 구경을 하다 어부가 부는 피리 소리에 잠이 퍼뜩 깼다. 얼마나 실감나는 꿈이었는지 꿈에서 깨고 나서도 몸은 아직 흰 구름 사이를 나는 것만 같다. 옛 사람들은 언제나 현실의 고단함을 위로해 줄 신선세계를 꿈꾸었다.

感興
類

감흥을 읊다

01
동쪽 집東家

繡我羅衣裳	나의 비단 치마에 수를 놓는데
何必雙鴛鴦	어찌 꼭 한 쌍의 원앙이리오.
父母勿我嫁	부모님은 날더러 시집가지 말라시며
嫁者多苦業	시집가면 괴로운 일 많다 하시네.
東家啼遠戍	동쪽 집은 먼 수자리에 눈물 흘리고
西家怨遊俠	서쪽 집은 협객질을 원망하누나.
但願爲女瘦	수척해도 딸이 되길 원할 뿐이니,
不願爲婦肥	살찐대도 지어미는 원하지 않네.
苦樂在於人	고락苦樂이 남에게 달려 있으니
樂亦不足爲	즐거운 것도 또한 족히 하잘 것 없네.
二十豈粉脂	스무 살에 어찌 분을 바르리
十五耻畫眉	열 다섯 눈썹 그림 부끄러워 했는데.
月出東南天	달이 동남쪽에서 떠올라오면
誰家不開帷	뉘집 인들 장막을 열지 않으리.
念彼月下人	저 달빛 아래 사람들 생각해 보니
優閑少如台	한가롭기 나만한 사람 없으리.
却爲他人憂	도리어 남을 위해 근심하느라

弱涙無乾時	여린 눈물 마를 때 아주 없다오.
所以古君子	그래서 옛날 옛적 군자들께선
樂彼猗儺枝	저 아름다운 가지를 사랑했던가?

어석

- 아름다운 : 원문은 의나猗儺로 되어 있다. 의나는 부드러운 모양. 유순한 모양을 이른다.

평설

이 시는 종래의 악부시에서 보여준 관념적이고 비현실적 공간 속의 여성화자 시와는 매우 다르다. 구체적인 여성의 삶을 정면에서 건드리고 있다. 게다가 배우자에게 종속됨을 거부하는 보다 능동적인 여성상이 드러난 고악부의 시제詩題를 채용했음에도 불구하고, 내용상으로 종래의 고악부시에서 보여주지 못하는 파격성을 보이는 것이다.

1, 2구에서는 자신이 무의식 중에 다정한 결혼생활을 막연히 꿈꾸었음을 말한다. 그런데 3, 4구에선 앞서의 기대를 뒤짚어 딸에게 결혼하지 않기를 종용하는 부모를 제시하여, 뒤에 나오는 의식의 기저가 남다른 부모의 영향 탓이었다고 말하고 있다. 이런 모습은 당시로서는 파격적이라 할 수 있다.

5~10구는 동가東家와 서가西家나 모두 근심 걱정 속에 있는데, 여태까지 그들이 울고 원망하는 일이란 자신이 의지 속에서 가능한 것이 아니고 남자에 의해서 이루어지고 있었음을 반성하고 있다. 여기서 수척한 딸

산운집山雲集

이 되고 싶지, 살찐다해도 부인이 되고 싶지 않다는 말은 앞서 부모가 훈계한 내용을 자각한 셈이다. 11~18구에서, 여자가 화장을 한다는 것은 남성에게 선택받기 위한 외적인 의지의 표명이다. 여기서 화장을 하지 않는다는 것은 전통적인 여성으로서의 삶에 대한 의식적인 거부로 볼 수 있다. 세상 사람들이 비록 혼자 사는 자신의 삶을 구차히 여길지는 모르나 오히려 남자들에 의해 지어미로 살아가야 하는 여성들의 삶이 근심되어 눈물이 마를 날이 없다고 했다. 19~20구는『시경』「회풍」「습유장초」에 "진펄에 양도나무, 그 가지 아름다워라. 싱그런 가지 부드럽게 흔들려, 세상 모르고 사는 네가 부럽기만 해라隰有萇楚,猗儺其枝.夭之沃沃,樂子之無"라 나오는 말인데, 남자들은 어여쁜 용모만을 사랑하니, 사실 모든 문제의 근원은 남자라고 비판하는 것이다.

이처럼 산운의 악부시에서 보이는 여성들은 기존의 악부시에서 보이는 수동적이고 체념적인 여성과는 달리 보다 적극적인 자기 목소리로 자신의 삶을 주장하는 모습을 보이고 있다. 그러면서 여성의 입장에서 약자인 여성으로서 겪어야 하는 불평등한 삶의 모습을 핍진하게 드러내고 있다.

02
동쪽 집 아낙^{東家婦}

願卽勿買船	원하다 해서 곧 배를 사지 마세요.
買船勿賣田	배를 사려고 밭을 팔지 마세요.
昔余勤苦得	예전에 내가 죽을 고생해 장만하느라
忍飢十年織	배고픔을 참으며 십 년 길쌈했잖아요.

임연당별집

방편方便이 말하기를 "뜻이 언외言外에 있으니 시를 짓는데 남긴 모양이
있다"라고 하였으며, 파蓜가 말하기를 "의고시 여러 편들은 장적[1]과 왕
건王建[2] 보다 뛰어남이 있다方便曰, 意在言外, 有撰詩遺態, 蓜曰, 擬古諸篇過張文昌王建"라
고 하였다.

··········
1 장적(張籍, 765~830) : 당나라 때의 문인. 오강(烏江) 사람. 자(字)는 문창(文昌). 벼슬
   은 국자사업(國子司業)에 이름. 고시(古詩)·서한행초(書翰行草)에 능하며 『張司業詩
   集』이 있다.
2 왕건(王建, 767년 추정~831년 이후) : 악부시에 능해 장적과 이름을 나란히 해서 '장왕
   악부(張王樂府)'라 불렸다. 하층 민중들의 생활상을 시로 노래했다. 특히 궁사(宮詞) 1
   백 수가 있어 인구에 널리 회자되었다. 문집에 『왕사마집(王司馬集)』이 있다.

이 시는 여성화자를 등장시켜 여인의 고단한 삶을 그려냈다. 배고픔도 참아가며 십 년이나 길쌈을 해서 간신히 밭을 장만했다. 갖은 고생 끝에 어렵사리 밭을 마련했지만 여기에 남편이 기여한 바는 없다. 그런데 이제 안정되게 삶을 일구려는 희망은 남편의 현실성 없는 계획 탓에 위기에 몰린다. 남편은 밭을 팔아 배船를 살 작정을 한다. 여자는 성실하고 현실적이지만 남자는 즉흥적이고 비현실적이다. 고작 스무 글자의 시를 통해 이 부부의 위기가 절실하게 드러나 있다.

03
원망을 품은 여자怨婦

雙鶯棲綠柳	한 쌍의 꾀꼬리가 버들에 사니
下枝低可扶	아랫가지 낮아서 잡을 수 있네.
合繫阿郎馬	우리 님 타신 말의 고삐 묶으면
郎馬不暇猪	님의 말은 힘들지 않을거예요.
新人乃浮雲	새 사람은 바로 뜬 구름같아
閉月靡餘罅	달빛을 가려 남은 틈마저 없네.
千金固左右	천 금은 좌우 사람 굳게 만들고
百萬悅姻婭	백만 금은 인척姻戚들 기쁘게 하죠.
瓦礫爲玻瓈	기와조각이 값 비싼 보석이 되고
芝蘭爲蒺藜	지초와 난초는 가시돋은 납가새 됐네.
君子貴聰明	군자는 총명함을 귀히 여기나
餘事妾命薄	남은 일은 첩의 운명 박복함이네.
願言入君夢	원컨대 님의 꿈에 들어가서는
贈之眞龍鏡	진짜 거울 드리고 싶어지누나.

[眞龍一作秦樓 진룡眞龍이 다른 책에는 진루秦樓라고 나온다.]

- 값 비싼 보석玻璨 : 원문은 파려玻璨로 되어 있다. 불교에서 칠보七寶의 하나로서 수정水晶 따위를 이른다.
- 가시 돋은 납가새蒺藜 : 원문은 질려蒺藜로 되어 있다. 납가새과에 속하는 일이년초이며 열매는 단단하고 억센 가시가 있다. 뿌리와 씨는 약재로 쓴다.
- 진루秦樓 : 진秦 목공穆公이 딸 농옥弄玉과 사위 소사蕭史를 위해 지어준 누대 이름이다. 봉루鳳樓라고도 한다.

이 시는 첩妾 낭군郎君 신인新人을 축으로 내용을 전개시키며, 내면의 아름다움을 지니고 있는 버림받은 자신과 외양만 화려한 연적戀敵과의 대비 속에서 통해서 '님'의 각성을 권계勸戒하는 내용으로 되어 있다.

제1~4구에서 다정한 꾀꼬리 한 쌍과 자신에게 머물지 못하는 말馬같은 님의 마음을 한데 연결시키는 것은 버드나무이다. 여기에는 버드나무를 매개로 다정한 꾀꼬리의 정서가 움직이는 님의 마음에 전이되기를 바라는 간절한 소망이 담겨져 있다.

제5~8구에서는 연적을 통해 염량세태炎凉世態를 비판하였다. 신인新人은 부운浮雲같은 존재이니 언제 님을 떠날는지 알 수 없다. 그러나 님이 자신에게 돌아올 여지마저 모두 없앨 뿐 아니라, 주위 사람들의 이목마저도 모두 현혹시키는 강력한 존재로 등장한다. 천금과 황금과 같은 외모로 주위 사람뿐 아니라, 친척들까지도 현혹시키고 있다. 여기서 구름은 '폐閉'와 '부浮'를 통해서 부정적으로 표현되고 있다.

제9~13구는 님을 권계하는 내용이다. 쓸모없는 기와조각瓦礫은 도리어 칠보七寶 중에 하나인 유리玻璃가 되고, 지란芝蘭은 지초芝草와 난초蘭草로 모두 향초香草이나, 가시 박힌 납가새처럼 보잘 것 없게 여겨진다. 가치 있는 것과 쓸모 없는 것이 전도되었으니, 군자君子의 총명함도 기대할 수 없다. 남은 일은 자신의 박복함을 한탄하는 것밖에 없는 듯 보인다.

제14~15구는 이제 호오好惡와 정사正邪의 판단을 상실한 님에게 꿈속이라도 만나 사물을 참되게 판단할 수 있는 거울을 전해주고 싶다는 의지를 드러내며 끝맺고 있다.

산운은 즐겨 여성화자를 사용하고 있다. 여성화자는 억압과 소외의 주체를 전경화前景化시키는 효과를 가져다 줄 뿐 아니라, 산운의 답답한 현실이 수동적인 여성화자에 투사되기도 한다. 보통 민요시에서 흔히 사용된 대화체를 사용하지 않고 일방적인 토로로 그치고 마는 것은 산운의 심리를 잘 반영한 것이다.

04
마름풀을 캐다^{采菱}

風江無定波	강바람에 정처 없이 파도 일어도
妾舟有定櫓	첩의 배 변함없이 노를 젓지요.
蓮花豈不好	연꽃이 어찌 좋지 않으리오마는
蓮心苦難咀	연밥은 맛이 써서 씹기 어렵죠.
何如水底菱	물 속의 마름은 어떠한가요
花屛心不苦	꽃은 볼품 없어도 열매는 달답니다.
此語欲寄君	이 말을 그대에게 하고 싶지만
渺渺隔雲浦	구름 낀 포구 저편 계시는군요.

어석

• 채릉^{采菱} : 고대^{古代} 가곡의 이름이다.

평설

이 시는 남조 민가풍의 고시다. 채릉^{采菱}은 전형적인 악부시제^{樂府詩題}로 많은 작가들에 의해서 창작되었다. 그러나 산운의 「마름풀을 캐다^{采菱}」 은 여인의 규한^{閨恨}이나 교태, 분방한 모습, 그리고 인정세태를 그린 여타의 「채릉곡^{采菱曲}」의 여운을 보이기도 한다. 그러나 내면보다 외면을 선호하는 남편의 어리석음에 대한 권계勸戒의 뜻을 품고 있어, 일방적으로 남성의 사랑을 갈구하던 수동적인 자세에서 남성의 우매함을 지적하는 능동적인 자세를 보이고 있다는 점에서는 전대前代의 악부시와 차별화되어 나타나고 있다. 통상적으로 산운은 민요시에서는 주로 며느리를 등장시키는 반면, 고악부시에서는 님과의 애정 관계에 있는 여성을 설정하고 있다.

제1, 2구에서는 강江은 님이고, 바람은 연적戀敵이다. 연적은 화려한 용모로써 '파도'로 은유화된 님의 마음을 흔들리게 한다. 반면에 자신은 강 위에 떠 있는 '배舟'라 하고서는, 그 강 위에서 변함없이 노를 젓는다고 했다. 자신은 바람처럼 님의 마음을 현혹시키지는 못하지만 변함 없는 애정으로 당신을 사랑하겠다는 의지를 드러낸 것이다. 이처럼 님江, 연적風, 자신舟으로 표현하여 삼각관계의 미묘한 심리를 포착하고 있다.

제3~6구는 연적 / 자신, 연꽃 / 마름으로 비교하고 있다. 연꽃과 마름은 모두 뿌리는 진흙 속에 있으나, 줄기나 꽃은 밖으로 들어나 있으며 씨는 식용할 수 있는 식물이다. 그러나 실상 볼 수 있는 것은 물밖에 있는 외관뿐이다. 연꽃은 외양은 볼 만 하지만 연심蓮心은 맛이 쓰고 보통 약용藥用으로 사용되나, 마름은 외관이야 보잘 것 없지만, 씨는 생식 또는 가루로 만들어 식용으로 사용된다. 곧 자신은 외모보다는 내실이 있는 사람이라는 뜻이다. 이 같은 식물의 특성을 비교해서 외모만을 중시해서 연적에게 빠져 있는 님에 대한 원망을 우회적으로 드러내고 있다.

제7, 8구에서 이런 진실을 전하려 해도 님은 곁에 없다. 여기에서는 '묘묘渺渺'를 통해 님과 나와의 현실적 거리뿐만 아니라 심리적 거리도 드러내고 있다. 앞에서 자신을 배舟에 설정했듯, 노 저어 님에게 다가가고 싶어도 이미 다른 사랑에 가리워진 님의 마음을 안개 낀 포구雲浦 저편에 있는 님으로 표현해 님에 대한 원망과 안타까움을 함께 표현하였다. 이처럼 자칫 익숙한 시제가 줄 수 있는 상투성을 다양한 대비를 통해 연적에게 사랑을 빼앗긴 여인의 심정을 진솔하게 그려내는 데 성공하고 있다.

05

그대가 오기를 기다리며^{待君至}

山樵樵桂枝	나무꾼이 계수나무 해 와서는
爲飯未必香	밥을 해도 반드시 향은 안 나네요.
然後盡吾誠	나의 정성을 전부 다한 후에는
誰遣君子嘗	누굴 보내 그대에게 맛보게 하리까.
遠念胡姬酒	멀리 오랑캐 계집의 술을 생각하나요
酷烈令人傷	독한 향기 사람을 상하게 해요.
恨恨步花影	꽃 그림자 밟는 일 아쉽고 아쉬운데,
今日又夕陽	오늘도 해질녘은 찾아오네요.
待君豈情私	그대를 기다림이 어찌 사사로운 정에서랴.
田疇日以荒	우리집 밭들이 날마다 황폐해서죠.

평설

이 시는 낭군을 기다리는 여자의 마음에 기탁해서 지은 것이다. 계수나무는 고급나무로 땔감으로는 어울리지 않는다. 하지만 낭군을 위해서라면 비싼 나무를 구해서 정성껏 밥을 짓는다. 그러나 웬일인지 계수나무 향기는 풍기지 않으니 상대를 위한 이러한 모든 일들이 헛수고가 됨을 암시해준다. 밥을 지어 놓았지만 맛나게 먹어줄 낭군은 나를 찾아주지 않고 멀리서 오랑캐 계집이 따라주는 술을 마시고 있을 것만 같다. 여색女色이든 독한 술이든 낭군의 몸을 상하게 만들기 십상이다. 꽃 그림자 밟는 일은 주색에 푹 빠진 낭군을 말한다. 저녁은 어김없이 찾아오고 낭군이 찾아온다는 희망은 저 멀리 달아났다. 낭군을 기다리는 일은 그저 남녀 간의 사사로운 정이 아니라, 낭군이 일을 소홀히 해서 황폐해질 밭 때문이라 했다. 일종의 반어적이면서 완곡한 표현인 셈이다. 그러나 밭을 핑계로 낭군을 오게 하려고 한 것이 따지고 보면 사정私情에 다름 아니다. 황폐해지는 밭은 중의적인 의미로 보인다. 노동을 외면해서 버려진 밭은 사랑을 더 이상 받지 못하는 버려진 여자를 의미한다. 그녀에게 떠나간 낭군이 돌아왔을까? 떠나간 사랑은 좀처럼 돌아오는 법이 없다. 버려진 여자의 말로 왜 이런 시를 썼을까? 결국 스스로 세상에서 완전히 버려졌다는 통렬한 자기 고백으로도 읽힌다

06
옛날 사람과 지금 사람^{古新人}

千金買新人　　천금으로 새 사람을 맞이하노니

珠翠九百九　　비취 구슬 구백 구십개나 주었네.

羅衫創新製　　비단 적삼을 새로 만들었으니

何如舊人舞　　옛사람의 춤에 비해 어떠하던가?

임연당별집

이농인李農人이 말하기를 "옛날의 절구絶句이다"라고 하였다.

평설

이 시는 악부체로 새 여인을 맞이한 상황을 썼다. 새 여인의 몸값에 해당하는 돈으로 몸을 치장시켰다. 새 여인의 몸값으로 많은 돈을 치렀으니 많은 돈을 치렀던 만큼 미모가 출중했을 것을 예상할 수 있다. 제2구는 미모나 품성은 10에 불과하고 겉치장이 990이라는 비판으로도 해석할 수 있겠다. 새로 들어온 여인이 비단으로 만든 고운 적삼을 입고 춤을 춘다. 그 옛 여인의 춤과 비교해 본다. 춤으로 보면 지금 여인이 추는 춤에 모자를 것도 없었지만 이제 진작 뒷방 늙은이 처지가 되어버려졌다. 산운은 새로 들어온 이 여인에게서 버려진 옛 여인의 과거를 읽고, 옛 여인에게서 새로 들어온 여인의 미래를 읽는다.

07
가난한 여인貧女

共得一天氣	하늘의 기운 함께 받았는데도
鷺白烏何黑	백로는 희지만 까마귀는 왜 검은가?
人富我何貧	남들은 부자인데 난 어찌 가난해
呵手夜中織	손을 호호 불며 밤에 베를 짜야 하나

평설

이 시는 고단한 삶을 사는 가난한 여자의 탄식을 그린 것이다. 하늘의 기운을 받아 태어난 생명이지만 어떤 것은 백로로 태어나 기림을 받고 다른 것은 까마귀로 태어나 손가락질을 받는다. 어디 짐승뿐이랴. 어떤 사람들은 부자로 태어나지만 어떤 사람은 평생 열심히 살아도 가난을 면하기 어렵다. 예나 지금이나 금수저와 흙수저는 있었다. 이 가난한 여인은 겨울 밤에도 잠에 들지 못하고 베를 짜야만 했다. 고단한 노동에서 해방되지 못하는 서글픔이 짙게 깔려져 있다. 어쩔 때는 타고난 운명이 너무나 가혹하다.

08

여정의 원한女丁怨

村女字阿只	시골여자 이름이 아기阿只인데
阿只入軍簿	아기 이름 군적에 올랐었네.
猶得死於鄉	오히려 고향에서 죽을 수 있으니
昇平荷聖主	태평성대도 성군의 덕분이라네.
歲布有族人	해마다 군포를 친척에게 거두고
族人有隣戶	친척이 못 내면 이웃에게 독촉하니
但使隣戶存	다만 이웃집들로 남아 있게 한다면
朱門長歌舞	고관 집에선 노래와 춤판을 길이 하리.
長平鬼莫啼	장평의 귀신이여 울지 마라!
男兒死卒伍	사내들이 군대에서 죽어갔다고.

임연당별집

방편方便이 말하기를 "동방에서 있지 않은 시이니 진실로 시인의 풍지風旨[1]를 얻었다方便曰, "東方所未有之詩, 眞得詩人風旨"라고 하였다.

....

1 풍지(風旨) : 분명하게 표현되지는 않았으나 분위기나 암시 또는 소문으로 나타나는
   특정인의 의도나 속마음.

- 장평長平 : 옛 전장戰場의 지명. 전국시대 진秦나라 장수 백기白起가 조趙나라의 군사 40만을 잡아 이곳에 매장하였다.

평설

이 시는 군정의 폐단을 다루고 있다. 제1, 2구에서 여자의 이름은 아기인데 군적에 오른 사실을 적시했다. 여자가 군적에 올랐다는 것이 아예 말도 안되는 현실이다. 다산은『목민심서』에서 "뱃속의 아이와 여자를 남자로 혹은 강아지와 절구공이까지 관첩에 올라 있다"[2]라고 말한 바 있다. 3, 4구에서는 이런 불합리한 현실을 통렬하게 비꼬았다. 전쟁터에서 죽지 않고 고향에서 편안히 죽을 수 있는 것도 임금 덕분이라고 하였다. 산운이 현실의 부조리를 고발한 시들은 비참한 현실 자체를 사실적으로 묘사하는 대신 반어적으로 표현하길 즐겼다.

5~8구에서는 족징族徵과 인징隣徵에 대해서 고발하고 있다. 족징은 조선시대에 군역 의무자가 도피하였을 때 그 의무를 친척에게서 징구徵求하던 일이고, 인징은 조선 후기에 도망자·사망자·실종자의 각종 세稅의 체납을 대충代充하기 위하여 그 이웃에게 부과 징수한 세금이다. 군적에 오른 자가 견디다 못해 도망가기라도 하면 그 부담은 친척에게 전가되고, 친척도 감당치 못하면 이웃사람에게 전가되었다. 이웃사람이 남아 있으면 그들에게 고혈을 착취해서, 고대광실 대단한 집 사람들은

....

2 『牧民心書』「兵典簽丁」.

노래판, 춤판을 계속해서 이어 나갈 수 있게 된다.

마지막 두 구에서는 한번 더 반어적으로 이야기를 끌어간다. 전국 시대 진秦나라 백기白起가 장평長平에서 조趙나라 조괄趙括의 군대를 대파한 뒤에, 항복한 군졸 40여만 명을 이곳에 산 채로 파묻어 죽인 사실을 들었다. 현실에서 당하는 이 지독한 고통 보다는 차라리 전쟁터에 죽는 것이 낫다고 말한 셈이다. 고통스러운 민중의 삶을 핍진하게 그려낸 시이다.

09
세금을 피하는 원망避稅怨 [1]

我無一畝田	나는 한 마지기의 밭도 없는데
而有百畝稅	백 마지기 몫 세를 내라 하누나.
賣鼎有瓦罐	무쇠 솥을 팔아도 질그릇은 남지만
賣衣奈寒歲	옷마저 판다면 추운 겨울을 어쩌누
十家九家空	열 집중 아홉 집은 비어 있으니
九稅萃一家	아홉 집의 세금을 한 집에 떠맡기네.
縣令不能貸	고을 원님도 갚아 줄 수 없는데
豈盡私自多	어찌 사사로이 많은 것을 다 내나
提携向南適	손을 끌며 남쪽으로 가는데
更有北來客	또 다시 북쪽으로 오는 사람도 있네.

....

1 정약용의 글에는 당시 분위기가 잘 드러나 있다. (아전들이) 방을 뒤지고 땅을 파며,
목을 달아매고 결박한다. 솥과 가마를 들어내고, 송아지와 돼지를 빼앗아 간다. 온 마
을이 떠들썩하고 통곡소리가 하늘을 진동하여 천지의 화기(和氣)를 해치며, 쓸쓸해진
인가가 처참하다. 이 자들이 지나간 곳은 열 집 가운데 아홉 집이 비게 되며, 추녀가 무
너지거나 벽이 부서지며 창문이 넘어진다. 정약용, 『경세유표』권1「地官戶曹」참조.

파^葩가 말하기를 "섭이중^{聶夷中}이 마땅히 오면 칭찬을 독차지 하리라" 하였다. 방편이 말하기를 "관인들로 하여금 사리에 밝아지게 할 수 있다^葩 曰, "聶夷中, 宜來專美" 方便曰, "可令官人鑑悟" 하였다.

어석

- 섭이중^{聶夷中} : 당나라 하동^{河東} 사람으로 자^字는 탄지^{坦之}이며, 함통^{咸通} 연간의 진사^{進士}로서 벼슬은 화음위^{華陰尉}를 지냈으며, 특히 시를 잘 지었다. 그의 시인 「농가를 슬퍼하다^{傷田家}」는 후세에 애송되었는데, 시의 내용에 "이월 달에 새 고치실을 미리 팔고, 오월에 새 곡식을 벌써 파네. 당장 눈앞의 급박함은 모면할 수 있으나, 심장의 살점을 도려내는 것 같네. 바라건대 군왕의 마음이, 밝게 빛나는 촛불이 되어. 화려한 잔치자리 비추지 말고, 유랑하는 집들을 두루 비췄으면^{二月賣 新絲, 五月糶新穀, 醫得眼前瘡, 剜卻心頭肉, 我願君王心, 化作光明燭, 不照綺羅筵, 偏照逃亡屋}"이 라 하였다.

평설

이 시는 세금 때문에 유민^{流民}이 되어버린 민중의 참상을 그린 작품이 다. 1, 2구에서 일묘전^{一畝田} / 백묘세^{百畝稅}를 대비해서 민중들의 고통을 수량화해서 표현하였다. 가혹한 세금 징수 탓에 그릇까지 팔아 치워야 했고 입고 있던 옷마저 팔 지경이 되어버렸다. 5구에 보이는 '십가구가 공^{十家九家空}'은 당시 유민화 현상이 얼마나 심각했는지를 알게 해주는 것으로, 조선시대 문헌에 흔히 보이는 구절로 '십실구공+室九空', '유망상적流亡相積', '유개성군流丐成群', '사린산진四隣散盡', '백리불견연百里不見煙' 등으로 나타나 있다. 세금을 견디다 못한 사람들은 그 고을을 도망쳐 나오게 되고, 남은 이들은 도망친 사람들의 세금까지 떠맡아야 해서, 끝내 다시 못견디고 그 고을을 떠나게 되는 악순환이 반복되게 된다. 세금에 견디다 못해 유민이 되어버리는 과정을 눈에 보일 듯 그려내고 있다.

10
관리를 증오하다官吏憎

閻家剉燒具	염라대왕이 부젓가락을 깎는 것은
爲汝倉吏故	너희 창고 관리 놈들 때문이리라.
秔粱幻糶糴	쌀로 곡식 사고 파는 조적 속이니
斗斛活不齊	되질 말질이 공평치 못하게 하네.
我廚蟏蛸重	내 부엌에는 거미만 득실득실한데
爾桁翡翠捿	너희 집 횃대에는 비취새 사네.
道途勿交語	길에서 말도 건네지 말아라
越族秦剑匋	옥에나 가두어 둘 족속이란다.

임연당별집

방편이 말하기를, "큰 상쾌함이 사람을 엄습하네方便曰, 太爽逼人"라 하였다.

어석

- 조적糶糴 : 환곡을 꾸어 주거나 또는 받아들이는 일을 이른다.
- 소소蟏蛸 : 납거미과에 속하는 거미의 일종. 다리가 몹시 길며 그물 같은 줄을 치고 곤충을 잡아 먹는데, 갈거미 또는 희자蟢子라고도 한다.

비취翡翠 : 푸른 빛이 나는 귀여운 새. 관상용으로 길렀다.

이 시는 아전에 대한 증오를 직접적으로 표출하고 있다. 위의 세평細評이 말해주듯 타도 대상에 대한 증오와 분노를 직설적으로 표현해 읽는 이로 하여금 크게 상쾌함을 느끼게 한다. 아전들이 저지르는 부정과 횡포는 일찍이 다산이 지적했던 바, 환상還上을 예를 들면서 부정을 저지르는 방법에 수령은 여섯 가지, 서리의 경우 열 두 가지가 있다고 지적한 것에서 알 수 있듯이 매우 심각한 수준이었다.[1]

제목에서도 명시되어 있듯 여기서는 우회적이고 풍자적인 어법이 아니라 직설적이고 과격한 어조로 비판하였다. 무엇보다 중요한 것은 세금을 매기고 관리하는 세리稅吏의 양식 문제다. 이 모든 문제의 근원은 관리들의 잘못된 행정에 있는 셈이다. 세금 자체에 대해서는 핍박받는 민중을 섬세하게 그려냈고, 기득권층에 대해서도 우회적으로 표현이 가능했지만 관리들에 한해서는 심정적으로 감정이 격해질 수밖에 없었다.

········
1 『목민심서』

11
괴로운 해계전蟹鷄苦

경기도 광주에는 전례에 해계전蟹鷄錢이 있었는데, 한 마을에서 매해 이십 지호를 바치다가 해마다 증가하여 오십 지호에 이르렀다. 을해년1815, 순조15에 유수 정鄭 아무개가 오십을 이십으로 감하고 집집마다 그것을 부과했다. 또 해마다 늘려서 삼 십까지 올라갔다. 을미년1835, 헌종1에는 홍석주洪奭周가 이 시를 듣고 그 세금을 특별히 면제해 주었다. 태안에도 또한 이러한 세금이 있었는데 계묘년1843, 헌종9에 어사 정기세鄭基世가 또한 이 시를 듣고 영원히 없애버렸다(廣州舊例賦蟹鷄錢, 一里二十支, 歲增至五十. 乙亥留守鄭某, 減五十爲二十, 而乃戶賦之. 又歲歲增至三十. 乙未洪相奭周, 聞此詩, 特除之. 泰安亦有此稅. 癸卯御史鄭基世, 亦聞此詩, 永除之).

太守賦一蟹	태수가 게 한 마리 거둘 적에는
未足爲民瘠	백성들이 파리하게 되지 않았었지만
一蟹爲一鷄	게 한 마리가 닭 한 마리 될 적에는
萬鷄凋八域	만 마리의 닭이 팔방에서 시들어갔네.
苟然充王廚	진실로 상감의 부역 채울 수만 있다면
耕牛吾不惜	밭을 가는 소牛인들 아까우리까

- 홍석주洪奭周,1774~1842 : 조선 후기의 문신. 자는 성백成伯, 호는 연천淵泉. 충청도관찰사, 전라도관찰사, 병조판서를 거쳐 좌의정에 올랐다. 순조가 서거하자 실록총재관實錄總裁官으로『순조실록』편찬에 참여하였다. 남응중南膺中의 역모 사건에 연루되어 삭출되었다가 복직, 중추부영사中樞府領事에 이르렀다. 성리학에 정통한 10대 문장가로 꼽혔으며, 문집으로『연천집淵泉集』이 있다.

- 정기세鄭基世,1814~1884 : 조선 고종 때의 문신. 본관은 동래東萊. 자는 성구聖九, 호는 주계周啓. 1837년 문과에 급제. 응교應敎·대사성大司成 등을 거쳐 1853년 강화도 조운漕運의 원활한 수행을 위하여 강화 유수에 임명 되었다가 전라도 관찰사로 나갔다. 고종 즉위 후 더욱 중용되어 권강관勸講官·병조판서 등을 지내고 우찬성右贊成에 이르렀다.

이 시는 공출에 관한 문제를 다룬 작품이다. 공출은 당시에 상당히 극심한 문제였던바, 동 시대의 작가인 이학규의 시에서도 숭어를 잡아 바치라는 관원들의 횡포를 그린「숭어잡이 어민의 탄식鯔魚歎」이나 전복을 따서 바쳐야 하는 해녀의 아픔을 그린「전복 캐는 여인探鰒女」등에서도 잘 나타나 있다. 이 시는 경기도 광주에 있었다는 해계전蟹鷄錢에 관한 내용을 담고 있다. 게 한마리가 닭 한마리가 되다가, 점점 더 착취가 심해져 사방에 닭 구경하기도 어렵게 된다. 5, 6구에선 닭이 아니라 소라도 임금에게 전하여진다면 아깝지 않겠다는 말은, 중간에서 포탈하는 아전과 관리에 대한 증오를 반어적으로 표현한 것이다.

이처럼 산운은 전정田T·환곡還穀·군정軍T 등 조선 후기 폐단을 총체적으로 언급하고, 아울러 모순된 현실의 근원인 지배층에 대한 비판에까지 확대하고 있다. 그러나 작가의 직접적 목소리로 드러내지는 않고 반어와 역설 등의 우회적 장치를 통해 드러냄으로써 여타 작가들이 직설적으로 보여주는 현실 묘사보다 더 곡진한 시적 성취를 보여 주었던 것이다. 산운의 민중시는 문학적 성취는 훌륭하다. 하지만, 동시대의 작가들이 보여준 절망적인 현실에 대한 작가 자신의 삼투는 이루어지지 않았다. 산운이 보여주는 민중의식이란 사실 작가로서의 따스한 가슴에서 나오는 연민이지, 사회개혁까지 제시해주지는 못하고 있다.

12
옛 대나무 밭을 지나며 ^{過舊竹田}

南民多竹田	남쪽 백성 사는 곳 대밭 많아서
貨竹不愛竹	대나무를 상품으로 볼 뿐 감상 안하네.
竹以直爲貴	대나무는 곧음으로 귀하게 삼으나
直者先見劇	곧은 것 가장 먼저 베어진다네.
巨細死千金	굵던 가늘던 잘라내면 천금이라,
水陸疲車軸	물길로 육로로 수레 나르기 바쁘다네.
軟筍入時膳	부드러운 죽순은 제철 요리에 드니
快馹走朱門	쏜살같은 역말이 대갓집 향해 내달리네.
琅玕結何爲	열매가 맺히면 무엇에 쓰나
只自枯其根	단지 절로 뿌리는 말라갈 뿐인데.
得爲丹鳥食	봉황의 먹이만 될 수 있다면
根枯也不寃	뿌리가 마른대도 원망하지 않으리.
近歲殊寒數	몇 해 째 특히 추위가 잦아서
焜黃慘餘叢	누렇게 남은 떨기 애처롭기만 하네.
雜樹生其田	잡목들이 그 밭에서 자라나더니
繁華耀葱蘢	무성한 꽃 신록 속에 빛나는구나.
脩柳一何綠	기다란 버드나무는 어찌하여 푸르며

嫩桃一何紅   고운 복숭아 나무는 어찌하여 붉은가

[竹結花實, 則枯死] [대나무는 열매가 열리면 곧 말라 죽는다.]

평설

이 시는 대나무밭의 성쇠를 통해 충직한 사람이 사라지고 아첨꾼만 가득한 조정을 비판했다. 대나무는 강직함이 최고의 덕목이었는데 이제는 상품으로 가치만을 따진다. 그러니 곧은 것은 가장 먼저 제거되고 부드러운 죽순은 대갓집으로 들어간다. 강직한 사람은 쓰여지지 않고 아첨꾼만이 득세하는 현실을 비판했다. 열매가 맺는다 해도 곧 죽을 운명인데, 게다가 뿌리는 말라가고 있다. 세상에 쓰이지 않고 잊혀져 가는 현실에 대한 아쉬움을 토로하였다. 말미에서는 대나무와 버드나무, 복숭아나무를 대비했다. 봄철에 만발하는 꽃들처럼 시류와 상황에 따라 득세하는 인물들을 비판하고 있다.

13
농부가 족두리풀을 베는 것을 보고 애석히 여기며

惜田夫剪莊

剪草休剪莊	풀 베어도 족두리 풀은 베지 말 것이며,
剪莊根休覆	족두리풀 베어도 뿌리는 뒤엎지 말라.
根覆亦云可	뿌리를 뒤엎는 일 설령 한다고 해도
休道莊不覆	족두리풀 뿌리가 뒤엎이지 않았다고 말하진 말라.
朝聞莊如蕕	아침에는 족두리풀이 노린내풀이라 하더니
夕聞莊性毒	저녁에는 족두리풀이 독하다고 말들 하네.
衆人豈不疑	사람들이 어찌 의심하지 않으랴만
久乃心信篤	오래되니 사람들 깊이 믿게 되었네.
恩怨莊何知	족두리풀이야 은원을 어찌 알랴만
幽人爲之悲	은자隱者가 그를 위해 슬퍼하노라.

평설

이 시에서는 족두리풀을 고결하고 지조 있는 선비에 빗댔다. 족두리풀
莊은 두형杜衡 또는 두약杜若으로 알려진 향초이다. 『초사楚辭』「이소離騷」
에 "유이와 계차를 밭두둑으로 나누고, 두형과 방지를 섞었네畦留夷與揭車
兮, 雜杜衡與芳芷"라고 했고 『초사楚辭』「구가九歌」「상군湘君」에 "향초 두약을 저 방주에서 캐다가, 장차 이것을 하녀에게 보내 주련다采芳洲兮杜若, 將以遺兮下女"라 한 이래로 군자나 현인의 고결한 인품을 비유한다. 반면 노린 내풀은 간신이나 아첨하는 사람을 상징한다. 이렇게 보면 군자나 현인이 생존까지 위협받으며, 아침저녁으로 참소와 비방을 받는 모습을 안타깝게 그려냈다. 그러나 세월이 지나면 지금 받는 의심이 거두어지고 사람들이 진면목을 알아봐 줄 것이라는 낙관적인 전망도 잊지 않았다.

족두리풀

14
말을 사다 買馬

囊金入東城	주머니에 돈을 넣고 성 동문으로 들어가니
城人呼我兄	성 안 사람 날더러 형이라고 하네.
爾璞胡爲鼠	너희들의 옥은 어째서 쥐로 만들었으며
爾鳳胡爲雉	너희들의 봉황은 어째서 꿩으로 만들었는가.
糕何巧染鏤	떡은 얼마나 교묘하게 색칠하고 문양을 내었는지,
衣何多舊裡	옷은 얼마나 낡은 안감을 여기저기 덧댔는가.
蛾眉衒窈窕	아름다운 뽐내는 미인,
珠翠以爲美	구슬과 비취는 세상 사람들 아름답게 여기지.
軒韶豈無儈	귀족에게 소개하는 자가 어찌 없으랴마는
而我愧宋朝	내가 차지하게 되었으니 나는 응당 차지할 만한
	미남들에게 부끄럽구나.
何如買駿馬	"준마는 어떻게 사야 하는가"
千里不在毛	"천리마는 털 빛깔로 판단하지 않는다네"
加馬白玉鞭	말에게 백옥으로 장식한 채찍 더하고
着馬黃金鑣	말에게 황금의 재갈을 물릴지라도
而馬不以侈	말은 거만하지 않고
而馬不以驕	말은 교만하지 않으니

| 不似馬上客 | 오히려 말 위에 탄 사람이 |
| 跨之以赫赫 | 크게 자랑하는 것과 같지 않아라. |

어석

- 미남 : 원문은 송조宋朝로 되어 있다. 춘추시대의 송宋나라 공자公子를 가리킨다. 용모가 매우 아름다웠다. 후에 미남을 가리키는 말로 쓰였다.
- 천리마는~않는다네 : 백락伯樂이 진목공秦穆公에게 구방고九方皐를 추천하였는데, 구방고의 말 고르는 법은 여황빈모驪黃牝牡를 따지지 않고 말의 천기天機를 따져 감식하여 천리마를 알아보았다.

평설

1~6구까지는 시장의 장사치와 거간꾼들의 속임수와 사기를 일별했다. 성 안 사람들은 쉽게 속일 요량으로 친근하게 형이라 부르며 다가온다. 그러나 여기서 파는 물건들은 그들이 보여주는 친근감 하고는 거리가 멀다. 3·4구는 특히 가짜로 진짜 물건을 만들어 파는 일을 보여주고 있다. 특히 죽은 쥐로 옥돌을 만든 일은 『윤문자尹文子』「대도大道」에 나온다. 결국 시장에서 파는 물건인 옥, 봉황, 떡, 옷은 모두 가짜 투성이다. 7~10구는 격이 맞지 않는 사람이 준마를 사게 되는 일에 대해 미안함을 표시했다. 거래의 속성상 미인과 귀족이 어울린다. 그러니 준마를 구입하는 사람은 잘난 사람이어야 하는데 그렇지 못해서 부끄럽다고 말했다.

11~18구는 준마를 사서 돌아오면서 말과 관련된 교훈을 잊지 않겠다는 다짐을 적었다. 준마는 외관으로 판단하지 않는 법이다. 준마도 거만과 교만함을 보이지 않으니 말주인도 역시 그런 거만과 교만함을 보이지 않겠다는 다짐을 담았다. 이 말은 곧 사람을 외모로만 판단하지 않으며, 재물이 많아지고 신분이 높아진다고 해서 교만하지 않음을 말을 통해 보여준 것이다. 말이 백옥 채찍으로 때리고 황금 재갈을 물리더라도 말이 스스로 자랑하지 않는데, 말을 탄 사람이 자랑하는 일은 『안자춘추晏子春秋』「내편 잡상內篇雜上」에 나오는 이야기와 흡사하다. 여기에서 안자는 키는 작지만 겸손한데, 마부는 키가 커서 의기양양하였다. 마부의 아내가 이혼하겠다고 하니 마부가 크게 깨닫고 겸손해졌고, 안자는 그를 대부로 추천하게 된다.

15

비취새翡翠

翡翠宜我桁	비취새는 우리집 들보에 살아도 되나,
而烏莫我屋	까마귀는 우리집에 오지를 마라.
貴賤一倮虫	귀한 이도 천한 이도 다 사람인데
錦葛爲榮辱	비단옷 칡베옷으로 영욕을 재네.
榮者未必直	영화로운 자라 해서 꼭 바르지 않고
辱者未必曲	욕된 자도 반드시 나쁘진 않네.
大抵朱門人	붉은 칠한 소슬 대문 사는 사람도
行狀皆濂洓	행장마다 모두가 큰 학자라네.
後世太史公	뒷 세상에 역사를 엮는 사람은
編之名臣錄	명신록에 그 이름 올리어 놓지.

임연당별집

파葩가 말하기를, "복희씨, 신농씨 이래로 이같은 것이 벌써 오랜데, 이를 탄식하는 것이 도리어 미혹되다葩曰, 自羲農以下厥惟久矣, 歎之者反惑矣"라 하였다.

- 소슬대문 : 원문은 주문朱門으로 되어있다. 지위가 높은 벼슬아치 집을 비유해서 이르는 말이다.
- 큰 학자 : 원문은 염속濂涑으로 되어 있다. 염濂은 중국 송나라의 주렴계周濂溪이고 속涑은 송나라 사마광司馬光이 속수향涑水鄕에서 살았기 때문에 그의 별칭으로 쓴 것이다. 여기서는 큰 학자라 번역한다.
- 명신록名臣錄 : 옛날에 조정에서 어진 신하들의 이름을 적어두던 책. 명신록에 이름이 오르면 그 자손들까지 덕을 입었다.

평설

인간은 귀천貴賤을 떠나서 모두가 존귀한 존재라 말들 한다. 하지만 실상은 크게 달라서 영욕의 잣대로만 판단을 한다. 마땅히 곡직曲直이 판단의 근거가 되어야 하지만 현실은 꼭 그렇지 않다. 그러니 고대광실 큰 집에 보란듯한 직업을 가진 사람 만이 사람 대접을 받게 되기 마련이다. 정작 중요시되어야 할 품성은 온전한 평가에 큰 영향을 미치지 못한다. 잘되면 좋은 삶이란 등식은 그렇게 성립된다. 잘 사는 집 성공한 사람은 다들 행장마다 큰 학자라 평가를 받고 사가史家들도 명신록에 떡하니 기록해 놓는다. 살아서나 죽어서나 대접을 다 누리는 셈이다. 그러니 우리 집에 살려거든 물총새는 괜찮타지만 까마귀는 안된다. 사람들은 물총새의 화려한 빛깔에 눈이 멀어 까마귀의 검은빛은 평가절하하게 되고 그것을 소유한 사람마저 낮추어 평가하기 때문이다. 이 시는 반어적으로 권력을 지니고 성공을 거둔 사람들만을 높이 평가하는 세태를 말하고 있다.

물총새翡翠는 지배계층, 까마귀鳥는 민중을 각각 상징한다고 볼 수도 있다. 여기서도 역시 물총새와 까마귀가 대립적으로 그려졌다. 이런 대립적 구조는 민중의 고단한 삶을 극대화시켜 그려낼 수 있다는 장점이 있어 산운의 시에서 즐겨 사용되고 있다. 산운은 「가난한 여인貧女」에서도 백로白鷺 / 까마귀鳥를 대립적으로 등장시키는 수법을 사용하고 있다. 이렇게 지배층에 대한 풍자는 곧 민중에 대한 애정과 관심 속에서 민중을 신고辛苦의 극한 상황으로 몰아낸 근원적 원인이 되었던 지배층에 대한 미움으로까지 확대되고 있다.

물총새

산운집山雲集

심사정, 〈홍련〉, 국립중앙박물관

16
석 잔 술三盞

悄悄對余暉	조용히 비낀 석양 바라보면서
惻惻抱空思	슬프게 부질없는 생각 안고 있었네.
有力不擧身	힘이 있대도 몸을 일으킬 수 없고
有眼不見眉	눈 있대도 눈썹조차 볼 수가 없네.
世上無智巧	세상에는 지혜도 기민함도 없기에
我愚當不悲	내 어리석음은 슬퍼할 일 아니지.
旣愚寧下愚	어리석은 바엔 차라리 아주 바보가 되어야지
胡復微有智	어찌하여 얕은 지식이 남아 있나.
悵望崇華國	서글프게 숭산과 화산의 나라 쪽 바라보면서
曠懷虞夏時	멀리 순임금과 우임금 때 그리워하네.
時人尙色衣	요즘 사람 울긋불긋한 옷 좋아해서
五絲無素絲	오색옷만 입고 흰색 옷 안 입는구나.
畜羽不畜鸞	새 길러도 난새는 기르지 않고,
種花不種芝	꽃 심어도 지초芝草는 심지 않누나.
一盃哭嗚呼	첫 잔 술에 곡하며 탄식을 하고
二盃歌施施	두 잔 술에 기뻐서 노래 부르며
三盃臥看雲	세 잔 술에 누워서 구름을 보니

迢迢獨何之   아득한 저 구름은 홀로 어디로 가나.

[교감]

『임연당집』에는 원문이 不遇로 되어 있어 뜻이 안 통하는데, 『임연백
시』에는 下遇로 되어 있다.

[평설]

이 시는 해저물녘에 술을 마시며 슬픈 감회를 달래며 갖는 감회를 적고
있다. 1~8구까지는 자신의 상태에 대해서 말한다. 온 몸으로 어떤 일
에 나서지도 못하고 가까이에서 벌어진 일조차도 처리하지 못하고 있
다. 자신의 무기력한 상태를 이렇게 말했다. 세상은 잘못되어 시비是非
와 곡직曲直, 현우賢愚를 분별할 만큼 지혜롭지 못하다. 이런 세상에 자신
의 어리석음은 욕이 될 일도 슬플 일도 아니다. 그렇다면 어리석을 바
에 아예 완전히 바보같이 사는 것도 나쁠 게 없다. 애초부터 잘못된 세
상에서 바보라는 것이 잘못 산 증표가 되지는 않는다.

9~14구는 경조부박輕佻浮薄한 세상과 세태에 대한 비판을 담았다. 세상
은 요순堯舜 시절의 순박함을 상실했으니 그것이 슬프고 안타깝다. 요
즘 사람들은 화려한 옷, 새, 꽃만을 사랑한다. 여기서 오색, 화려한 새,
화려한 꽃은 흰옷, 난새, 지초와 대조적으로 제시됐다. 15~18구는 석
잔 술을 마시며 갖는 감정의 변화를 그려냈다. 첫 잔을 마실 때는 아직
까지 비분강개한 마음이 들어 곡과 탄식이 흘러나온다. 둘째 잔을 마
실 때는 슬픈 마음을 거두고 기쁜 마음으로 노래나 한자락 불러본다.

마지막 잔을 마시고는 얼큰한 술기운에 누워서 하염없이 흘러가는 구름을 바라본다. 세상살이가 그 어느 곳으로 흘러가는지 모를 구름과 다름없다.

17
슬퍼하다 悵然

漢水爲我酒	한강 물로는 나의 술로 삼았고
明月爲我燭	밝은 달로는 나의 등불 삼으니
陳亮可與舞	진량과 더불어 춤출 수 있고
賈生可與哭	가생과 더불어 곡할 수 있네.
而我可與歌	그대와 나는 함께 노래할 수 있으니
高歌高擊筑	높은 노래 소리에 축소리도 높아지네.
不可見諸君	여러 사람들을 볼 수가 없으니,
君亦不我聞	그대들도 나에 대해 듣지 못하리.

임연당별집

이농인李農人은 "시인 중에 형가荊軻다"라고 하였고, 유흥경柳興慶은 "강개
慷慨·침울하다"라 하였다.

어석

- 진량陳亮 : 남송南宋 때의 학자. 영강永康 사람으로 자字는 동보同甫. 호는
  용천龍川이다. 주희朱熹의 친구로 알려져 있고, 그의 학문은 사공事功에
  중점을 두었으므로 후세에 사공파事功派로 불려진다. 저서에 『용천문

집龍川文集』이 있다.

- 가생賈生 : 가의賈誼, BC 201~169의 별칭이다. 전한前漢 문제文帝 때의 문신
  文臣. 낙양洛陽 사람. 문제文帝 때 태중대부太中大夫가 되었으나, 모함을
  받아 장사왕長沙王의 태부太傅로 좌천되었다. 저서에 『신서新書』, 『가장
  사집賈長沙集』이 있고, 특히 「치안책治安策」, 「과진론過秦論」 등의 글이 유
  명하다. 당시 사람들은 그를 가태부賈太傅, 또는 연소年少한 수재秀才라
  하여 가생이라고 부르기도 했다. 그리고 33세에 요절하였다.

- 격축擊筑 : 축筑을 치다. 축은 옛날 현악기의 하나이다.

평설

이 시는 마치 형가荊軻가 역수易水 강가에서 고점리의 축에 맞춰 역수가
易水歌를 부르는 장면을 연상시킨다. 또, 산운이 「호남소요편湖南逍遙篇」에
서 "열다섯에 입던 옷 짧아진 뒤론, 스스로 고점리라 이름하였지. 서른
에야 밭 갈러 돌아 왔지만, 마흔에도 처자는 굶주렸었네, 오십에 「원유
遠遊」의 노래 부르며, 물외에서 유유히 노닐었다오"[1] 라 하여 자신을 고
점리에 비한 것과 비교해 보면 흥미롭다. 이러한 분위기가 유홍경으로
하여금 강개·침울하다는 평을 하게 한 것이다.

1, 2구에서 "한강물은 술酒이 되고, 밝은 달은 등불燭이 된다" 하였다. 산
운은 일생토록 술을 벗으로 삼는다. "한강물을 술로 만든다"는 말은 두
가지 함의를 띠고 있다. 첫째, 한강물 전체를 술로 삼아 취해 보겠노라

----

1 李亮淵, 「湖南逍遙篇」, 『山雲集』 : 十五衣短後, 自名高漸離. 三十歸耕田, 四十妻猶飢,
   五十賦遠遊, 物外謾悠悠.

는 의미와 둘째, 현실적인 공간마저도 모두 몽상夢想의 공간화시키겠다는 의미를 가지고 있다. 또, 다른 소재인 명월明月은 백운白雲과 함께 산운의 시에서 가장 중심적인 의상意象의 하나이다. 달은 『산운집』 전체에서 상당히 자주 소재로 등장하고, 명월이 등장하는 경우도 또한 그러하다. 달은 항구하게 과거의 일과 현재의 일, 또 앞으로의 일을 보고 있다. 달은 이지러지고 차오르면서도 늘 연속성을 가지며 존재한다. 산운에게 달은 인간이 가질 수밖에 없는 숙명적인 유한성을 극복하는 대체물로 존재하기 때문에, 그가 지향할 수 있는 등불로 삼는다 한 것이다. 달에 대해서는 절명시絕命詩에 해당하는 「자만시自輓詩」에서도 언급되어 있어 그의 끊임없는 애호愛好를 보여주고 있다.

3, 4구에서 진량陳亮과 가의賈誼를 언급하였다. 진량陳亮은 『송사宋史』의 기록을 살펴 보면 다음과 같이 나온다. "진량은 자주 병사兵事에 대하여 간하자 황제가 관리로 삼으려 했다. 이에 그가 급히 물을 건너 돌아갔다. 후에 진사시進士試에서 일등을 해서 첨서건강부판관簽書建康府判官을 제수받았으나 나아가지 않았다. 진량陳亮의 사람됨이 척당불기倜儻不羈하여 스스로 호협豪俠이라 여겼다"라 하였다. 또 다른 인물인 가의賈誼는 『사기』의 기록에는 "황제가 공경公卿으로 삼으려 하자, 관영灌嬰 등 여러 대신들이 질시하여 그를 참소하였다. 이에 장사왕長沙王의 태부太傅를 임명받고 상수湘水에 이르러 「조굴원부吊屈原賦」를 지었다"라 나와 있다. 특히, 「조굴원부」라는 작품은 가의가 자신의 회재불우懷才不遇한 감개를 굴원에게 의탁하여 지은 것으로 유명하다. 이처럼 진량과 강의는 모두 회재불우한 인물들로, 모두 강가에서 자신의 불평한 심사를 토로했다.

이들과 춤을 출 수도 있고, 곡을 할 수도 있다는 말은 산운이 그들과 심정적으로 동일화한 것이다.

5~6구에서 진량, 가의와 동일시를 재확인한 다음, 그들과 같은 강개함으로 노래할 수 있다 했다. 7~8구에서 제군諸君들은 진량, 가의 등이다. 그들은 현실과의 불화 속에서 간난艱難의 삶을 살았던 인물이지만, 그들이 자신을 볼 수 없었으니 자신의 강개함을 듣지는 못했을 것이라 말해서, 자신의 슬프고도 처절한 비탄의 심정을 표출하고 있다. 이 시는 아마도 한강가 어디에서 불렀을 듯하다. 한강가에서 자신의 불우를 통탄하며, 통음하여 노래했을 것이다. 강을 앞에 두고서 불우한 삶을 살았던 진량, 가의, 형가荊軻 등과 자신을 견주며 자신의 우울한 심회를 토로한 것이다.

18
영랑은 나를 비웃고 _{永郎笑}

惻惻復啾啾	꾸욱꾸욱 또 꺼억꺼억
精衛啼山秋	정위가 가을 산에서 우는 소리지.
沉吟陶匈初	우주가 처음 만들어질 때 생각하니
渤海限高麗	발해는 고려에 한정되었지.
鵬翼掩有餘	그때 봉새 날개로 가리고도 남았고
快驥不足馳	천리마가 실컷 달리기에도 좁았지.
龜妶積泰山	쿠차는 태산이 쌓여 이루어져
萬麓鬱不張	모든 산기슭이 퍼지지 않고 빽빽하다네.
怒氣聳千丈	무성한 기운 천 길 높이 솟구쳐
矗矗凌靑蒼	삐쭉삐쭉 푸른 하늘 위로 올랐네.
或品掛北斗	낮은 봉우리 북두에 걸려 있었고,
或尖磨月光	뽀족한 봉우리는 달빛을 닦네.
金剛高天台	금강산은 천태산보다 높고
白頭十金剛	백두산은 금강산보다 열 배나 높네.
天台與白頭	천태산과 백두산은
微顯倒相萬	미묘한 점 비교하면 오히려 만 배나 차이나네.
意欲鞭夸娥	과아_{夸娥}의 신을 채찍질 하여

徙之齊魯岸	백두산을 제·노 지방으로 옮기고 싶네.
永郎笑我顚	영랑은 날 미쳤다고 비웃으며
責我步虛遲	내가 한가히 하늘 거닌다 책망하리
玉簫下滄州	옥퉁소 소리에 창주로 내려와서
回首月生時	머리를 돌려 보니 달이 뜨는 때였네.
下界靑烟合	속세에는 푸른 연기 끼어 있으니
浮生方夕炊	인간들이 저녁밥 짓고 있구나.

[교감]

제3구에서 나본은 白이 勾으로 되어 있다. 여기서는 勾으로 보았음.
『임연당별집』에는 白으로 되어 있다.

[임연당별집]

방편이 말하기를 "마치 고악부를 읽는 것 같아 그것을 읽으면 사람으로 하여금 상쾌하게 해준다方便曰, 如古樂府, 讀之, 令人快爽"라 하였다.

[어석]

- 정위精衛 : 옛날 염제炎帝의 딸이 바다에 빠져 죽어 변한 고대신화 중의 새 이름이다. 항상 나무와 돌을 물어다 바다를 메웠는데, 후대에는 한恨이 깊음을 비유하거나 무지無智한 사람을 비유하는 말로 쓰인다.

- 쿠차龜玆 : 옛날 나라 이름을 이른다. 한漢나라 서역西域 여러 나라 중

의 하나로 천산天山 남쪽 산기슭에 위치해 있다. 백성들은 주로 농업에 종사했고 아울러 목축·야주冶鑄·양주釀酒 등에 힘썼다.

• 과아夸娥 : 신선의 이름. "상제上帝가 과아씨의 두 아들에게 명하여 두 산을 지게 해서 하나는 삭동朔東에 두고 하나는 옹남雍南에 두었다"라고 했다. '우공이산愚公移山'의 설화에 등장하는 말인데,『열자列子』「탕문湯問」에 나온다.

• 창주滄州 : 동해東海 중에 있어 신선이 산다는 곳이다.

(평설)

이 시는 실제의 여행이 아니라, 상상속에 이루어진 여행을 다뤘다. 정위精衛나 영랑永郞, 과아夸娥는 모두 실제하지 않는 신화 속의 동물이나 인물이다. 특히 영랑은 이 시를 포함해서 산운 시에 3번이나 등장한다. 1~10구는 우리나라의 좁은 땅에 대한 답답함을 호소하면서 하늘을 비상하여 여행하는 존재로 바꿀 때까지의 감회나 모습을 보여준다. 11~20구는 공간을 비상하여 백두산까지 여행을 다녀온다. 백두산을 중국의 천태산보다도 훨씬 뛰어나다 하면서 과아를 이용해 중국 땅에다 옮겨 놓고 싶다는 소회를 말한다. 초반부에 우리나라의 좁은 산하에 대한 답답함을 표출한 것과는 한층 달라진 분위기다. 오히려 그런 환상적인 여행을 마치고 났더니 우리 산하에 대한 자부심이 생겨났다. 21~24구는 환상적인 여행을 마무리하는 모습을 그려냈다.

19
이백의 시 구절
'현능한 인재에게 지게미와 겨를 쓰네李白詩糟糠養賢才'[1]

稻粱一千石	벼와 기장 전부다 일 천석이면
嬴得糠五百	겨는 오백 석이 나오게 되지.
持以養賢才	이 겨로 어진 인재 대우한다면
但恐才不來	아마도 인재들은 오지 않으리.
厚薄君休說	후하고 박한 것을 말하지 마소
養士事可悅	선비를 대우만 해준다면 기뻐할 만 일이니.
今世倘有斯	지금 세상에 혹시 이런 일이 있다면,
虎衢往從之	범이 날뛰는 거리라도 가서 따르리.

평설

이 시는 이백의 시구절을 제목으로 삼아 선비들을 우대하지 않는 풍토를 비판한 것이다. 어진 인재를 형편없이 대우 한다면 어떤 인재도 자발적으로 찾아올 턱이 없다. 정작 중요한 것은 물질적인 보상이 문제가 아니라, 선비를 대우해 주려는 태도에 달려 있다. 선비를 제대로 대우

....
1 이백의 「고풍 오십구수(古風 五十九首)」의 15번째 시에 나오는 구절이다.

해 준다면 그 어떠한 고난과 고통이 앞에 놓여 있다 해도 반드시 나아가서 그 일을 맡아보겠다는 다짐으로 끝맺었다. 선비를 제대로 대접해주지 않는 현실을 통해 자신의 분노도 함께 담았다.

20
높이 읊조리며 구름을 바라보다 ^{高吟望雲}

1	使人不識肉	사람에게 고기 맛을 모르게 했더라면
	蔬草以爲旨	채소라도 맛있다고 했을 것이며.
	使人不見帛	사람에게 비단 옷을 못 보게 했더라면
	麻葛以爲侈	삼베옷도 사치롭게 여겼으리라.
5	倘我遠城闉	혹시 내가 성문 멀리 살았더라면
	我心當安貧	내 마음은 가난 편히 여겼을거네.
	而我尙有書	그러나 내겐 아직도 책이 있어서
	耳慣原顏語	원안原顏의 말씀이 귀에 익었네.
	却憐老孺人	딱하도다! 늙어빠진 여편네가
10	怨言及賦予	원망의 말 나에게 늘어 놓았네.
	西隣玉爲閨	"서쪽 집은 옥으로 규방 만드니
	翡翠兩兩啼	물총새가 쌍쌍이 울어대었고
	東隣廚下婢	동쪽 집은 부엌데기 계집애까지
	石榴裙上發	치마폭에 석류꽃이 피었다는데
15	糟糠可少時	가난한 살림도 젊었을 땐 할 수 있어도
	今年五十七	금년에 내 나이도 쉰 일곱이예요.
	伯鸞一何愚	당신은 어찌하여 어리석게도

	囂囂從自好	욕심 없음 스스로 만족하나요.
	保妻乃齊家	아내를 보살펴야 집안도 다스려지고
20	修身須養老	늙은이 잘 모셔야 처신을 잘한답디다.
	貧者豈不仁	가난한 자 어찌 어질지야 않으랴만
	富者能睦婣	그래도 부유해야 화목 할 수 있답니다.
	富者乃貴者	부자가 바로 귀한 사람이 되고
	大低多俊英	영재가 많이 나오는 법이랍디다.
25	休誇孔明才	공명의 재주를 뽐내지 마세요
	溝壑無孔明	구렁에선 공명도 쓸모없어요.
	長男汝又迂	첫째야 너도 세상 물정에 어둡구나
	琴書寧救飢	거문고와 책이 어찌 배고픔을 면케 하겠니.
	中男乏俊才	둘째야 너는 말재주도 없지
30	少男不粉脂	막내 놈은 제 몸도 못 거두지"
	老夫故不聞	늙은 나는 일부러 못 들은 척 하며
32	高吟望白雲	시를 높이 읊으며 흰 구름만 바라보았지.

임연당별집

파葩가 말하기를 "도연명에 가깝다"라고 하였다. 또 파가 말하기를 "나의 뜻은 산에 돌아가는 것이니 푸성귀 먹고 거친 옷 입어도 만족할 만하다. 경작할 만한 땅 얻을 수 없으니 어찌하면 좋겠는가?葩曰, "逼陶" 又葩曰, "我意還山, 茹蔬衣葛足矣. 耕地不可得, 如之何則可也?"라고 하였다.

- 당신 : 원문은 백란伯鸞으로 되어 있다. 백란은 한漢나라 양홍梁鴻의 자
  字이다. 양홍이 늘 품을 파는 일을 했지만 집에 돌아오면 아내가 밥
  상을 눈썹 높이만큼이나 받들어 올렸다는 고사에서 유래한 말로, 천
  한 일을 하여도 아내가 남편을 공경함이 대단함을 이른다. 『한서漢
  書』 「양홍전梁鴻傳」에 상세히 보인다. 여기서 백란은 남편이란 의미로
  쓰였다.

- 화목 : 원문은 목인睦婣으로 되어 있다. 육행六行 중의 두 가지를 이른
  다. 구족九族과 외친外親과 친한 것을 말한다. 여기서 육행이란 효우목
  인임휼孝友睦婣任恤을 이른다.

이 시는 자탄自歎의 형식으로 되어 있다. 이 시는 크게 세 부분으로 나뉠
수 있다. 제1구에서 10구까지는 산운山雲의 말로, 11구에서 30구는 아내
의 말로, 31구에서 마지막 구는 다시 산운의 말로 구성되었다. 중간 부
분에 해당하는 11~30구가 아내의 목소리로 되어 있지만, 실은 모두 산
운의 심경을 토로한 것이다.

우선 1~10구에서 산운은 자신의 인생관을 제시하고 있다. 고기肉↔채
소蔬草, 비단帛↔삼베麻葛로 나눈 것은 빈貧과 부富의 이항대립으로 자신
의 모순된 현실을 부각시키려는 의도이다. 빈과 부의 문제는 세속과 탈
속에까지 확대된다. 그 양 극단에 아내와 실제의 산운이 위치해 있고,
그 중간 지점에 시적화자로서의 산운이 있다. 7, 8구에서 나오는 자사

와 안연은 모두 공자의 제자이다. 특히 자사子思는 적빈赤貧으로 유명했을 뿐 아니라, 굳은 의지로 마침내는 깊은 학문의 도를 얻은 인물이며, 안연顏淵은 청빈한 생활을 했고 덕행으로 이름이 높아 안항顏巷이란 말이 청빈한 사람들이 사는 거리라는 대명사로 쓰일 정도였다. 여기서 자신은 자사와 안연을 들어 자신의 삶이 다만 성현의 말을 본받으려 할 뿐 부귀영화는 꿈꾸지 않겠다는 뜻을 우회적으로 말하고 있다.

두 번째 부분은 아내가 남편에게 바가지를 긁는 듯한 말투로 원망하는 부분이다. 이것은 실제로 아내가 비난하고 원망했다기보다, 아내의 입을 빌어 자신의 무능력함에 대하여 객관화하여 서술하는 방식을 취한 것이다. 17, 18구에서는 백란伯鸞을 산운에 비하여 욕심 없이 자족한 삶이 어리석기만 하다고 원망의 심정을 직접 토로하다가, 19구부터는 앞서 보여준 원망하는 어투 대신 설득하는 듯한 어투로 이야기를 전개하고 있다. 19~26구에서는 가난을 벗어나야 하는 이유에 대해서 조리있게 남편에게 설명하고 있고, 27~30구는 도연명의 「자식을 꾸짖다責子」 중에서 "선宣은 열 다섯이 되어 가는데, 공부하기를 좋아하지 않고, 옹雍과 단端은 함께 열세 살인데, 여섯과 일곱도 분간 못하고, 통通이란 놈은 아홉 살이 다 되었는데도 배와 밤만 찾고 있네"[1] 구절과 흡사한 분위기를 보여주고 있다. 이 시가 보여주는 도연명 시와의 유사성 때문에 『임연당별집』에서도 '도연명과 가깝다'라는 평도 기록되어 있다. 단지 차이점이라면 도연명은 자신의 말로, 산운은 아내의 입을 통

----

1 도연명, 「責子」: 阿宣行志學, 而不愛文術, 雍端年十三, 不識六與七, 通子垂九齡, 但覓梨與栗.

해 제시했다는 것이다. 산운시 중에서 대화체 시들은 상대역과 말을 나누는 등장인물이 대개 아내로 설정되어 있는데, 이것은 먼저 죽은 아내에 대한 그리움 또는, 자신의 생활인으로서의 무능력에 대한 미안함이 의식 저변에 깔려 있었기 때문으로 보인다.

마지막 부분에서 "늙은 나는 못 들은 척, 시를 높이 읊으며 흰 구름을 바라보았다"고 끝맺고 있다. 산운은 아내에게 설명하지 않는다. 단지 못들은 척 구름만 쳐다본다. 불기不羈의 정신을 꿈꾸는 자신에게도 현실은 가혹하게 어떤 대답을 요구한다. 그는 현실과 이상과의 경계에서 끊임없이 고뇌하게 된다. 산운시에 깔려 있는 침울함은 이렇게 어디에도 안주할 수 없었던 고단한 자아의 정신적 갈등이 숨겨져 있다.

21

햇살 쬐는 사람^{負暄客}

橋頭負暄客	다리 옆에서 햇살 쬐는 나그네는
弊襦押蟣虱	다 해진 홑옷에서 이를 잡누나.
寶刀佩誰知	이 세상에 보검 있는 줄 어찌 알랴
糊紙以爲室	종이에 풀을 발라 방 만들어도 좋은 것을.

평설

이 시는 『열자列子』 卷7 「양주楊朱」에 나오는 이야기를 알아야 제대로 이해할 수 있다. 이야기는 다음과 같다. "옛날 송나라의 한 농부가 항상 누더기 옷을 입고 겨울을 지내다가 봄날을 맞이하여 따뜻한 햇볕을 쬐면서, 천하에 너른 집이나 따뜻한 방, 솜옷이나 여우 갖옷이 있는 줄은 모르고 자기 아내에게 말하기를 '이 등 쬐는 따뜻함을 아무도 알 사람이 없으리니, 이것을 우리 임금님께 바치면 큰 상을 받게 될 것이다^{昔者宋國有田夫, 常衣縕黂, 僅以過冬, 暨春東作, 自曝於日, 不知天下之有廣廈隩室綿纊狐狢, 顧謂其妻曰, 負日之暄, 人莫知者, 以獻吾君, 將有重賞}'라 했다.

3, 4구의 의미는 다음과 같다. 앞서 햇살 쬐는 사람은 햇살의 따뜻함을 남들은 모른다고 생각하고 왕에게 바치려고 한다. 이 사람은 세속적으로는 정말 어리석어서 보도寶刀가 있는 줄을 모른다. 이 보도는 너른 집

이나 따스한 방, 솜옷이나 여우 갖옷과 함께 부자나 귀인의 상징이다. 또, 이 사람은 그저 햇살을 쬐며 거기에 만족한 사람으로 앞서 나왔던 부자나 귀인들이 갖추었던 것이 있는 줄 모르고 종이로 바른 방에 만족하여 그럭저럭 산다. 산운은 실제 햇살을 쬐며 이를 잡는 사람을 보고서 열자의 이야기와 연결시켜, 이런 기발한 상상력을 발휘해낸다. 작은 햇살에도 만족하며 사는 도가적인 순수한 사람을 그려냈다.

22

왕소군王昭君

一毫利於漢	털끝이라도 한漢나라에 이익 있다면
萬死妾何辭	만 번을 죽더라도 첩이 사양 하리까.
却羞舊官伴	도리어 부끄럽도다. 옛 관리의 무리들이,
呼我作閼氏	나를 불러 흉노의 왕비라 부르는 것이

어석

- 왕소군王昭君 : 중국 한나라 원제元帝 때 후궁으로 이름은 장嬙이고 소군昭君은 자字이다. 왕소군은 화공에게 뇌물을 주지 않아 화공의 농간으로 가장 추하게 그려졌다. 초상화를 보고 흉노에게 갈 궁녀를 뽑았는데, 그중에 가장 못생기게 그려진 왕소군이 호지胡地로 떠나게 되었다. 이후에 소군의 고사는 중국의 시사詩詞·희곡·소설 등의 제재가 되어 많은 작품을 남기게 되었다.
- 알씨閼氏 : 흉노들이 왕비의 호칭으로 쓰는 말이다.

평설

왕소군은 중국 4대 미녀 중에 한 명이다. 가장 예쁜 그녀였지만 화공畫工의 농간으로 가장 못나게 그려져서, 결국 흉노 땅으로 떠나게 되었다. 그녀의 비극적 삶 탓인지 한중의 많은 문인들은 그녀에 대한 시를 읊었다.

이 시는 왕소군의 목소리로 쓰여졌다. 나라를 위해 오랑캐 땅에 온 것이야 백 번 죽는다 해도 사양할 일은 아니다. 그렇지만 옛날의 사연들은 싹 잊어버리고 자신을 흉노의 왕비로 대접하는 옛 관리들의 행동은 야속하기 짝이 없다.

23
반첩여 班婕仔

早聞父母言	일찍이 부모님의 말씀 듣자니
歌舞非女行	가무는 여인 행실 아니라지요.
無罪不願餘	자신에게 잘못 없으면 그만이지
棄捐亦何妨	버림을 받는데도 어찌 꺼리겠어요.

[교감]

제목이 班倢好로 되어 있는데, 班婕仔의 오자이다.

[평설]

반첩여는 궁녀로 시가詩歌에 능하여 한 성제漢成帝의 총애를 받다가 조비연趙飛燕, BC 45~BC 1에게 참소를 당하여 장신궁長信宮으로 물러나 태후太后를 모셨다. 장신궁에 있는 동안 시부詩賦를 지어 애절한 심사를 풀었는데 그중 원가행怨歌行이 가장 유명하다. 이 시에서 반첩여는 자신을 추선秋扇에 빗대기도 했다. 추선은 원래 가을 부채의 의미지만 그 뒤로는 남자에게 버림받은 여인을 상징한다.

조비연은 원래 미천한 신분이었다. 한나라 성제의 첩으로 들어갔다가 황후 자리를 끝내 꿰찼다. 예쁘게 생긴 데다 가무에도 능해 황제의 총애를 한몸에 받았다. 본명은 조의주趙宜主였지만 "물 찬 제비"라는 뜻의 별명인 조비연趙飛燕으로 불리었다. 조비연은 춤의 명수로 손바닥 위에서 춤을 추웠다고 하는데 그의 춤을 장상무掌上舞 또는 장중무掌中舞라고도 한다.

1, 2구에서 조비연의 가무에 대한 비판을 했다. 반첩여가 조비연 자매 때문에 실총失寵했기 때문이다. 3, 4구는 조비연의 가무 탓에 실총한 것이지, 자신의 잘못 탓에 버림받은 것은 아니니 꺼릴 일도 아니라고 했다. 이 시는 반첩여를 화자로 하여 자신의 결백을 호소하면서도 조비연을 비판하는 뜻도 함께 담았다.

명대 唐寅 秋風紈扇圖

24
취한들 어떠하리醉不妨

鏡中多白髮	거울 속 흰 머리가 많이 보이는 건
吾道久塵寰	나의 길이 속세에 오래 있어서이네.
桑田分爾我	상전벽해는 너와 날 갈라 놓아서,
春夢謾悲歡	봄꿈에 부질없이 슬프고도 기뻤네.
水流浮世去	물 흐르듯 뜬세상 지나가노니
月白古人看	환한 달을 옛 사람도 보았었겠지.
有生聊自遣	사는 동안 그런대로 마음 달래려
不妨醉盤桓	술 취해 배회함도 해롭지 않네.

평설

모진 세상의 풍파 속에 많이 있었다. 거울 속에 자신을 비추어보니 백발이 수두룩하다. 제3구와 4구의 '상전桑田'과 '춘몽春夢'은 '상전벽해桑田碧海'와 '일장춘몽一場春夢'을 가리킨다. 시간은 부질없이 흐르니, 시간 속에 변하지 않는 것은 아무것도 없다. 너와 나는 예전의 너와 내가 아니고 끊임없이 변화하는 너와 나이다. 한바탕 봄꿈 같은 세상에서 부질없이 슬픔과 기쁨에 일희일비하였다.

제5구와 6구에서는 물이 흐르듯 세월이 지나간다. 여기서 산운에게 시간은 단지 지나가는 순간들의 총합이지, 축적되고 쌓이는 어떤 것으로 인식되지 않는다. 지금 하늘에 밝은 달이 떠 있다. 이 달은 옛사람도 보았을 예전의 그 달이다. 밝은 달은 여전한데 사람들은 물처럼 사라져버린다. 더욱 삶 자체가 무상하기만 하다. 태어났으니 이번 생을 보낼 뿐이다. 인생은 산운에게 흘러보낼 어떤 것으로만 인식된다. 거기에 욕망이란 이미 사라져버렸으며, 현실적인 삶을 거부하려는 끊임없는 노력만이 존재한다. 각성되지 않으려 마시는 술은 현실을 거부하는 하나의 기표임에 분명하다.

25
제갈공명을 읊다詠武侯

理世輕賢亂世求	치세에는 현자를 경시하고 난세에는 현자를 구하는 법이니
建安年後武鄕侯	건안 연후 이후부터 활약한 제갈량이네.
若使公生文景際	만일 문경 즈음에 태어나게 했다면
不辭乾沒老荊州	이익을 탐하면서 형주에서 늙었으리.

어석

- 무후武侯 : 삼국시대에 촉蜀나라 제갈량을 가리킨다. 제갈량諸葛亮, 181~234은 삼국시대 촉나라의 재상宰相. 자는 공명孔明, 시호는 충무忠武. 융중隆中에 은거하고 있을 때, 유비劉備의 삼고초려 끝에 출사出仕한 후 유비로 하여금 촉나라를 건국케 하였다. 유비가 죽은 뒤, 유조遺詔를 받들어 후주後主인 유선劉禪을 보필하다가 위魏나라의 사마의司馬懿와 오장원五丈原에서 대전 중 진중陣中에서 죽었다.

- 무향후武鄕侯 : 제갈량의 봉호封號를 이른다.

- 이익을 탐하면서 : 원문은 건몰乾沒로 되어 있다. 건몰은 물을 말려 없애듯이, 백성의 재물을 마구 몰수함을 이른다.

건안 연간은 헌제의 다섯번째 연호로 196년에 시작하여 위나라에 선양할 때인 220년까지 총 25년을 말한다. 유비가 제갈량을 데려온 때는 207년 가을 또는 208년 봄이며, 적벽대진은 208년 여름 발발하여 결전은 10~11월에 이루어졌다. 제갈량의 나이 27세에 유비의 휘하에 와서 이후 27년간 유비와 촉나라를 위해 헌신하였다. 그러므로 2구의 건안연후建安年後는 "건안 연간 이후부터 활약한 제갈량이로다"로 보는 것이 타당하다. 건안 연간에 태어난 것이 아니라, 활동한 기간이 건안 연간을 포함하여 촉나라 건국221에 이어 사망 때234까지이기 때문이다. 제갈량은 형주를 통치하는 동안 뛰어난 내정 능력을 발휘해 유비군의 전력을 크게 향상시켰다.

문경文景은 문경지치文景之治를 말하니 중국 한나라 문제文帝와 경제景帝 시절 선정善政을 베풀어 백성의 민심을 크게 안정시킨 치세를 말한다. 제갈량이 활약한 시대는 난세였고 그래서 그의 존재가 더욱 빛났던 것인데, 만일 제갈량이 치세에 태어났다면 별다른 활약 없이 형주 땅에서 자신의 안일과 이익을 위해서 살았을 것이라 하였다. 곧 난세가 영웅을 만든다는 말이다. 아무리 훌륭한 인물이라도 시대적 분위기에 따라 운명이 바뀔 수 있다는 점을 말했다.

26
영사시詠史

1

轅門叩馬諫云云	백이·숙제 군문軍門에서 고삐 잡고 무왕의 진군을 말렸으니
西伯仁君定喜聞	이미 죽은 문왕은 인자했기에 분명 기뻐했으리라.
比干封墓齊夷否	비간은 봉분하고 백이와 숙제를 봉분하지 않은 건
無乃當時史闕文	아마도 당시에 사관이 문장을 빠뜨렸으리.

2

太史人人豈盡良	사관은 사람마다 모두 훌륭한 건 아니어서
若非金米卽炎凉	만일 황금이나 쌀을 주지 않는다면 냉담하게 썼으리라.
朱梁馬晉誰優劣	주온朱溫의 후량後梁과 사마씨의 진晉은 어떻게 우열을 가릴 수 있나?
視國存亡異隱揚	나라 존망 보는 것은 악행이 드러남에 따라 다르다.

반고班固는 금金을 구하고, 진수陳壽는 쌀을 받았다. ○ 사마소司馬昭[1]가 동관東關에서 패했을 때[2] 왕의王儀[3]가 이르기를 "책임이 원수元帥에게 있습니다"라 하니, 사마소가 그를 죽였다.[4] 『사기』에 이르기를 "사마사가 말하기를 '내가 공휴公休,제갈탄의자의 말을 듣지 않아 이 지경에 이른 것은 이것은 나의 과실이니 여러 장군들에게 무슨 죄가 있단 말인가?'"라 하였다. 방정학方正學[5]이 논하여 말하기를 "좋은 영웅이 후사가 있으면 나쁜 점이 많더라도 숨겨 드러나지 않는다"라고 하였다. ○ 주자가 이르기를 "주양朱梁이 오래가지 못하고 멸망하여서 모든 악행惡行이 다 드러난 것이지, 만약에 그로 하여금 조금 오래 살게 하였다면 반드시 절반은 가리워졌을 것이다"라고 하였다.[6]

··········

1 사마소(司馬昭): 진문제(晉文帝, 211~265)를 이른다. 자(字)는 자상(子上)이고 사마의(司馬懿)의 둘째 아들이다. 조모(曹髦)가 재위에 있을 때 형인 사마사(司馬師)를 이어 대장군이 되어 국정을 전횡했다. 그의 아들 사마염(司馬炎)이 위(魏)를 찬탈하였다.

2 동관지패(東關之敗): 위(魏)나라 가평(嘉平) 4년에 오(吳) 나라의 장군 제갈각(諸葛恪)이 동관에서 위나라 군대를 깨뜨렸다.

3 왕의(王儀, ?~252년 추정): 삼국시대 위나라 성양(城陽) 영릉(營陵) 사람. 왕수(王修)의 아들이다. 사마소(司馬昭)의 사마(司馬)가 되었다. 제왕(齊王)과 조방(曹芳) 가평(嘉平) 중에 사마소가 군대를 통솔해 오(吳)나라를 정벌했을 때 동관(東關)에서 싸우다가 패했다. 사마소가 패배의 책임을 묻자 원수(元帥)에게 책임이 있다고 대답하자 화가 난 사마소가 참수했다.

4 이 이야기는 『小學』 「善行」에도 나온다.

5 방정학(方正學): 방효유(方孝孺)이다. 중국 명나라 초기의 학자로 호는 손지(遜志)이며, 송염(宋濂)의 문하에 들어가, 뛰어난 재주로 이름을 떨쳤다. 평소부터 왕도(王道)를 밝히고 태평(太平)을 이룩하는 것이 자신의 임무라 생각하고, 세속적인 일에는 신경을 쓰지 않았으며, 혜제(惠帝)를 섬겨 시강학사(侍講學士)로서 두터운 신임을 받았다.

6 주자(朱子), 『주자어류(周子語類)』에 "주량(朱梁)은 오래지 않아 멸망되어서 그를 위해 나쁜 점을 숨기고 덮어주는 이가 없었기 때문에 모든 나쁜 점이 다 발견되었다. 만약 조금만 오래 지냈다면 반드시 한 번쯤은 숨길 수 있었을 것이다(朱梁不久而滅, 無人為他藏掩得, 故諸惡一切發見. 若更稍久, 必掩得一半)"라 했다.

班生求金, 陳壽受米. ○ 司馬昭, 東關之敗, 王儀曰, "責在元帥" 昭殺之. 史記則云, "帥曰, '此我聽傳生休之過也, 諸將何罪?'"[7] 方正學論曰, "好雄有後者, 惡多, 隱而不著[8]" ○ 朱子曰, "朱梁不久而滅, 故諸惡一切發見. 若便稍久, 必掩得一半."

어석

- 군문軍門 : 원문은 원문轅門으로 나온다. 원문은 끌채를 세워서 만든 문을 이른다. 곧 군문 또는 진영陣營의 문을 이른다.

- 비간比干 : 은대殷代의 사람이다. 주왕紂王의 숙부인데 주왕의 악정惡政을 간하다가 피살 되었다 한다. 주周 무왕武王은 주왕을 치고 돌아오는 길에 비간의 묘에 봉분을 하였다. 반면에 무왕이 주를 치자, 백이伯夷는 주나라의 불의不義한 곡식을 먹지 아니하겠다 하고, 수양산首陽山에 들어가서 고사리를 캐어 먹다가 굶어서 죽었다.

- 황금이나 쌀 : 유규柳虬, 501~554의 상소문에 "班固致受金之名, 陳壽有求米之論"이라 나오지만 그 실제적인 사례가 명확하지 않아 회의적인 시각도 있다.

- 악행이 드러남 : 원문은 은양隱揚이다. 은양은 악을 숨기고 선을 선양하다는 의미다. 『중용』에 "隱惡而揚善"이라 나온다.

---

7 이양연의 시집에 나오는 원문은 오류가 심하다. 아래의 문장으로 번역한다. 大將軍師曰: "我不聽公休, 以至於此. 此我過也, 諸將何罪!"
8 원문은 다음과 같다. 奸雄有後者, 惡多, 隱而不著.

1 백이와 숙제에 대한 봉분과 공훈을 주지 않은데 대한 아쉬움을 담았다. 백이와 숙제가 무왕武王과 강태공姜太公이 주紂를 치려 할 때 말고삐를 잡고 간하며, "아버지가 죽어 장례도 치르지 못했는데 전쟁을 벌이는 것이 효라 할 수 있습니까? 신하로서 임금을 시해하는 것이 인이라 할 수 있습니까?父死不葬 爰及干戈 可謂孝乎 以臣弑君 可謂仁"라고 하였다. 모르긴 몰라도 죽은 문왕이 살아 있었다면 분명 기뻐했을 것이다. 무왕은 주에게 충간하다가 죽임을 당한 비간에게는 봉분하였지만 정작 자기에게 충간한 백이·숙제에 대해서는 나몰라라 했다. 무왕은 상나라의 유신遺臣에 대해 정치적이고 선별적인 판단한 것으로 보인다.

2 주온은 당唐을 멸망 시키고 후량後梁을 세웠고, 사마염은 위魏를 멸망시키고 진晉을 건국했다. 산운은 역사의 실제를 알기 어려운 요인으로 두 가지를 들었다. 하나는 공정하지 못한 사관이고, 다른 하나는 나라의 존속 기간에 따라 군주의 악행이 드러남도 달라진다고 했다. 곧, 후량과 같이 왕조의 존속 기간이 짧으면 군주의 악행이 후대 사람에게 쉽게 드러나지만, 서진과 같이 길어지면 그 악행이 숨겨질 수도 있다는 말이다.

27

취해서 읊는다^{醉吟}

一番天地一番生	한 번 세상에 와서 한 번 사는 것
生後生前較孰寧	삶과 죽음이 어느 게 나을 것인지
有知不及無知好	아는 것이 모르는 것만 못하니
見在惟應醉莫醒	지금처럼 취하여 깨지나 말지니

평설

세상에 한 번 태어나서 한 번 사는 것이 인생이다. 죽음이 더 가치가 있
다면 현실의 삶이 무의미할 것이고, 현실이 더욱 낫다고 한다 하더라도
죽음 앞에 현실은 공허하기만 할 것이다. 삶과 죽음 중 어느 것이 나을
지는 아무도 모르고, 모르는 것이 차라리 한세상 살아가기에는 더 낫다.
그렇다면 현실에 집착하거나 죽음에 번민할 필요도 없다. 이런 저런 이
유로 괴로워 할 바에는 취하여 깨지 않는 것이 낫다. 그렇다면 산운은 어
떤 삶을 꿈꾸었을까? 「취중醉中」이란 시에서는 "하늘이시여 내 늙음을
돌려서, 이십 년만 젊게 하소서, 십 년 동안은 큰칼로 춤추고, 십 년 동안
은 산천구경 하렵니다"[1]라고 하였다. 현실과 꿈, 죽음과 삶의 경계에서

··········
1 李亮淵, 『山雲集』「醉中」, "願天回我老, 輕健二十年, 十年舞長劍, 十年名山川."

그는 위태롭게 살아간다. 그런 삶의 길항작용을 가능하게 해준 것이 그에게 있어서는 술이었다. 그에게 유람이 심리적 불화의 외적 표출이라면, 음주는 심리적 불화의 내적 표출이라 할 수 있다. 곧, 유람이 불우한 현실에서 공간 너머로의 비상飛翔을 가능하게 하였다면, 음주는 불평한 마음에서 자유로운 의식에로의 탈출을 가능하게 한 것이다.

28
우연히 쓰다偶題

我歌非樂亦非哀	내 노래 기쁘지도 슬프지도 않으니
除是長風一放懷	긴 바람에 한바탕 회포 펼칠 따름이네.
行子奔忙斜日袂	나그네로 분주하여 소매에 지는 해가 걸렸고,
遊人怊悵落花盃	유람객으로 서글퍼 지는 꽃에 술 마셨지
白髮蕭蕭疲世界	흰 머리 쓸쓸한 건 세상이 고달파서고
淸簫嫋嫋怨蓬萊	맑은 피리 은은한 건 봉래[1] 멀리 있음 원망해서네.
謫案偸桃前日事	복숭아를 훔쳐 세상 귀양온 건 전 날의 일이니
有時回憶尙堪咍	때때로 회상하면 웃을 만도 하도다.

어석

• 제시除是 : 제비시除非是와 같으니 '그것밖에 없다' '오로지'의 의미이다.

평설

산운의 노래는 슬픔도 기쁨도 초월해서 그저 마음속에 있는 것을 토해 낼 뿐이다. 3, 4구의 행자와 유인은 모두 자신을 가리킨다. 지는 해를 길

....

1 봉래(蓬萊) : 삼신산(三神山)의 하나로 발해에 있는 신선이 산다는 산을 이른다.

267

가에 마주할 정도로 바쁘게 다녔고, 떨어지는 꽃에 서글퍼서 술을 마셨다. 늘그막에 세상 살이는 아직도 고달팠고, 신선이 사는 곳은 멀어서 원망했다. 자신을 선도仙桃를 훔쳐났다 쫓겨난 동방삭에 빗댔다. 그러므로 세상은 하늘에서 쫓겨난 사람에게는 유배지나 다름없다. 선취仙趣가 가득한 시이다.

遣悶類

답답한 속을 풀다

01
큰 바람에 아들을 생각하는 노래 大風念兒行

不願兒節義	아이가 절의 있길 원하지 않고,
不願兒公卿	아이가 고관高官 됨도 원하지 않네.
願兒千里外	원하는 건 아이가 천 리 밖에서
不使我心怦	날 근심 겹게 하지 않게 되기를.
未聞謙者辱	겸손한 이 욕 당했단 말을 못 들었으니
百事敬則亨	모든 일을 공경하면 형통할거네.
尋常愼飢飽	평소에는 굶주림과 과식 삼가고,
勞逸貴稱停	노고와 안일은 알맞게 함이 소중하네.
分日遙算道	하루하루 먼 길을 따져보노니
微雨尙惱精	가랑비에도 오히려 정신 괴롭네.
八月之初七	팔월의 초 칠 일인데
風候慘不晴	날씨가 어둑어둑 개이지 않네.
山嶺叫時倒	산들이 울부짖으며 때로 뒤집어지고,
怒濤簸峥嶸	성난 파도는 험하게 일어나누나.
堯夫四不出	소옹처럼 네 가지 경우에 집 나서지 않으니
汝嘗以孝稱	넌 일찍이 효자라 일컬어졌지.
雖信見及此	비록 진실로 지금 같은 상황에 이르니

罣念疲深更	근심으로 한 밤중에 마음 졸이게 되네.
始知我行時	비로소 내가 여행 떠날 때에는
父母送我情	부모님이 날 보내시던 정을 알겠네.

임연당별집

감懘이 말하기를, "부자父子 사이에 이미 천하의 지극한 기쁨이 있음을 알겠다"라고 하였고, 또 감懘이 말하기를, "말한 것이 예전 사람들이 도 달하지 못한 것을 얻었다"라고 하였다.[1]

어석

- 소옹邵雍, 1011~1077 : 송宋나라 때 학자. 자는 요부堯夫, 시호는 강절康節. 본래 도가道家였던 그는 여러 번 관직을 제수받았으나 사양하고 교 외에서 교유와 학문에 침잠하였다. 역리易理에 정통하여 선천상수학 先天象數學에 깊은 조예가 있었으며, 저서에 『황극경세서皇極經世書』, 『이 천격양집伊川擊壤集』이 있다.
- 괘념罣念 : 마음에 걸린다. 곧 걱정이 된다는 뜻이다.
- 심경深更 : 심야深夜, 곧 자정子正 이후의 깊은 밤을 이른다.

평설

이 시는 큰 바람이 불자 여행을 떠난 아들을 걱정하며 지은 것이다. 절

....

1 懘曰, "父子間知已天下之至懽" 又懘曰, "說得前人所未到"

절하게 자식을 생각하는 마음이 잘 드러나 있다. 어떤 이유에서인지 아이가 집을 떠나 있어 항상 아이 걱정뿐이다. 그런데 마침 큰 바람이 불어대니 더욱더 아들의 안위가 염려된다. 부모는 자식에게 절의나 성공만을 바라지 않는다. 그저 순순하게 무탈한 삶을 살기를 가장 바랄 뿐이다. 겸손하고 공경하면 욕됨도 없고 만사가 형통하다. 삼갈 것은 굶주림과 과식이고 노고와 편안함을 균형껏 하는 것이다. 가랑비에도 아들 걱정이 사뭇 절실하게 들었다. 팔월 달이 되자 날씨는 사납기 그지없다. 소옹邵雍은 일찍이 큰 추위가 있을 때 나가지 않고, 큰 더위가 있을 때 나가지 않으며, 큰 바람이 불 때 나가지 않고, 큰 비가 올 때 나가지 않았으니,[2] 이것을 지키지 않으면 부모님의 걱정이 커지기 때문이다. 산운의 아들도 이러한 경우에는 바깥 출입을 삼갔으니 효자라고 할 만하였다. 아이가 이런 것을 지킨다 해도 부모는 아들 걱정으로 한밤중에도 잠을 이룰 수 없다. 산운은 여행을 유난히 좋아하였다. 그때는 무심코 떠났을 그 길에 부모님이 얼마나 걱정하셨을지 이제야 깨달았다고 했다. 부모가 되어봐야 부모의 심정을 조금이나마 이해할 수 있다. 산운은 그렇게 아버지가 되었다.

----

2 소옹의 저서인 『격양집(擊壤集)』「사사음(四事吟)」에 "會有四不赴, 時有四不出. 無貴亦無賤, 無固亦無必. 裏閒閑過從, 身安心自逸. 如此三十年, 幸逢太平日."이라는 시가 있다. 여기서 첫 번째 구에서 사불부(四不赴)는 공회(公會), 생회(生會), 광회(廣會), 각회(醵會)이고, 두 번째 구에서 사불출(四不出)은 대한(大寒), 대서(大暑), 대풍(大風), 대우(大雨) 등을 가리킨다.

02
수심愁

濯髮淸江水	맑디 맑은 강물에 머리를 감고
萬挼不移色	만 번을 빗질해도 빛깔은 바뀌잖네.
誰知一夜愁	누가 알았으리오 하룻밤 근심이
能使箇箇白	올올히 흰머리로 물들일 줄을

평설

이 시는 아내와 둘째 아들을 잃은 뒤에 쓴 것으로 보인다. 머리를 맑은 강물에 감아도 색깔은 변하지 않는다. 여기서 '맑은 강물淸江'이란 근심 없는 평온한 날들을 말한다. 평온한 나날 속에서는 근심이 있을 턱도, 머리 색이 하얗게 셀 일도 없다. 그러나 수심愁心으로 가득찬 산운에게 는 하룻밤 근심으로도 머리 한 올마다 하얗게 물들일 시름을 갖고 있 다. '누가 알겠는가誰知'란 말은 극도의 슬픔을 자조적으로 한탄한 것이 다. 그의 시에는 이러한 슬픔을 표현한 시들이 적지 않다. 하지만 어떤 아픔인지에 대해서는 적시하지 않고 있다. 그는 자신의 아픔에 대해 비 교적 담담하게 적었다.

03
밤중의 꿈 夜夢

鄕路千里長	고향 길은 천 리나 멀리 있는데
秋夜長於路	가을 밤 그 길보다 더욱 길었네.
家山十往來	고향 산천 열 번이나 다녀왔어도
簷鷄猶未呼	처마 밑 닭은 아직도 울지 않았네.

평설

객지에서 고향을 되짚어보니 아득히 천 리나 떨어져 있었다. 가을 밤은 그 떨어진 거리보다 더 길다는 말은 그만큼 간절하게 고향이 그립다는 말이다. 꿈 속에서 열 번이나 고향을 다녀왔어도 아직도 날이 샐 기미가 없다. 고향 생각에 잠을 쉬이 이루지 못하고 자꾸 깨다 자다를 반복하였다. 대중가요 꿈에 본 내 고향이 떠올려 진다.

哀挽類

애도하다

01

성와를〔족형 만연이다〕 제사 지내며,

그 서문에 다음과 같이 이른다

"선생은 현인 가운데 맑은 사람이다. 선생이 세상을 떠나시자 나라 사람들이 추모하여 왼쪽 어깨를 드러내고 조의를 표하셨다. 아우 아무개는 세 번 탄식하고 술을 부어 제사한다."

祭成窩[族兄晚淵], 其序云, 先生賢之淸者, 其卒也, 國人惜之祖免, 弟某三噫, 而酹之日,

玉爲貌氷爲心	옥같은 얼굴에 얼음같은 마음
掩秋草月沉沉 噫!	둥근 달이 가을 풀에 가려져 가라앉았네. 아!
芸棄長荏棄短	유채는 오래 살아도 버려졌고 족두리풀은 일찍 죽어도 버려졌으니,
荏有藝我無伴 噫!	족두리풀도 정해진 때가 있기에 나는 친구가 없네. 아!
靑門路悵獨步	청문 길을 홀로 걸으며 슬퍼하니
人如雲不見君 噫!	사람들은 구름처럼 많아도 그대는 뵈지 않네. 아!

- 단문祖免 : 초상 때 웃옷의 왼쪽 소매를 벗는 일과 관을 벗고 머리를 묶어 매는 일을 이른다.
- 청문靑門 : 한漢나라 장안성長安城 동남문東南門의 이름을 이른다. 패성문霸城門이라고도 한다.

평설

이 시는 족형族兄인 이만연李晩淵의 죽음을 애도하기 위해 썼다. 산운은 그의 족형을 현인 가운데 맑은 사람이라고 평가했는데, 이것은 『맹자』「만장 하萬章下」에 "백이는 성인 가운데 맑은 분이다伯夷聖之淸者"라는 말을 염두에 두고 쓴 것이다. 제2구에서 족형은 달에, 참훼한 사람들은 가을풀에 각각 비유했다. 제3, 4구에 유채芸와 족두리풀茝은 모두 향초香草로 덕망이 높은 사람을 의미하는데, 유채는 산운 자신을 족두리풀은 족형 만연을 각각 가리킨다. 여기서 장단長短이란 수명의 깊고 짧음, 재능의 다소, 줄기의 길고 짧음 등 여러 가지를 비유한 말로 볼 수 있는데, 의미는 덕망이 높은 사람들은 어떤 상황이어도 모두 끝내 버려지게 된다는 뜻이다. 여기에서 족두리 풀도 정해진 때가 있다는 말은 족형의 죽음을 말한 것이고 장단長短은 수명을 의미하는 것으로 보아야 한다. 예藝에는 '한계'라는 의미가 있다. 청문靑門은 진秦나라 동릉후東陵侯가 오이를 판 고사가 유명하나 여기서는 이 뜻과는 무관하다. 청문은 한양의 동대문 밖을 말하는 것으로 보인다. 이 시는 동한 양홍梁鴻「오희가五噫歌」의 구조를 모방해서 2구씩 3연으로 구성되어 있고 각 연 끝에 희噫자가 들어가게 배치했다.

02
계붕에 대한 만시挽溪朋

1

何處去何處去   어디로 갔나 어디로 갔나

鶴髮親髫齡兒   머리 샌 부모와 나이 어린애를

都棄了何處去   모두 다 버리고 어디로 가나.

2

何時來何時來   언제나 오시려나 언제나 오시려나

黑漆漆長夜中   칠흑같이 캄캄한 긴 밤중에

今日去何時來   이제 가시면 언제나 오시나

3

有誰知有誰知   누가 아시나 누가 아시나

萬疊山黃昏月   첩첩 산중 황혼 달에

獨啾啾有誰知   홀로 슬퍼도 누가 아시나

이농인李農人이 "마땅히 귀신도 울게 하다宜乎泣鬼神"라 했다.

• 학발鶴髮 : 노인의 백발을 이른다.
• 초령齠齡 : 유년幼年을 이른다.

이 작품은 친구의 죽음을 슬퍼하여 지은 만시輓詩이다. 민요의 상두가喪頭歌와 매우 유사하며, 그의 작품으로는 드물게 민요와의 직접적인 교섭을 보여주고 있다. 산운은 만시를 애만류哀挽類에 배치했는데 여기에 속하는 작품은 네 편이다. 이 중에 특히 「계붕에 대한 만시挽溪朋」과 「도주를 슬퍼하며哀道州」만이 『산운집』 전체에서 유일하게 6언시이다. 이 시는 3구로 구성되어 있으며, 3번의 반복을 자주 사용해 민요와의 친연성親緣性을 감지할 수 있다. 이것은 산운이 만시를 한시화하는 데 있어 의식적으로 포치布置를 염두해 둔 것으로 보인다. 이처럼 민요를 한역한 만시로는 심익운沈翼雲의 경우[1]를 들 수 있는데, 상여소리가 문헌에

---

1 심익운(沈翼雲), 『백일시집(百一詩集)』: "가버렸네! 가버렸네!/험한 길 지나가니 평지가 오네./석양은 만장같이 늘어지고,/두 귀엔 들리나니 재촉하는 요령소리뿐(過去了, 過去了. 險途纔經坦途來. 夕陽一疋如旋長, 兩耳惟聞鈴鐸催)" 시의 서문에는 "나는 누이를 장사지내면서 만장을 잡은 사람이 방울을 흔들며 소리 높여 빠르게 부르는 노래를 들었다. 그 소리가 몹시 슬퍼 그 뜻을 살려 이 노래를 짓는다(余於葬妹之行, 聞執紼者, 振鐸高聲疾唱, 聲甚悲哀, 以其意作歌)"

나타나기는 심익운의 경우가 아마도 처음인 것으로 보인다.[2]

『몽유야담夢遊野談』에서는 이희준李羲準이 "만사는 정을 펼쳐내고 슬픔을 토로해내면 그만이다. 3첩으로 이루어진 이 만시는 지극히 처절한데, 긴 사설을 장황하게 늘어 놓은 것과 비교하면 훨씬 뛰어나다"[3]라고 하였다. 여기서 특히 이희준의 평은 보통의 만사輓詞에서 보여지는 감정의 과잉 대신, 절제와 응축을 통해서 통고痛苦한 심정을 표출하고 있는 산운시의 미적 특질을 정확하게 지적하고 있다.

특히 '何處去'·'何時來'·'有誰知'를 세 번 반복함으로써 민요에서의 전형적인 aaba 구조를 보여준다. 이런 의식적인 포치布置는 애도시哀悼詩에서 흔히 표현되는 관습적인 언어인 "어디메 있느냐ubi sunt"[4]를 사용해 감정을 점층적으로 고조시켜 슬픔의 정서를 배가하는 효과를 거둔다. 이처럼 직접적인 통초痛楚의 표현은 망실亡室이나 참척慘慽의 고통을 고도의 상징을 통해 우회적으로 다룬 도망시悼亡詩와 곡자시哭子詩와는 차별된다.

이처럼 이 시는 민요에서 가장 빈번하게 사용되는 한의 정서와 반복하기의 표현 방법을 그대로 차용하고 있다. 산운은 만시에서 감정의 절제

....

2 최철, 『韓國民謠學』, 연세대 출판부, 1998.

3 이희준(李羲準), 『몽유야담(夢遊野談)』 51장: "輓詞欲其敍情泄哀而已, 有人爲其友輓 曰: '何處去, 何處去, 鶴髮親, 髫齡兒. 都棄了, 何處去. 何時來, 何時來, 萬疊山, 黃昏月, 今日去, 何時來. 有誰知, 有誰知. 黑漆漆, 長夜中, 獨啾啾, 有誰知.' 是爲三疊, 極其棲切. 其視漫辭張皇, 亦可謂遠矣."

4 N.Frye, 임철규 역, 『비평의 해부』, 한길사, 1982, 223면 참조. 어디메 있느냐(ubi sunt) 는 중세 라틴시의 중요한 모티프로서, 스러져간 용장이나 영웅, 미의 연인들을 노래함 으로써 삶의 덧없음을 강조하는 관습적인 문학용어이다.

를 통해서 민요의 형상화 방식을 도입함으로써 보다 진솔한 정감을 실현하고 있다.

도주의 죽음을 슬퍼하다哀道州

山有蓍水有龜	산에는 시초 있고 물에는 거북이 있는데
入樵釣爲爾悲	시귀처럼 귀감되는 그대 찾으려니 그대 없어 슬퍼하네.
螺詰飢水母迷	소라게 굶주리고 해파리 길 잃으니,
失蝦蟹爲世噫	새우와 게가 사라져서 세상 위해 탄식하네.
我王史子劉尹	나는 왕사이고 그대는 유윤인데
悵獨余立黃昏	나만 홀로 있음을 슬퍼하며 황혼에 서 있노라.

[평설]

1, 2구는『시경』의 어투와 의미를 빌어서 상대의 부재를 슬퍼하였다. 『시경』에는 "山有~, 隰有~"라는 형식이 여러 번 나오는데 통상 상대의 부재를 나타낼 때 쓰였다. 특히『시경』「당풍唐風」「산유추山有樞」에서 상대의 죽음을 불러 일으키는 데 사용되었다. 또, 시귀蓍龜는 시초와 거북이를 의미하지만, 이 둘을 합하여 귀감이 되는 인물로 중의적으로 표현했다. 확실치는 않지만 여기서 도주道州란 인물이 주역이나 점술에 능했던 인물이 아닌가 추측해 본다.

3, 4구는 곽박郭璞의 「강부江賦」에 나오는 전고를 사용해 소중한 인물의

상실을 슬퍼하였다. 곽박郭璞의 「강부江賦」에 "소라게璅蛣의 배에 게가 붙고, 해파리水母의 눈은 새우이다璅蛣腹蟹,水母目蝦"라 하였으니 곧 소라게 배 속에 게가 들어가 살고, 해파리에 새우가 붙어 눈 역할을 한다는 말이니 소라게와 게 / 해파리와 새우의 공생 관계를 말한 것이다. 그런데 여기에서는 소라게가 굶주리고, 해파리는 길을 잃으니 공생 관계인 새우와 게가 사라져 세상을 위해 탄식하다는 말이다. 곧 '그대가 세상을 떠나니 그대에게 영향을 받은 후학들이 힘을 잃어 세상이 이 일을 탄식하네' 또는 '그대의 부재로 나는 실의하니 세상을 위해 탄식하네'라는 두 가지 의미로 해석된다.

5구에서 도주와 자신을 왕사와 유윤에 각각 비유하고 6구에서는 자신의 슬픔을 직접적으로 표현했다. 왕사와 유윤은 왕몽王濛과 유담劉惔를 각각 가리킨다. 『세설신어世說新語』「상예賞譽」에 "왕몽王濛이 이르기를, '유윤劉尹:劉惔이 나를 아는 것은 내가 내 자신을 아는 것보다 낫다'王長史云, '劉尹知我, 勝我自知'라고 했으니, 두 사람은 교분이 두터워서 서로를 깊이 인정해 주었던 사이였음을 알 수 있다.

이 시는 1, 2구에서는 상대방을 위해 슬퍼하고 3, 4구에선 세상을 위해 탄식하였으며, 5, 6구에서는 자신의 슬픔을 토로하였다. 산운이 도주라는 인물을 잃은 아픔이 각별했음을 알 수가 있다.

04
해악에 대한 만시挽海嶽

踽踽田中行	터벅터벅 밭 가운데 걸어가자니
草萎春復生	풀들은 봄이 되어 다시 돋았네.
長沮去不返	장저는 떠나가서 오지 않으니
而我與誰耕	나는 뉘와 더불어 밭을 갈까나.

[교감]

『임연백시』에서는 제목이 「海嶽挽」으로 되어 있다.

[평설]

이 시는 이동찬李東贊에 대한 만시이다. 밭 가운데 걸어가면서 보자니 봄이 되어 풀들은 다시 돋아 있었다. 풀은 일견 소멸된 듯 보이다가도 봄이 돌아오면 이내 되살아난다. 그러나 사람은 한번 떠나게 되면 돌아오는 법이 없다. 죽음은 어떤 일로도 돌이킬 수 없는 말 그대로 영영 이별을 의미한다. 장저長沮는 춘추시대 초楚나라 섭葉지방 사람으로 은자隱者이다. 『논어』「미자微子」에서 "장저와 걸익이 짝을 지어 김매며 밭 갈고 있을 때 공자가 지나가다가 자로子路를 시켜 나루터를 물어보게 하였다"[1]라 했다. 자신을 걸익에 이동찬을 장저에 빗대서 함께 은거했던 친구를 잃은 아쉬움을 표현했다.

1 "長沮桀溺, 耦而耕, 孔子過之, 使子路問津."

感懷類

감회를 적다

01

묘산의 사돈 여덕영의 옛 집을 지나며過茆山呂查(德永) 舊居

百年餘破屋	백년 동안 무너진 집 많이 있었고
萬事羽荒原	모든 일은 벌판에 묻히었도다.
洞口低回久	마을 입구에서 오래 배회하다가,
戱歈向別村	한숨 쉬면서 딴 마을로 향했네.

교감

『임연백시』에는 제목이 「過茆山」으로 되어 있다.

평설

이 시는 사돈인 여덕영의 옛 집을 지나면서 느끼는 감회를 적었다. 백년 세월에 성한 집이라곤 거의 없었고 지지고 볶던 일들은 그새 아무 일도 아닌 것이 되어버렸다. 그대와 함께 간직했던 추억들이 가득한 마을 입구를 차마 들어서지 못하고 다른 마을을 향해 발 길을 옮긴다. 옛 집은 언제나 마음 속에 있으면서도 지금은 모든 것이 사라져버린 집이다.

02

병신년(1836) 3월 4일 丙申三月四日

[을미년(1835) 늙은 아내와 둘째 아들(인익)을 사별하였으므로 이렇게 짓는 것이다
[乙未, 喪老妻及仲兒, 故云]]

去年今日夕	지난해 바로 오늘 이 저녁에는
我行歸自海	내 발길 바다에서 돌아왔을 땐
滿堂迎笑人	집 가득 웃고 맞던 사람들 중에
二人今不在	두 사람이 이제는 있지를 않네.

평설

이 시는 아내와 둘째 아들 인익寅翊을 잃고 지은 것이다. 을미년1835에 아내와 둘째 아들의 상을 당했다. 그러니 이 시는 아내와 아들을 잃은 이듬해에 지어진 것을 알 수 있다. 이때 산운의 나이 65세였는데, 두 달 간격으로 일어난 참담한 사건들이 몰고 온 충격이란 실로 대단했다. 그는 유달리 아꼈던 둘째 아들이 죽자 직접 「죽은 아들 인익에 대한 제문祭亡子寅翊文」과 「인익유사寅翊遺事」를 지었다. 특히 「죽은 아들 인익에 대한 제문祭亡子寅翊文」에서는 "아아, 인익아, 내가 너를 잃은 것은 하늘이 나를 버린 것이다. (…중략…) 사람들은 '죽고 사는 것이 운명이다'고 하

지만, 내가 어찌 한스럽지 않겠는가"[1]라고 하였다.

보통 아내나 자식의 죽음에는 제망실祭亡室 · 제측실祭側室 · 제부인祭夫人 · 도망悼亡이나, 곡자哭子 · 망아亡兒 등의 시제詩題를 사용한다. 그러나 산운은 가족들의 죽음에 있어서 죽음을 암시하는 시제詩題를 사용하지 않고 있다. 다른 지인이나 인척의 죽음에 대해 지은 시에서 만시挽詩임을 분명히 밝히고 있는 것과는 대조적이다. 산운은 아내와 자식의 죽음을 다룬 시 중에서 이 시를 제외하고는, 단 한편도 죽음을 드러내는 제목을 사용하지 않았다. 이것은 가족의 죽음을 인정하지 않으려는 의식에서 나온 것으로도 볼 수 있다.

그가 그토록 견딜 수 없는 것은 부재不在의 시간이다. 작년과 올해는 계절의 순환성에서 본다면 같으나, 부재의 공간으로 본다면 다른 의미를 띠게 된다. 그러므로 부재의 공간에서 시간은 역방향으로 흐른다. 추도와 추모는 이미 미래를 상실하면서 의미를 가지게 되고, 과거를 지향하게 되는 속성을 지닌다. 지난해 이즈음에 바다에서 돌아오면 집안 사람들 모두가 웃는 얼굴로 그를 맞이했다. 부인과 아들들, 손자, 며느리 집에는 사람들의 웃음소리가 가득했다. 겨우 한해가 지난 지금 그들 중 두 사람이나 세상에서 사라졌다. 이제는 집으로 돌아와도 맞아줄 사람이 없다. 두 사람의 빈 자리가 함께 한 세월만큼이나 커다랗다.

---

1 嗚呼! 翊也. 予喪汝, 天喪予也. …… 人謂死生命也. 我安得不恨

03

동산에서 감회가 있어서園中有感

去年遊後圃	지난해엔 뒷 밭에 놀러갔다가
君得草間梨	너는 풀 섶에서 배를 주었더랬지.
手巾拭與我	수건으로 닦아서 내게 준 것을
我以與孫兒	나는 또 손자에게 주었더니라.

[교감]

『임연당별집』에는 제목이 「丙申三月四日」로 되어 있다.

[평설]

이 시는 아들을 그리워하며 쓴 것이다. 이 시의 다른 제목으로 보건대
앞선 시와 같은 시기에 쓰여졌음을 알 수 있다. 이 시는 곡자시哭子詩에
해당한다. 그러나 이 시 어디에도 아들이 그립다는 말은 나오지 않는
다. 아들이 없는 공간인 정원과 아들의 분신인 손자만이 제시되어 있
다. 앞선 시와 마찬가지로 후포後圃는 작년과 마찬가지로 변함이 없다.
그러나 이 모든 것이 변하게 된 것은 다름 아닌 아들의 부재 때문이다.
여기서 군君은 아들 인익寅翊이다. 산운은 빈 정원에서 이 시를 썼을 것
이다. 올해 보고 있는 풍경을 적지 않고, 작년의 일만을 적고 있다. 작년

은 지났지만 오히려 지금 이 시간에 살아 있고, 올해는 남아 있으나 지금 이 시간은 죽어버렸다. 아들은 뒷밭에서 노닐다가 배를 하나 주워와서 아버지에게 배에 묻은 흙을 수건에 닦아 건넨다. 산운은 그것을 받아 손자아이에게 배를 건네준다. 그림과도 같은 다정한 풍경이다. 이제는 다시 못 볼 정경이어서 더욱 아리고 잊을 수 없었다.

도중에 감회가 있어서 途中有感

憐彼樹頭鶴	딱하도다! 저 나무 위의 학이여
雌雄不可無	암수가 없어서는 안되는 거니,
一鶴出求食	한 마리는 먹이를 구하러 가고
一鶴留護雛	한 마리는 머물며 새끼 지키네.

[교감]

『임연백시』에 "이들 4수는 홀아비가 된 뒤에 지어진 것이다"라고 나온다.

[평설]

이 시와 「촌로부村老婦」 3수는 산운이 홀아비가 된 후에 지은 작품이다. '원園'이나 '도途'나 모두 부재의 공간이기는 마찬가지다. 그러나 '원'이 특정한 공간이라면, '도'는 불특정한 공간이다. 유의미한 공간이 아닌 곳에서도, 산운은 항상 슬픔을 느끼게 된다.

학이 홀로 있으니 딱해보인다. 그러나 잠깐 떨어져 있으면 다시 만날 수 있는 '학'이 마냥 부럽기만 하다. 부러운 이유는 거창한 데에 있지 않으니, 암수 한 쌍이 함께 있기 때문이다. 미물인 학도 암수가 저렇게 제 위치를 지키고 살고 있는데, 자신은 짝을 잃고 홀로 남았음을 말하고 있다. 길을 가다 본 풍경에서도 아내가 그리워져, 그 정을 '학'에 빗대 그려내었다.

05
시골의 늙은 마누라村老婦

1

軟菜推與翁	연한 채소 밀어서 영감을 주고
焦飯益翁鉢	누룽지를 밥사발에 더 얹어주네.
爲翁不耐寒	영감께서 추위를 못 견딜까봐
短裙裂作襪	짧은치마 찢어서 버선 지었네.

2

農夫皮肉黧	농부의 살가죽은 검게 그을고
農婦亦跣足	농부의 마누라는 맨발이로다.
老醜兩相忘	늙어 추함 둘이 다 까맣게 잊고
不托共一掬	밀수제비 한 웅큼을 함께 먹누나.

3

老婦夜中績	늙은 아낙 한밤중에 길쌈 하다가
先聞山雨始	후득이는 산 비 소리 먼저 듣고서,
庭麥吾且收	"마당의 겉보리는 내 거둘테니
家翁不須起	영감은 누워서 주무시구려"

『임연백시』에는 "「途中有感」3수과 「村老婦」등의 4수는 홀아비가 된 후에 지어진 것이다"라 나온다.

『옥류산장시화』에는 「田家雜絶」로 되어 있다.

어감

• 밀수제비 : 원문은 불탁不托으로 되어 있다. 불탁은 탕병湯餠:국수를 일컫는 말이다의 이칭으로 당唐 나라 때의 방언方言이다.

평설

이 시는 망실亡室의 아픔을 회상적 분위기로 그려낸 것이다. 촌로村老의 늙은 아내에 대한 깊은 사랑을 통해, 이제는 세상에 없는 아내를 그리워하였다. 첫째 수에선 연한 채소軟菜·누룽지焦飯와 버선을 제시해 소박한 먹거리와 입을 거리에 담긴 눅진한 사랑을 담아냈다. 가난한 살림에도 정성껏 갈무리한 밥상에는 '영감 더 드세요'라고 말하는 듯한 따뜻한 모습이 그려진다. 둘째 수에선 육신이 보잘 것 없이 늙고 추해진 사실을 통해 많은 세월을 함께한 부부의 깊은 정을 표출하였다. 흰쌀밥은 아니더라도 밀수제비를 함께 나누어 먹으며 살아갔다.

이 작품 어디에도 애정이나 사랑을 표현한 단어는 없지만 일생의 고락을 함께 한 가난한 부부의 진한 정이 담뿍 녹아 있다. 마지막 시에선 아내에 대한 그리움이 절정에 이른다. 길쌈하는 아내 옆에서 평화롭게 자고 있다가, 설핏 빗소리를 듣고 마당에 넌 보리 생각이 들어 놀라 일어서려 하는 것을 아내가 만류한다. 속 깊은 아내의 남편에 대한 따스한 배려가 담겨져 있음을 볼 수 있다.

이 시는 편린片鱗으로 간직된 아내에 대한 기억을 담담히 그려냈다. 촌노村老에 빗대어 죽은 아내에 대한 그리움을 담으면서도, 어디에도 직접 아내가 그립다는 구체적인 표현은 드러내고 있지 않다. 하지만, 읽는 이로 하여금 눈물을 흘리게 하는 깊은 감동을 일어나게 한다. 이처럼 이 시는 최대한 절제를 통해서 보다 깊은 진정眞情을 표출해 내는 데 성공하고 있다.

06
슬픔을 피하다躱悲

入門還出門	문에 들어서려다 다시 나가서
擧頭忙轉矚	머리를 들고서는 두리번대네.
南岸山杏花	남쪽의 언덕에는 산 살구나무 꽃
西州鷺五六	서쪽 물가엔 백로 대 여섯 마리.

평설

앞서 살핀 「동산에서 감회가 있어서園中有感」과 「도중에 감회가 있어서途中有感」이 각각 아들과 부인에 대한 그리움을 그린 시라면, 이 시는 아내와 아들이 없는 집에 들어서려다 갑자기 슬픔이 복받쳐 지은 것이다. 앞서 작품들에서 보이는 '만당滿堂'과 '후포後圃'는 부재를 더욱 극명히 부각시키고 있었다. 여기서 '입문入門'하는 순간은 부재에 대한 확인에 다름 아니다. 부재를 인식하는 순간, 가슴을 에이는 아픔과 함께 눈물이 떨어지려 한다. '거두擧頭'와 '전촉轉矚'은 모두 눈물을 참으려는 행동을 보여준다. 그래서 짐짓 남쪽을 보고 다시 서쪽을 쳐다본다.

3구와 4구는 방위와 색채를 대비해서 죽음과 삶의 공간을 제시하고 있다. 동양에서 방위와 색채는 매우 밀접한 대립 상징을 보여준다.[1] 그렇

---

1 『儀禮』「覲禮」: "方明者, 木也, 方四尺, 設六色 : 東方靑, 南方赤, 西方白, 北方黑, 上玄, 下黃."

다면 南 / 西, 적색 / 흰색은 과연 무엇을 의미하는 것일까? 제3구에서
남쪽은 양지 바른 곳이며 생명력의 공간이다. 산 살구꽃은 붉은색이다.
보통 붉은색은 생명과 열정을 의미한다. 이것은 바로 삶의 공간을 표
상하는 기호이다. 제4구의 '서주西州'는 진晉나라 양담羊曇이 외생外甥인
사안謝安이 죽은 후에 취한 채 서주문西州門에 이르자, 통곡하며 말을 달
려 떠났다는 고사에서 나온 말로 후에 죽은 사람을 추도하는 정을 이르
는 전고典故로 사용된다. 또한, 서쪽을 향한다는 것은 보통 죽음을 예감
한다는 의미로 수용된다. 왜냐하면 서쪽은 태양이 하루의 여행을 마치
고 잠기는 곳이며, 이곳은 물이 있는 심연으로 간주되기 때문이다.[2] 해
오라기는 흰색을 띠고 있는데, 흰색은 전통적으로 죽음을 상징하는 색
으로 죽음의 공간을 표상한다. 이렇게 본다면 3구와 4구는 죽음과 삶의
이원적인 대립체계를 설정하여, 삶과 죽음의 공간으로 나뉘어진 자신
과 가족의 처지를 고도의 상징을 써서 나타낸 것이다.

이 시의 제목은 '슬픔을 피하다'이다. 그러나 슬픔과 관련된 어떠한 어
휘도 보이지 않는다. 실제 산운은 슬픔에 복받쳐 한바탕 눈물을 흘렸을
테지만, 여기서는 단순히 장면만을 제시하여 극도의 슬픔을 절제하며
보여주고 있다.

그럼 위의 시를 정리하면 다음과 같다. 문에 들어서려다 갑자기 슬픔이
복받친다. 집에 들어가 보아야 사랑하는 아내와 아들은 더 이상 그 집
에 있지 않다. 그들과 같이 했던 기억이 가득한 집은 산운에게는 더할

----

2 이승훈,『문학상징사전』, 고려원, 1995, 58면 참조.

수 없는 고통으로 다가온다. 눈에서 눈물이 떨어지려 하기에 머리를 들어 짐짓 남쪽을 보고 다시 서쪽을 쳐다본다. 사물은 모두 그 자리에 예전 모습 그대로 있는데, 정작 산운에게 가장 소중한 두 사람만 없다. 그 빈자리가 크기만 하다.

07
맘이 상하다傷懷

1

生離君莫啼	살아 이별 그대여 울지를 마오.
猶得共看月	그래도 함께 저 달 볼 수 있으니
但使在人世	다만 이 세상에 있게만 되면
萬里吾不怛	만 리를 떨어진들 슬퍼 않으리.

2

秋草莫怨霜	가을 풀은 서리를 원망을 말라
秋殺亦生道	가을에 죽는 것은 새로 사는 길이니,
却從地中生	도리어 땅 속에서 살아가나니
人生不如草	이 인생은 풀만도 같지 못하네.

[교감]

첫 번째 시는 『임연백시』에는 「泣鬼神」라는 제목으로 실렸고, 두 번째 시는 『임연백시』·『임연당별집』에는 「秋草」라는 제목으로 실렸다.

이 시도 역시 아내와 아들을 잃고서 썼다. 살아서 이별했다고 울 필요는 없다. 그래도 살아만 있다면 어디선가 같은 하늘 아래서 있지 않겠는가? 그 사람이 살아 있다는 사실만으로도 위안이 된다. 아무리 먼 곳에 떨어져 있더라도 그것은 산운 자신의 슬픔에 비하면 슬퍼할 만한 일도 아니라고 말하고 있다. 삶과 죽음의 거리와 '만리萬里'를 비교해서 자신의 아득한 슬픔이 얼마나 깊은지를 설명하였다. 둘째 수에서는 '추초秋草'와 자신의 심정을 비교한다. 가을풀은 죽어도 죽지 않는다. 마치 죽은 듯 보이지만 이내 봄이 되면 푸른 싹을 틔우게 된다. 풀이나 사람이나 땅속에 사라진 것은 같은 데 보잘 것 없는 풀은 다시 살아나지만, 사람만은 다시는 되살아 나지 못하니 사람이 풀만도 못하다.

산운은 인생을 풀에 빗대 여러 편의 시를 남긴 바 있다. 인생이 풀만도 못하다는 시인의 의식은 인생이 무상하다는 인식에서 출발한다. 결국, 부활이나 소생에 대한 희망이 없어지면서, 극도의 허무감을 느낄 수밖에 없다. 부재不在의 공간을 다시 회귀시킬 수 없다. 이러한 불가역성은 삶 전체에 대한 환멸과 우수만을 남겼다. 그것은 단지 육친의 사망으로 야기된 개인적인 삶에 대한 비애가 인간의 삶 전체로 비약하는 결과를 낳게 된다.

詠物類

사물을 읊다

01
승상의 소나무丞相松
[유약재가 손수 심었다柳約齋, 手種]

丞相舊堂墟	승상의 그 옛날 적 살던 집터엔
兩三百姓墓	백성들의 무덤이 두세 개 있네.
墓前丞相松	무덤 앞에 승상이 심은 소나무
蕭蕭山日暮	솔바람 소리에 산의 해 저물어가네.

어석

- 약재約齋는 유상운柳尙運,1636~1707의 호이다. 본관은 문화文化. 자는 유구悠久이고, 다른 호로는 누실陋室·일퇴一退 등이 있다. 그는 숙종 때 영의정을 세 차례나 역임한 인물이다.

평설

유상운은 산운이 태어나기도 전에 세상을 뜬 인물이다. 그의 집 터를 우연히 들렀는데 이름 모를 백성의 무덤이 차지하고 있었다. 누군가의 삶의 공간이었을 그곳은 누군가의 영면永眠의 공간으로 바뀌어져 있었다. 남은 것이라곤 유상운이 살아 생전 심었던 소나무뿐이다. 그는 옛 집 터에 대해서 여러 번 감상을 남긴 바 있다. 무심코 지날갈 그 공간에서 그는 삶의 허무를 읽어냈다.

02

난초^蘭

東土無眞蘭　　조선 땅에는 진짜 난초가 없고

惟有似蘭者　　오직 난초 비슷한 것들만 있네.

世人錯相愛　　사람들이 잘못알고 비슷한 난 좋아할 뿐

不得老林下　　오래된 숲에서 진짜 난 얻지 못하네.

평설

가짜가 판을 치는 세상이다. 때로는 가짜가 더 진짜 같다. 세상에 진짜 난은 없고 가짜 난만 가득하다. 사람들은 가짜 난을 들고 난초를 얻었다고 좋아들 하지만 그것은 진짜 난이 아니다. 이 시에는 "이 자식들아 날 그대로 놔둘테냐"라 하는 산운의 절규가 들리는 듯하다. 그는 진짜인데 아무도 알아보지 못하고 그렇게 속절없이 늙어가고 있다. 영화 빠삐용의 인상적인 대사인 "난 아직 살아있다구! 망할 놈의 새끼들아"도 떠올려진다. 3, 4구는 또 다른 해석의 가능성이 있다. "사람들이 잘못알고 비슷한 난 좋아할 뿐 깊은 숲에서도 진짜 얻을 수 없네" 이렇게 보면 어디에도 진짜 난은 존재하지 않는다는 절망적인 언사가 된다.

03

가을 꽃秋花

霜林餘衰草	서리 내린 숲에 시든 풀 남았어도
草花紅半瘁	풀과 꽃은 반이나 시들었도다.
病蝶力耐風	병든 나비가 억지로 바람 견디며
搖搖貼不離	하느작대며 앉아 떠나질 않네.

평설

이 시는 쇠락해가는 가을 꽃을 읊은 것이다. 시든 풀과 병든 나비는 묘한 조화를 이룬다. 이제 얼마 남지 않은 노경老境을 상징하는 것으로 보인다. 절반이나 시들어버린 가을꽃에 병든 나비가 앉아 떠나지 않는다. 병든 나비는 만년에 자신과 남은 여생을 함께 해줄 동반자를 의미한다. 향기가 없어도 나를 어렵사리 찾아와서 떠나지 않는구나. "그래 너만 남았구나. 너는 끝까지 나와 함께 있어다오."

04
딱따구리啄木

啄木休啄木	딱따구리야 나무를 쪼지 말아라
古木餘半腹	고목 속이 반 너머 텅 비었구나.
風雨寧不憂	비바람에 어찌 걱정하지 않으랴만
木摧無汝屋	나무 부러뜨리면 네 집도 없어지지.

평설

이 시는 우언寓言의 방식으로 감계鑑戒하였다. 이 시에 대한 평으로는, 동산東山 유인식柳寅植이 『대동시사大東詩史』에서 "권구權榘의 「조서嘲鼠」 시와 같은 분위기를 지니고 있다"라 한 것과, 김태준은 「이조말李朝末의 민원시民怨詩」에서 "기생계급寄生階級이 몹시도 백성의 고혈을 ○○하는 것을 속알머리 없는 탁목조啄木鳥에 암유 소개한 것이다"라고 한 것이 있다.

딱따구리는 위정자爲政者이고 고목은 백성을 의미한다. 관원들은 마른 행주를 짜듯 백성들의 고혈을 뽑아 내어서, 이제는 더 이상 버틸 재간이 없다. 백성들이 두 손을 들고 말면 말 그대로 서로 공멸共滅할 수밖에 다른 선택의 길이 없다. 백성을 숙주삼아 기생하는 원님이나 아전들에 대한 점잖은 협박이다. 이렇게 착취구조에 대한 비판을 동물에 암유하여 지은 것은 민요에서도 흔히 볼 수 있다. "농사란 털끝만치도 알지 못하는 / 요놈의 참새새끼 어디로 오가며 / 홀아비 늙은이 애써 지어논 조, 기장을 / 모조리 먹어치느냐" 이 민요에서 참새 / 홀아비 늙은이를 대비한 것은 나무 / 딱따구리의 대립구조와 매우 흡사한 분위기를 보여주고 있다.

05
꾀꼬리와 고니黃鳥白鳥

黃鳥啼綿蠻	꾀꼬리가 꾀꼴꾀꼴 울고 있으나,
白鳥非其侶	흰 새는 원래부터 제짝 아닐세.
而猶共飛飛	그런데도 오히려 함께 나는데,
人生不我與	나와 함께 할 사람 아무도 없네.

어석

• 꾀꼴꾀꼴 : 원문은 면만綿蠻이라 되어 있다. 『시경』「소아」 '면만綿蠻'
에 "꾀꼴꾀꼴 꾀꼬리가 무성한 산 숲에 그쳤다綿蠻黃鳥, 止於丘"라고 했
으며, 『모전毛傳』에서는 "綿蠻, 小鳥貌"라고 했고, 『주희집전朱熹集傳』에
서는 "綿蠻, 鳥聲"이라 했다. 여기서는 작은 새 혹은 새의 울음소리를
형용하는 뜻으로 쓴 것이다.

평설

전혀 어울릴 법 같지 않은 저들은 왜 이리 잘 지내는지 도무지 난 모르겠
다. 그들은 이해와 득실에 따라 완전히 다른 정체성에도 불구하고 함께
일을 추진해 나간다. 그러나 나는 좌고우면左顧右眄하지 않고 오직 한 길
만을 걸었다. 그런데 정작 인생에서 외로운 사람은 나처럼 고지식한 사
람뿐이다. 아 세상살이 외롭고 외롭구나.

06

백로白鷺

1

白鷺宜白沙　백로야 백사장서 놀아야하니

莫向春草碧　봄풀이 푸른 곳엔 가지 말아라.

不須自分明　스스로 분명케 할 건 없으니,

易爲人所識　남들에게 알려지게 되기 쉽단다.

2

簑衣混草色　도롱이가 풀빛과 섞이어있어,

白鷺下溪止　백로가 시냇가로 내려앉았네.

或恐驚飛去　놀라서 날아갈까 걱정이 되어

欲歸還不起　일어날까 다시금 가만 있었지.

〔교감〕

『임연백시』에만 실려 있고, 같은 제목의 다른 시 한 편은『임연백시』와
『임연당집』에 실려 있다.

1 예로부터 백로는 청렴한 선비를 상징한다. 그렇다면 백로는 백사장 白沙과 푸른 봄풀 어디에 있어야 할까? 산운은 이 중에서 제 몸 빛깔에 어울리는 백사장에 있어야 한다고 말했다. 만일 푸른 봄풀에 자리해 있다면 자신의 흰 빛이 도드라져 남의 표적이 되기도 하니 올바른 처신이라고도 할 수 없다. 여기에서 산운의 언명은 순명적順命的인 태도와 숙명론적 슬픔이 동시에 읽힌다. 모나지 않게 둥글둥글 체제에 순응해야 살아남을 수 있는 처세의 묘리를 알면서도, 늘 세상과 불화를 겪고 있는 자신에 대한 반성과 자책을 담았다. 이 시는 이상의 「종생기終生記」에도 나온다. 이상은 '백구白鷗는 의백사宜白沙하니 막부춘초벽莫赴春草碧하라.'라 하여, 의도적으로 '로鷺'를 '구鷗'로 바꾸고 '향向'을 '부赴'로 바꾸었다.

2 도롱이 쓰고 들일을 하느라 풀빛에 몸이 숨겨져 있자 백로는 그저 풀더미로만 알았는지 넌지시 시냇가로 내려 앉았다. 내가 움직이는 순간에 사람인 줄 알고서 달아나 버리겠지. 생각이 거기에 미치자 일어나려 하다가 잠자코 있어본다. 잠시만 기다려 주면 자연스레 백로가 날아갈테니 놀래킬 필요는 없다. 산운의 동물에 대한 따스한 마음 씀씀이도 함께 엿볼 수 있다. 자연 속의 작은 움직임을 포착해낸 것이 인상적이다.

정선 《백로도첩》 중
〈능수버들과 쇠백로〉
개인 소장

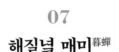

07
해질녘 매미^{暮蟬}

日入群動息	해 저물면 모두 다 일을 쉬는데
胡爾啼不住	어찌 너만 울기를 멈추지 않느냐.
固知明日有	진실로 내일이 있단 걸 알지만,
且惜今日暮	오늘이 저무는 걸 애석해서지.

평설

매미는 짧게는 5~7년, 길게는 17년 동안 굼벵이 상태로 지내다 지상에서는 고작 2주 정도 울고 짧은 생을 마감한다. 지상에서의 삶보다 지하에서의 삶이 더 긴 슬픈 곤충이다. 매미나 인간이나 세상을 향해 신나게 울어대는 성충成蟲의 시간은 너무도 짧다. 사람들은 그런 매미에게서 긴 무명의 기간을 거쳐 짧은 전성기를 누리는 인간의 숙명을 슬프게 읽었는지도 모른다.

해가 뉘엿뉘엿 지고 있다. 살아있는 것은 모두 시한부임에 다름 아니다. 저녁은 하루가 저무는 시간이자, 노동에서 해방되는 시간이다. 모두 다 쉬고 있는 이 시간에도 매미는 여전히 쉬지 못하고 울어댄다. 난 아직도 살아 있다고 그렇게 계속 말하는 것 같다. 하지만 지상에서 허락된 짧은 시간만큼 하루는 더 소중할 수밖에 없다. 오늘이 지나가면 내일이 있다곤 하지만 내일을 맞게 될 설렘보다는 사라져 가는 오늘에 대한 상실감이 더 크다. 하루가 소멸되는 저녁에 느끼는 감상이 짧은 매미의 삶과 더해져 짙은 애상에 빠져들게 만든다. "오늘이 지나면 남은 날들은 며칠이나 될까"

08

지는 해^{落日}

[을미년에 짓다乙未]

白日何曾垢	밝은 해는 때가 낀 적이 없건만
而猶浴海濱	그래도 매일 바닷물로 몸을 씻누나.
試看扶桑上	시험삼아 부상 나무 위 바라 본다면,
光華朝復新	햇빛이 아침마다 다시 새로울거네.

[교감]

『임연당별집』에는 乙未라고 창작 시기가 명시되어 있다.

[어석]

• 부상^{扶桑} : 부상은 동해 가운데 있었다는 큰 신목神木인데, 그 신목이 있
  는 나라 또는 해가 뜨는 곳을 다같이 '부상'이라고 하였다.

[평설]

저녁이 되면 해는 바닷물에 몸을 적신다. 때가 꼭 끼어서가 아니라 하루
마다 그렇게 반성을 하는 것처럼 물 속에 몸을 맡긴다. 1, 2구에서 산운
은 해가 지는 모습을 감각적으로 묘사했다. 저녁에 몸을 씻어 깨끗해진

해는 그 다음날 환한 햇살을 뿜낸다. 지는 해는 소멸, 상실, 쓸쓸함을 의미하지만, 그는 새로운 희망을 읽어냈다.

이 시는 1835년乙未에 지어진 것이다. 앞서도 살펴본 것처럼 이 해에 부인과 둘째 아들, 둘째 며느리를 연이어 잃는다. 산운은 이러한 절망적인 시기에 이 시를 썼다. 절망 속에서 희망을 읽으려는 몸부림은 아니었을까. 그는 이 시에서 정작 이 말을 하고 싶었을지도 모른다. "내일은 내일의 해가 떠오른다."

09

달을 읊다詠月

我有巖上桂	나에게 바위 위 계수나무가 있는데
枝葉正疎散	가지와 잎이 한참 늘어져 있네.
影入玉鏡中	그림자 옥경 안에 들어왔으니
掛與世人看	걸어 놓고 사람들과 함께 보고 싶어라.

평설

이 시는 달을 매우 감각적으로 읽어냈다. 1, 2구는 집 근처에 있는 현실 속의 계수나무를 말한다. 여기서 그림자는 달빛을 받아서 보이는 계수나무의 뒷모습이다. 그러니 달 속에 계수나무가 들어간 셈이 된다. 이 시의 묘미는 바로 여기에 있다. 4구에서 걸어 놓겠다는 말은 여러 가지 해석의 가능성을 품고 있다. 마루나 서재 그도 아니면 뜰에서 친구와 함께 달을 보고 싶다는 의미일 수도 있고, 이런 풍경을 그림으로 그려 두겠다는 의미일 수도 있으며, 바로 이 시처럼 써두겠다는 의미로도 읽힐 수 있다. 달은 늘 일정하지 않고 수시로 모습을 바꾼다. 자신이 가장 마음에 드는 달의 모습을 보려면 또 한참을 기다려야 한다. 그러니 달의 모습을 그려 놓고 늘 즐기고 싶은 바람을 담았다. 백남준은 "달은 옛날 사람들에게는 텔레비전이다"라 하였으니 달은 옛 사람에게 각별한

의미를 띠었다. 그중에서도 이양연은 그 누구보다 달을 좋아한 시인이
었다.

10
반달半月

玉鏡磨來掛碧空　옥거울 닦아서는 하늘에 걸었더니,

明光正合照粧紅　밝은 빛 정말로다 몸단장에 그만 이었는데,

宓妃織女爭相取　복비宓妃와 직녀織女가 가지려고 다투다

半在雲間半水中　구름 속에 반절 있고 물 속에 반절 있네.

평설

이 시는 반달의 유래를 참신하게 그려낸 작품이다. 옥경玉鏡은 달을 의미하는데 달빛이 환해서 그 빛으로 몸단장하기에 그만이었다. 그런데 하늘에 있는 직녀織女와 낙수洛水에 있는 복비宓妃가 서로 다투다가 절반은 하늘에 반달로 남아 있고 그 나머지 절반은 바다 물에 빠지고 말았다. 하늘에 있는 달빛이 물 속에 그림자로 비추는 모습을 이렇게 표현한 것이다. 산운의 시에는 그야말로 기발한 착상으로 지은 이러한 작품들이 적지 않다.

11

마은 유한현의 「비 갠 후」에 화답하며 和磨隱兪漢玄新晴詩

渚天無際晚林齊	물가 하늘 툭 트이고 멀리 저녁 나무 나란한데
古杏微風小閣西	작은 누각 서쪽에 늙은 은행나무에 미풍 부네.
蓮激水高抽葉短	연꽃 핀 둠벙에 수심 높자 연밥 떼어 연대 짧아지고,
匏籬雨重倒花低	박꽃 핀 울타리에 비 흠뻑 왔으니 꽃 낮게 드리웠네.
靜裏門庭春草在	고요한 뜨락에는 봄 풀이 여전한데
人間日月早蟬鳴	세상의 세월은 철 이른 매미 우네.
吟罷陶詩無外事	도연명 시 읊고 나면 다른 일 없어서는
坐看雲影度前溪	앉아서 바라보니 앞 시내 건너가는 구름 그림자.

[교감]

① 이 시는 가본과 『임연백시』본과 『대동시선』에 있다. 『임연백시』에는 제목이 「與人約遊湖海」로 되어 있고, 『대동시선』에는 제목이 「磨隱兪進士漢玄新晴韻」이라 되어 있다.

② 『임연당별집』에는 제목이 「磨隱兪進士漢玄新晴韻 壬戌」로 되어 있

어, 제목 옆에 시기가 부기되어 있다.

- 유한현兪漢玄 : 누구인지 행적을 확인할 수 없다. 다만 1808년 늦은 밤 서파西陂 유희柳僖의 나이 36세 때 유한현兪漢玄, 이양연李亮淵 형제 등과 서울 남산에서 시회詩會를 열었다는 기록이 나온다.

평설

이 시는 비 온 후의 청신한 풍광과 자신의 한적한 마음을 노래한 것이다. 1, 2구는 시를 읊은 장소의 원경과 근경을 묘사하였다. 비가 개자 하늘은 확 트여 있고, 저녁에 나무를 멀리서 보니 키가 비슷해 보인다. 때마침 작은 누각 서쪽에 있는 늙은 은행나무에는 미풍이 살랑살랑 불어온다. 3, 4구는 비 온 후의 풍광을 잘 포착해 냈다. 연밥은 보통 6~7월에 뽑아낸다. 연밥을 뽑아버리고 난 그 연대가 비에 물이 차올라 높이가 짧아졌고, 박꽃에는 비가 내려 빗방울의 무게 때문에 꽃이 거꾸러져 낮게 되었다. 5, 6구는 세월이 빨리 흐르는 것을 말한다. 뜰에는 아직도 봄풀이 남아 있는데 여름을 알리는 매미는 때 이르게 벌써 울어댄다. 매미는 4월에서 11월까지도 운다. 조황趙榥 1803~?이 쓴 「임연당 이선생 행장초臨淵堂李先生行狀草」를 참고하면 산운은 도연명의 시 읊기를 좋아하였다고 한다愛誦陶詩하였다. 또, 산운의 시 「높이 읊조리며 구름을 바라보다高吟望雲」에 대해서 『임연당별집』에서 '파가 말하기를 도연명에 가깝다葩曰 逼陶'라는 평을 남긴 바도 있다. 자신이 좋아하는 도연명의 시를 읊고 나자 다른 할 일이 없어 앉아서 이것저것을 보자니 앞 시내를 지나는 구름이 보인다. 비가 한차례 쏟아 붓고 나자 보이는 비 갠 후의 풍경을 섬세하게 그려냈다.

『임연백시』에 수록된 시

01
막내동서에게 屬季婦

1

我裳茂山布	내 치마는 무산포로 만들었기에
較麤君所着	자네 입은 것보다는 훨씬 거치네.
隨俗不染靑	유행 따라 파란 물 들이지 않아,
終是太淡泊	마침내는 너무나 엷게 되었네.

2

林樵得林果	나무 하다 수풀의 과일을 따서
懷之猶恐墜	품 안에 넣고서도 떨어질까 걱정이네.
調我石間蜜	바위 틈에 들어 있는 꿀에 재어서
持作老人餌	아버님의 약으로 드려야겠네.

3

午向田中食	점심 때는 밭에서 밥을 먹었고
夜頹廚下眠	밤에는 부엌에서 쓰러져 잤네.
此生誠苦矣	이 인생이 진실로 괴로운데도
猶復願長年	그래도 오래살 길 바라는구나.

『임연당별집』에는 첫째 수와 둘째 수 두 수가 실려 있는데 첫째 수는 제목이 「村家」로 되어 있다. 첫째 수는 「촌가」라는 제목으로 『조야시선』에도 실려 있다. 두 번째 수는 제목이 「樵」로 되어 있다.

평설

이 시는 막내 동서에게 자신의 심정을 하소연하는 내용을 담고 있다. **1** 번 시에서 무산茂山은 지금의 함경북도 서북단에 있다. 여기서 생산되는 베가 품질이 좋지 않은 모양이었다. 그나마도 염색도 하지 않아 색이 다 바래버렸다. 살림살이가 그리 넉넉지 않다는 것을 알 수가 있다. **2** 번 시에서 나무를 하다가 산과일을 얻어 품속에 고이 간직했다. 산과일을 꿀에 재어 시아버지의 약으로 쓸 요량이었다. 어려운 여건에도 시부모에 대한 극진한 마음을 담았다. **3** 번 시에서 며느리의 생활은 밤낮으로 고된 일의 연속이다. 그녀에게 인생이란 즐길 수 있는 무엇이 아니라, 견뎌야 하는 무엇으로 그려진다. 그래도 모진 목숨은 오래 살기만을 바라니 그 더욱 슬픈 일이라 한탄하고 있다. 산운의 한시에서 그려진 여성은 산운의 불우한 삶이 깊은 음각陰刻으로 투사되어 있다.

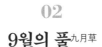

02
9월의 풀九月草

靑靑九月草	푸르고도 푸르른 구월의 풀은
年華太不早	꽃이 너무나도 늦게 피었네.
霜遲幾日多	서리가 더디단 들 며칠 더 살고
霜促幾日少	서리가 빨리 온 들 며칠 덜 살리.

평설

이 시는 국화를 읊은 것이다. 국화는 9월에 푸르다 10월에 피었다가 11월에 꽃이 진다. 구월초라면 겨우 한 달 남짓 푸르름이 남아 있는 셈이다. 서리가 더디고 빠르다 한들 그 차이야 별반 의미가 없다. 사람은 태어날 때부터 '구월초九月草' 같은 존재이다. 유한한 삶은 이미 비극성을 함의하고 있어, 시간의 장단長短이 근원적인 인간의 슬픔을 해소시켜주지 못한다. 여기서 '구월초九月草'는 인간의 삶이고, "서리"는 늙음으로 보아도 무방하다. 인생이 풀과 같다는 시인의 생각 속에는 인생이 그만큼 무상하다는 인식이 깔려 있다. 결국, 전락轉落의 상태에 대한 침윤으로 나타난다. 인간은 모두 유한한 삶으로 태어나지만, 그 반응양식에 따라 삶을 초월할 수 있느냐, 전락하느냐 하는 결과로 나뉜다. 그것이 초월의 양식으로 나타날 때 그의 시는 꿈을 이야기하고 인생의 아름다움을 이야기하게 되지만, 삶의 비극성 자체에 응시할 때는 삶에서의 즐거움과 꿈은 소거되고, 허무와 우수만이 남게 된다. 아! 인생은 금방 사그라드는 풀과 같다. 짧은 인생에서 성취는 늦고 더디지만 소멸은 금세 찾아온다.

03
중성에서 돌아오는 길重城歸路

回首見君家	머리 돌려 그대의 집 바라다보니
君家入嵐色	그대 집 남기 빛에 잠겨 있네.
知有望我人	나 보는 이 있음을 알겠지만은
依微不可識	희미해서 알아보기 힘이 들다네.

교감

『임연백시』에는 제목이 「重城別」이라 되어 있다.

어석

• 중성重城 : 경기도 파주시坡州市 적성면積城面 지역에 있었던 적성현積城縣의 신라시대 이름.

평설

고종사촌 형인 강재응姜載膺과 이별하며 쓴 글이다. 얼마큼 떨어져 왔을까 뒤를 돌아다보니 남기에 잠겨 형님 집도 형님의 모습도 보이지 않는다. 그러나 내가 그를 보고 있는 것처럼 그도 나를 보고 있으리라. 보이지 않고 또 볼 수도 없지만, 끝내 서로 이어진 깊은 정을 이렇게 표현했다.

04
지산을 지나며 過芝山

落日芝山路	해가 저물어가는 지산 길에서
回頭送飛鶩	머리 돌려 날아가는 따오기 보내네.
或恐故人村	혹시라도 옛 친구 살던 마을에서
陳迹來入目	옛날의 자취라도 눈에 띌는지.

[교감]

『임연당별집』에는 제목이 「過芝山李海嶽東瓚村」으로 되어 있다.

[평설]

이 시는 친구가 살던 옛 동네를 지나며 쓴 것이다. 갑작스레 따오기가 날아간다. 따오기는 전령처럼 그를 옛 추억에 잠기게 한다. 추억이란 그렇게 우연하게 돌발적으로 다가온다. 친구가 살던 마을을 지나가다 보니 퍼득 옛 친구가 살던 곳이란 생각이 들었다. "아! 거기에 그 친구가 살고 있었지" 혹시나 친구와 내가 함께 누비던 그곳들이 아직도 있으려나 한참을 본다.

05
나그네^{有客}

有客乘駑馬	나그네가 둔한 말 타고 와서는
自買魯朱氏	자신이 노 땅 주씨를 사려 하는데,
買馬不買人	말만 사고 사람은 채용 않으니,
愛畜重於士	사람보다 짐승을 더 중시하누나.

평설

2구는 직역을 하면 '자신이 노 땅의 주 씨를 사다'이니 의미는 주씨의 인정을 받거나 환심을 사려고 했다는 의미로 위와 같이 의역한다. 노 땅의 주씨魯朱氏는 고사가 있는 말이다. 초한楚漢 시절에 항우項羽의 장군 이었던 계포季布가 유방劉邦을 여러 차례 위협했었는데, 항우가 멸망하 자 유방이 천 금을 현상금으로 걸고 그를 체포하도록 했다. 복양濮陽의 주씨周氏는 계포를 숨겨주고 있었는데 결국 발각될 것을 염려한 나머 지, 계포의 머리를 깎고 목 사슬을 채우고 갈포 옷을 입혀 노예처럼 보 이게 한 뒤에 노주가魯朱家에게 팔아 버렸다. 노주가가 등공滕公을 설득 하여 유방이 그를 용서하도록 하였다. 계포의 이야기는 『사기』 권100 「계포」전에 실려 있다.

이 시에서는 재능 있는 사람이 스스로 노주가와 같은 사람을 찾아가 자신을 써달라고 몸을 맡기는데, 상대방은 노주가와 같은 역할을 하지 않고, 말馬만 가로채고 사람은 인정해 주지 않는다고 비판하고 있다.

06
취중에醉中

願天回我老	하늘이여 내 늙음 돌려주어서
輕健二十年	이십 년만 젊어지게 만들어주소.
十年舞長劍	십 년은 긴 칼로다 춤을 출테고,
十年名山川	십 년은 산천구경 다니렵니다.

평설

이 시는 취중에 늙음을 탄식한 내용이다. 십 년만 젊었다면 하는 탄식은 늘 사람들 입에 습관처럼 오르내린다. 산운은 통 크게 이십 년만 젊게 해달라고 빌어본다. 어차피 이루어질 수 없는 소망이라면 배포 크게 꿈꾸어볼 일이다. 빌린 20년을 가지고 절반은 칼춤을 추고 절반은 유람을 다니고 싶다 했다. 명예나 재물에 대한 소망은 아예 찾아볼 수 없었다. 아등바등하지 말고 이 짧은 인생 지내면 그뿐이다. 인생은 결국 술 취한 것처럼 꿈꾸는 것처럼 그렇게 지나가는 것이니 언제든 술과 꿈에서 깰 일만 남아 있다 할 수 있다. 술아! 더디 깨어 다오.

07

떨어진 꽃잎落花

佳人拾落花	이쁜 여인 떨어진 꽃잎 주워서
持以着舊柯	옛날의 가지에다 붙여 보면서
若使花長好	"꽃잎이 언제나 아름답다면
妾顔當不老	제 얼굴도 늙지는 않을 테지요"

平설

이 시는 떨어진 꽃잎을 보면서 느끼는 감정을 썼다. 미인과 낙화의 극명한 대조가 인상적이다. 미인은 떨어진 꽃잎에서 자신의 다가올 운명을 미리 읽어낸다. 꽃은 언제든 시들게 되고 인간도 금세 늙게 되기 마련이다. 인생에서 아름답게 빛나는 시간은 놀랍도록 짧다. 반면 그보다 훨씬 오랜 시간을 늙은 채로 살아가야 한다. 짧게 허락된 그 청춘의 시간을 아주 오래도록 기억하고 그리워할 뿐이다.

08
총애받는 여인古嬖人

有狐幻麟形	여우가 기린으로 변하여서는
自言不履生	살아 있는 생명은 안 밟는다 말하네.
鴛枕憂玉體	원앙 베개에 누워 황제의 옥체를 염려하고
勸君篤於后	황후와 잘 지내시라 권하기도 하네.
令君認我賢	훌륭하신 임금은 여인이 어진 줄 알아
恩寵方可久	은총은 바야흐로 오래 갈 수 있겠네.
千金嗾諸姬	천금으로 궁중 여인 부추겨서
爲頌關雎詩	「관저」를 노래하게 하네.

어석

• 관저關雎 : 『시경』의 관저편은 문왕文王과 그 후비后妃의 성덕盛德을 읊은 시이므로, 임금의 금슬이 좋은 덕이 자연히 아랫사람에게 미치게 된 것을 찬양하는 뜻이 담겨 있는 시이다.

평설

애초부터 기린이 아니라 여우가 변신한 기린이었다. 1, 2구는 『시경』 「주남周南」 「인지지麟之趾」의 주희朱熹 주에 "기린은 발로 살아 있는 풀과 벌레를 밟지 않는다"[1]라는 내용에서 나온 말이다. 여우는 기린으로 변한 뒤, 기린처럼 모든 살아 있는 것을 손상시키지 않는 척한다. 그러니 속에 품은 마음과 겉으로 드러난 행동이 다른 셈이다. 3구 이후에서는 변신한 여우의 이중적인 행태를 말한다. 이미 임금의 사랑을 받고 있는 애첩은 '베개 밑 송사'를 늘어 놓는다. 황제 몸의 강령함과 황후와의 화목함도 마구 떠벌인다. 후궁의 진위도 모르면서 임금은 그 말에 흠뻑 빠져 은을 하사하는 일도 아끼지 않는다. 게다가 궁중에 있는 여자들을 사주해서 관저의 노래를 부르게 한다. 이렇게 보면 여우 짓도 이만저만이 아니다.

여기서 '애첩'의 존재는 무엇을 말하는 걸까? 임금의 총기를 가리는 간신奸臣이나 권신權臣을 말하는 것으로 보인다. 때로는 가짜가 더 진짜같아 보이니 진위를 판단하는 것은 어지간한 판단력으로는 쉽지 않다. 그래서 충신은 외면받고 간신은 총애받는 일도 많았다.

---

1 "麟之足 不踐生草 不履生蟲."

09

초원과 함께 이릉에서 놀다 與蕉園遊二陵

1	夜色二陵深	밤빛이 이릉에서 깊어져 가니,
	寥寥獨蕭寺	적막하긴 쓸쓸한 외딴 절간 같구나.
	殘月餘樹梢	조각달은 나무 끝에 걸리어 있고
	杜宇啼積翠	두견새는 산 속에서 울어대었네.
5	漢水半寃血	한강물의 절반은 원통한 피요
	半是義士淚	남은 절반 의사義士의 눈물이노니,
	酌之不忍嘗	물을 떠서 차마 맛 보지 못하고
	倚風舒一喟	바람결에 땅 꺼지게 한숨을 쉬네.
	東人讀春秋	우리나라 사람들 『춘추』를 읽어
10	盛氣談大義	핏대 올려 대의를 말하지마는
	上下二百年	이백 년의 세월이 지나가도록
	未聞南征議	왜놈을 치자는 말 듣지 못했네.
	當時固迍邅	그때에는 진실로 사정 어려워
	姑息猶可諉	아직이란 핑계를 댈 수 있었지마는
15	只今躋太平	이제는 태평스런 세월로 나가
	四境鳴吠比	사방에 닭·개소리 들려오는데
	越膽味轉淡	복수 결심 점차로 희미해지니

	天下將何謂	세상이 장차 어찌 되려고 하나,
	忍將嶠南米	차마 어이 영남 땅의 쌀이
20	殷勤輸歲餼	은근히 세찬으로 실려 나가나.
	軒軒八尺身	늠름한 내 팔 척의 육신으로
	媿生高麗地	이 나라에 태어난 게 부끄럽구나.
	磨劒亦何爲	칼을 버린다 한들 무엇 하리오.
24	白髮三之二	머리는 이미 백발 다 되었는데

교감

① 『북한한시선』에서는 제 5, 6구 '漢水半寃血 半是義士淚'가 '漢水何嗚咽 半是國人淚'로 되어 있다.

② 『임연당별집』에는 제목이 「二陵」으로 되어 있다.

③ 『임연당별집』에는 倚風舒一嘒가 長風舒一嘒, 越膽味轉淡이 越膽未轉淡, 媿生高麗地가 愧生高麗地로 각각 되어 있다.

임연당별집

파협가 말하기를 "교활한 오랑캐들이 오늘날까지 이르고 있으니 임진년의 원수는 백번 생각해도 어찌 한번이나 의심할 나위가 있겠는가. 어찌 일찍이 저들을 원수로 삼는 것이 이와 같았던가. 대체로 사대부들은 비록 종이나 붓과 같은 등속이라도 왜인의 물건이라 이름을 붙인 것은 집에다 두지 않는 것이 좋다"[1]

어석

- 두우杜宇 : 촉蜀나라 망제望帝의 이름. 죽은 후 그의 혼이 두견새가 되
  었다는 고사에서 두견의 이칭으로 되었다.

- 산 속에서積翠 : 원문은 적취積翠로 되어 있다. 겹친 푸른 빛을 이른다.
  청산靑山 등의 형용으로 쓰인다.

- 사정 어려워 : 원문은 둔전迍邅으로 되어 있다. 길이 험하여 가기 힘든
  모양을 이른다.

- 사방에~들려오는데 : 사방으로 경내에 닭울음과 개짖는 소리가 들
  려오는 것을 이른다. 『맹자』「공손추장구 상公孫丑章句上」에 "닭 울음과
  개 짖는 소리가 서로 들려 사방 경계에 이르고 있다鷄鳴狗吠, 相聞而達乎四
  境"이라 했다.

- 복수의~희미해지니 : 월왕越王 구천勾踐이 쓸개를 맛보며 회계의 치욕
  會稽之恥를 상기한 것을 말하는데, 여기에서는 복수심이 점점 식어간
  다는데 의미로 쓴 듯하다.

- 영남嶠南 : 원문은 교남嶠南으로 되어 있다. 우리나라 경상남북도 지방
  을 이르는 영남嶺南의 별칭이다.

- 세찬 : 원문은 세궤歲饋로 되어 있다. 연말에 선물로 주는 물품.

1 苑曰, "狡虜, 至今日, 壬辰之讐, 百爾, 豈不一疑乎哉. 何嘗讐渠, 若是. 大抵士大夫, 雖紙
  筆之屬, 以倭物名者, 不畜於家可也."

이 시는 초원鷦園이란 사람과 이릉二陵에 갔던 감회를 적었다. 초원은 누구인지 자세히 알 수는 없다. 산운이 그에게 보낸 편지인 「유초원 경주에게 주다俞鷦園 擎柱」가 남아 있다. 이릉은 선릉宣陵과 정릉靖陵을 가리킨다. 여기서는 이릉지변二陵之變을 이르니 1592년 임진왜란 때에 왜군이 선릉과 정릉을 파헤친 사건을 이른다. 산운은 이릉에서 임진왜란 때 겪은 국치國恥에 대해 다시 떠올린다. 이 시를 지은 정확한 시기를 확인할 수 없어 단정적으로 말하기는 곤란하지만, 이때에 일본에게 영남의 양곡이 보내지는 일이 있었던 것으로 보인다. 그는 이러한 사실에 대해 매우 분개하고 있다. 한 번도 임진왜란의 치욕을 설치雪恥한 적이 없음에도 불구하고 이러한 굴욕적인 일들이 반복되는 것에 대해 안타까운 심정을 담았다.

그가 살았던 시기는 외세의 변화가 점차 심해지던 때였다. 그는 이러한 불온한 기운에 대해서 민감하게 반응하고 있다. 서양인, 청인, 왜인들을 모조리 배격의 대상으로 보았다. 그의 다른 글에서도 대외적인 인식에 있어서 그가 매우 보수적인 인물이었음을 확인할 수 있다. 그런 그에게 외세의 기운이란 서기瑞氣가 아니라 요기妖氣였음은 어쩌면 당연하다 할 수 있다. 그가 보여준 이러한 자세를 보수나 쇄국으로 단순하게 정의하거나, 시대의 변화를 망각한 무기력한 지식인으로 보는 것은 너무 협소한 시각이다. 그의 모습에서 시대에 저항하는 올곧은 선비의 자세를 읽는다.

위) 선릉 홍살문 | 아래) 정릉 홍살문

10
서소에게 주다^{與書巢}

送君秋草黃	그대 보낼 때는 가을풀 누랬는데
思君春草碧	그대를 생각하는 지금 봄풀은 푸르네.
春草將我思	봄풀과 나의 그리움은
歷亂滋日久	난리 겪으며 날로 길어지었네.
魚鳥各升沉	물고기와 새는 각각 부침했으며,
長空怨脩道	먼 하늘에서 먼 길을 원망하누나.
若待疏廣歸	만일 소광疏廣이 돌아오길 기다린다면
蔣詡已應老	장후蔣詡는 이미 벌써 늙어 있으리.
棄置別離私	헤어진 나는 제웅처럼 내버려 있지만,
蒭狗遙相勉	제웅은 멀리에서 권면하누나.
正直以輔仁	바르고 곧음으로 어진 마음을 돕고,
經傳以明善	경전을 바탕으로 선을 밝혀 가세나.

어석

• 추구蒭狗 : 짚으로 만든 개로서 옛날 중국에서 제사에 쓰던 것이다. 제사가 끝나면 내버리므로, 전轉하여 소용이 있을 때는 이용하고 소용이 없을 때는 버리는 물건의 비유로 쓰인다.

이 시는 떨어져 있는 지인을 생각하는 마음을 담았다. 가을에 헤어져서 이제 봄이 되어버렸다. 봄풀처럼 그대를 향한 내 그림자도 그렇게 자라났다. 마음 속으로 늘 생각하지만 서로 멀리 있는 탓에 서로 간의 거리만을 원망하였다. 서소를 소광疎廣에 자신을 장후蔣詡에 각각 빗댔다. 소광은 한漢나라 난릉蘭陵사람으로 자字는 중옹仲翁이다. 『춘추春秋』에 밝아서 선제宣帝 때 태자태부太子太傅가 되었다가 5년 만에 사임하였다. 선제와 태자가 많은 물건을 주었으나 모두 친우들에게 나누어주고, 자손들에게 재물을 남겨 주지 않았다. 또, 장후는 삼경三逕이란 고사로 유명한 사람이다. 한나라 때 장후가 정원에 세 갈래의 길을 내고 오직 양중羊仲·구중求仲과만 사귀었다는 고사故事에 의하여 친구 간에 왕래하는 길을 가리킨다.

곧 서소가 벼슬 길에 나아갔는데 서소가 올 때 쯤이면 자신은 이미 늙어 있을 것이란 뜻으로 쓴 말이다. 자신은 제웅처럼 소용이 없는 존재로 내쳐져 있지만 서소를 향해 권면을 하는 마음은 잃지 않았다고 했다. 산운은 서소에게 두 가지를 권면한다. 하나는 정직함으로써 어진 마음을 돕는 것이고, 또 다른 하나는 경전을 바탕으로 해서 선함을 밝혀 가는 일이었다.

이흥양 만시挽李興陽

死者倘有知	죽은 자가 혹시라도 아는 것 있다면
古人下相見	죽은 자와 지하에서 만나겠지요.
如君孝友人	그대 같은 효성스럽고 우애있는 사람은
可以不覗面	얼굴이 붉지 않을 수가 있겠지요.
無知更何傷	알아볼 수 없더라도 어찌 상심하겠어요.
冥冥靡戚忻	저승에선 슬프고 기쁜 일이 없을 터이니,
只怜送葬日	단지 애처로웠던 건 장송하던 날
靑山啼眷戀	푸른 산에서 그리워 슬피 울었오.

[교감]

『임연당별집』에는 제목이 「挽李正言□」

[평설]

죽은 사람을 알아 본다면 그대는 효성스럽고 우애로운 사람이었으니
떳떳하게 볼 것이고, 죽은 자를 알아보지 못한다 하더라도 저승에선 슬
픔도 기쁨도 없을터니 상심할 것도 없다. 그러니 죽어서 저승에서 그대
를 알아보아도 알아보지 못해도 상심할 것은 없다. 다만 그대를 무덤으

로 보낼 때 마음이 아팠다. 바로 직전에 그대의 죽음에 상심이 없다는 말은 고스란히 빈 말이 된 셈이다. 산운이 정작 하고픈 말은 다음과 같다. "그대가 죽어서 난 마음이 아프다"

12

북관정 北寬亭

夕陽弓裔國	해질녘에 궁예의 나라였었던
斗酒北寬亭	북관정에서 술을 맘껏 마시네.
大野連平碧	넓은 들 온통 푸르게 이어져 있고,
千山映遠晴	많은 산들 아득히 개어 비치네.
興亡問何處	흥망을 어느 곳서 물어 보리까.
陵谷悵人情	세상 변화 사람 맘 슬프게 하네.
萬古蕭條盡	오랜 세월에 온통 쓸쓸도 한데
山禽空自鳴	산새만이 헛되이 울고 있구나.

평설

궁예弓裔,?~918는 895년 8월까지 철원 일대를 장악하였고, 그 다음해인 896년 철원에 도읍하였다. 918년에 부하들의 이반離叛으로 평강平康에서 피살되었다. 철원은 궁예의 본거지였고, 북관정은 철원에 있는 유명한 정자亭子이다.

제1, 2구에서는 궁예의 옛 땅에 있는 북관정에서 술을 마신다. 산운은 늘 지금의 장소에서 과거를 보려한다. 이러한 회고 취향은 현실적인 삶의 부조화 속에서 늘 힘을 발휘한다. 산운에게 지금 보이는 현실의 좋은 술자리도 현상 자체로 보이지 않는다. 그래서 과거와 현재를 대비하며, 현재는 늘 미래 속의 과거로만 존재한다.

제3, 4구에서는 다시 자연물을 말한다. 들은 푸르고 산은 맑다. 자연은 예전이나 지금이나 별반 다를 바 없다. 늘 변하는 인사人事와 자연스레 대비한 셈이다. 제5, 6구에서 흥망興亡은 물어볼 곳이 없고, 세상의 변화만이 마음을 아프게 한다. 현실의 부침浮沈은 장구한 시간 앞에서 한 가지라는 인식을 담고 있다.

제7, 8구에서 세월은 생각할수록 쓸쓸하기만 하고, 지금 우는 산새의 울음소리도 헛되기만 하다. 산운은 무생물과 생물을 존재와 무로 양분한다. 산운에게 살아있는 것은 사라질 어떤 것이니, 지금 어떠한 모양으로 있는다 하더라도 슬퍼 보일 수밖에 없다.

大東詩選

『대동시선』에 수록된 시

01
남한산성에 올라서上南城

古城溫祚國	온조溫祚의 나라였던 그 옛날 성에
喬木大明春	교목喬木은 대명 시절 그 자태일세
卓爾桐溪老	저리도 우뚝한 정온의 넋이여!
千秋第一人	천 년의 세월 동안 으뜸이어라.

[교감]

이 시는 『대동시선』과 『임연당별집』에 실려 있다.

[임연당별집]

성 안에는 온조가 쌓은 옛 성이 있고 또한 대명송大明松이라는 소나무가
있었다. 정온이 정축년에 항복하는 날에 칼로 배를 갈랐다. 우암이 말
하기를 "청성에서는 죽을 만하지만, 남한산성은 꼭 죽을 필요는 없다"
라고 했다. 송준길宋浚吉[1]이 보낸 편지에서 "정대부는 비록 죽지는 못했
으나 지금 제일가는 사람으로는 나는 반드시 이 노인이 거기에 해당한

----

[1] 송준길(宋浚吉, 1606~1672):조선 중기 문신 겸 학자. 송시열 등과 함께 북벌 계획에
참여했으며 서인에 속해 분열된 서인 세력을 규합하는 데 힘썼다. 학문적으로는 송시
열과 같은 경향의 성리학자로서 특히 예학에 밝고 이이의 학설을 지지하였으며, 문장
과 글씨에도 뛰어났다.

다고 여길 것이오"라고 하였다(城內有溫祚舊城, 又有大明松. ○鄭桐溪, 當丁丑
下城之日, 以刀刺腹. 尤菴以爲 '靑城可死, 南城不必死' 同春貽書曰, '鄭大夫, 雖不死
而卽今第一人, 吾必以此老當之').

- 온조溫祚, ? ~ 28 : 백제의 건국시조. 재위 45년. 고구려 시조 동명왕東明王
  의 셋째 아들. 위례성慰禮城에 도읍을 정하여 국호를 백제라 하였고,
  동왕 14년B.C.5에 도읍을 남한산南漢山으로 옮겼으며, 26년에 마한馬韓
  을 병합하여 국토를 확장하였다.
- 교목喬木 : 교목세신喬木世臣의 준말이다. 여러 대代를 중요한 지위에 있
  어서 나라와 운명을 같이하는 신하를 가리키는 말이다.
- 정온鄭蘊, 1569 ~ 1641 : 자는 휘원輝遠, 호는 동계桐溪이다. 정온은 1636년
  병자호란 때 이조참판으로서 명나라와 조선과의 의리를 내세워 최
  명길崔鳴吉 등의 화의 주장을 적극 반대한 인물이다. 강화도가 함락
  되고 항복이 결정되자 오랑캐에게 항복하는 수치를 참을 수 없다고
  하여 자결하였으나 목숨은 끊어지지 않았다. 그 뒤 관직을 단념하고
  덕유산에 들어가 조를 심어 생계를 자급하다가 죽었다. 숙종 때 그
  의 절의를 높이 평가하여 영의정에 추증되었다.

쓰라린 역사도 역사이고, 달콤한 역사도 역사이다. 산운이 주로 활동했
던 19세기 초, 중반에는 외세의 준동蠢動이 서서히 감지되고 양요洋擾와

개항開港이 끊이지 않았다. 그는 이러한 불온한 기운의 한 가운데 서 있었다. 산운은 원칙에 철저히 입각했던 성리학자의 면모를 초지일관 보여준다. 그는 결의에 찬 어조로 영욕의 역사에 대한 감회를 표출하였다. 이러한 시들은 그의 예민한 자의식이 시대에 어떻게 반응했는지를 잘 보여주고 있다.

산운이 남한산성에 올라 정온鄭蘊의 절의를 칭송한 작품이다. 정온은 1636년 호난胡亂 때 남한산성에서 화의가 성립됨에 분하여 할복 자살을 기도했으나 실패한 인물이다. 남한산성에서 죽어 국은에 보답 못한 것을 한탄하여 고향에도 가지 않고, 덕유산에 가서 죽었다. 숙종이 그의 절의를 높이 여겨 영의정에 추증하였다. 정온이 어떤 인물인가 하는 것에 대해서는 『임연당별집』에 있는 세주細註와 『과정록』에 있는 기록으로 잘 알 수 있다.

안의는 바로 동계(桐溪) 정 선생의 고향이다. 선생이 화의(和議)를 배척하고 고향에 돌아와서 동자들로 하여금 모두 변발을 땋은 머리를 풀어 쌍상투를 하게 하였고, 우암 선생이 파곶(巴串)에 거처할 때도 역시 이 제도를 썼으니, 대개 오랑캐와 섞이는 것을 싫어하여 구별한 것이었다. 또 안의의 훌륭한 선비인 유처일(劉處一)이 임갈천(林葛川)과 노옥계(盧玉溪)의 남긴 제도를 따라 학창의(鶴氅衣)를 평소의 복장으로 삼고 있었는데, 대개 동계 역시 일찍이 입던 것이었다.[2]

....

2 김윤조(1997), 137~138면 참조.

위의 글을 참고해보면 정온이 얼마나 의기에 차 있었던 인물임을 잘 알수 있다. 남한산성에서 항복하는 날에 주저 없이 할복割腹을 하였고, 고향으로 돌아와서는 오랑캐 복식을 혐오해서 경결耿潔하게 유자儒者의 복식을 따랐다. 산운은 그의 이야기를 통해서 숭명배청崇明排淸의 시좌視座에 찬동하고 있다.

우선 1구에서 '古城溫祚國'이라 한 것은 온조가 B.C.5에 남한산성 근방으로 도읍을 옮긴 사실에서 그렇게 말한 것이다. 2구에서 '교목喬木'과 '대명大明'은 중의적으로 사용된 말인데, '교목喬木'은 키가 큰 나무라는 뜻으로 정온鄭蘊을 가리키고, '대명'은 크게 길吉하다는 뜻으로 명나라를 가리키는 말로 볼 수 있다. 여기에서 정온이 청나라에 저항하고명나라를 추종했다는 사실이 확인된다. 3구와 4구에서는 절의를 지켜서 영원토록 역사에 이름을 우뚝 남겼다는 것을 말하고 있다. 산운에게 남한산성이란 어느 공간보다 치욕적으로 다가왔을 것이다. 그는 남한산성에 대해 남긴 시 한 편을 더 남겼다.

02
대엄 이의정이 철원으로 가는 것을 전송하며

送大广李義鼎之鐵原

秋日下荒原	가을해가 황량한 들판에 지고,
凄風生遠谷	칼바람 먼 계곡에서 불어오누나.
山村早掩門	산 마을은 일찌감치 문을 닫으니
君向誰家宿	그대는 뉘 집에서 자게 되려나?

평설

이 시는 지인을 보낸 아쉬움을 적은 것이다. 해는 저물어 가고 칼바람
은 불어온다. 지금 이 사람은 어디쯤 가고 있을까? 아무래도 산에 있는
마을 사람들은 일찍 문을 닫고 자니 잠 잘 곳 구하는 것도 쉽지 않을 것
이다. 이 추위에 적잖이 마음이 쓰인다. 산운은 이렇게 말하는 것 같다.
"잘 가시게, 그리고 또 만나세"

『조야시선』에 수록된 시

朝野詩選

01
낙엽落葉

[남천에서 짓다南川作]

霜華凋木葉	서리가 나무 잎을 시들게 하여
颯颯不堪秋	우수수 가을 한철 못 견디누나.
鳥擺輕離樹	새도 푸드득 훌쩍 나무 떠나고
風旋曲入樓	바람은 돌아 굽어 누대에 드네.
警夢僧魂冷	꿈을 깬 스님 넋은 춥기만 한데
連愁客眼悠	근심 겨운 길손 눈 아득도 하네.
爲瀉懷鄕句	고향 그린 시구를 쏟아냈기 때문에
南川寄北流	내 마음 남천南川되어 북으로 흘러가누나.

어석

• 남천南川 : 경기도 이천利川의 옛 이름.

평설

한 차례 서리에 나뭇잎은 속절없이 시들어가다 우수수 떨어져 내린다. 누르 시든 나무에는 깃들었던 새들도 훌쩍 떠나가고 바람도 나무를 피해 누대에 돌아간다. 낙엽은 쇠락한 인생의 풍경과 너무도 흡사하다.

가을 한 철만 있다 나무에서 떨어지는 낙엽을 통해 사람들은 자신의 노경老境을 엿본다.

5, 6구에서 객은 산운으로 보아야 할 것 같다. 산운은 어느 절에 묵었던 것으로 보인다. 잠에서 깬 스님과 아직 갈 길이 남은 나그네의 모습이 대비되어 있다. 그들은 구도求道와 여정旅程의 길에서 그렇게 만났다. 7, 8구는 고향을 그리워하는 마음을 담았다. 강물이 고향에 가듯 내 마음이 고향을 향해 흘러간다. 이렇게 쓸쓸한 가을에 고향을 떠나 있어 더더욱 고향이 생각난다. 아! 집에 가고 싶다.

『임연당별집』에 수록된 시

01
천주봉天柱峯

天宇石爲柱	하늘을 돌로다가 기둥을 삼아
撑挂千萬世	천만세나 하늘을 떠 괴고 있네.
共工莫謾觸	공공共工도 함부로 부딪치지 말라
柱摧天將蹶	기둥이 부러지면 하늘도 장차 무너지리.

평설

천주봉天柱峯은 강원도 금강산 내금강지역 만천구역 장안동에 있는 봉우리 등 여러 곳을 지칭하는데, 여기서는 어디인지 특정할 수는 없다. 봉우리가 어찌나 높은지 하늘을 떠 괴고 있는 기둥과 같다고 말했으니, 이러한 상상력이 놀랍다. 그런데 여기서 그치지 않고 공공共工을 등장시킨다. 공공은 머리를 부주산不周山에 부딪쳤다는 고대 신화에 나오는 신神이다. 만일 공공이 머리로 천주봉에 부딪히면 기둥이 뚝하니 부러져서 하늘이 무너져 내릴지도 모른다고 했다. 상상력을 있는대로 발휘해서 천주봉의 장관을 극대화시켰다.

02

상서 윤헌주가 파환석에다
화양수석 대명건곤이라고 새겼다

尹尙書憲柱於波幻石, 刻華陽水石 · 大明乾坤

帝力環東土	황제의 힘이 우리 땅 보위해서
衣冠尙不更	의관이 아직까지 그대로 있네.
何獨華陽洞	어찌 다만 화양동 땅만이
區區屬大明	구구하게 명나라에 속했겠는가?

어석

- 윤헌주尹憲柱, 1661~1729 : 영조 때의 문신. 본관은 파평이다. 자는 길보吉
  甫이고 호는 이지당二知堂이며 시호는 익헌翼獻이다. 1698년 문과에 장
  원급제했다. 1721년 신축사화 때 용천龍川에 유배됐으나 영조가 즉위
  하자 다시 판윤으로 복직되어 평안감사로 나갔다가 형·호조판서를
  지내고 물러나서 양산梁山 선묘 곁에 돌아가 살았다. 그 후 박필현朴弼
  顯 등이 군사를 일으켜 반란하자 북로를 담당하여 안무하고 돌아와
  곧 죽었다. 분무원종奮武原從 공신에 추록, 좌찬성이 추증되고 시호를
  받았다.

윤헌주尹憲柱,1661~1729는 돌에다 화양수석華陽水石 대명건곤大明乾坤 여덟

글자를 새겼다. 그 뜻은 화양동의 물과 돌은 명나라의 하늘과 땅과 같

다는 뜻으로, 중화사상이 담겨진 말이다.

이 시의 1, 2구는 황제가 우리나라를 보우하사, 우리가 오랑캐에게 흡

수되지 않았다는 의미이다. 3, 4구는 황제의 힘이 우리나라 전체에게

영향을 미쳤지, 어찌 노론老論들에게만 영향을 미쳤겠느냐고 비꼬는 의

미를 담고 있다. 곧 화양동만 대명건곤大明乾坤이 아니라 조선팔도가 대

명건곤이라는 말이다. 이양연의 색목色目이 소론少論이라서 이렇게 표현

한 것으로 보인다.

03
서쪽에 사는 맹인 병순에게 주다^{贈西盲丙順}

莫問前世因	전생의 원인을 묻지를 마오
今生無兩目	금생에 두 눈이 있지 않음을
不敢作一非	감히 하나의 나쁜 짓도 하지 못하니
爲修來世福	내세의 복을 닦기 위해서이네.

평설

이웃에 사는 맹인에게 준 시이다. 전생에 무슨 죄를 지었길래 이렇게 눈이 보이지 않나 탄식할 필요없다. 현생에 눈이 안보여서 나쁜 짓을 할 수 없는 것은 내세에 큰 복을 받기 위한 일이라 생각해 보라 주문했다. 이렇게 생각하면 현실의 슬픔과 분노도 다소 누그러지는 것만 같다. 불행과 불운을 발상의 전환을 통해서 극복 가능한 대안을 제시했다.

04
슬픔悲

翁仲鐵面目	옹중翁仲의 쇠로 만든 면목에다가
彌勒石肝腸	미륵彌勒의 돌로 만든 간장이라도
若使抱吾悲	내 슬픔 끌어안게 할 것 같으면
便應瘦且狂	바로 응당 마르고 미칠 것이네.

명 효릉에 있는 옹중

- 옹중翁仲 : 진秦나라의 거인巨人 완옹중阮翁仲을 이름. 전轉하여, 돌이나 구리로 만든 우상偶像을 이른다.

이 시는 가족을 잃은 아픔을 적은 것으로 보인다. 옹중翁仲은 무덤 앞에 세우는 구리로 만든 우상偶像이고, 미륵彌勒은 돌로 된 부처이다. 옹중은 쇠로 된 얼굴을 하고 있으니, 슬퍼도 표정이 달라질 리 없다. 미륵은 돌로 된 간장을 가졌을테니 슬퍼도 애간장을 조릴 일이 없을 것이다. 비애를 느낄 수 없는 옹중과 미륵도 시인의 슬픔을 가슴에 지니게 된다면 마땅히 마르고 미칠 일이라고 했다. 시인의 슬픔은 무정물無情物마저도 감당하기 힘든 무게로 누르고 있는 것이다.

05

국화菊

莫將黃菊枝	노란 국화 가지를 가지고서는
故向屋簷移	집의 처마를 향해 옮기지 마오.
淸節霜中見	깨끗한 절개는 서리 속에서 보게 되니
何庸苟壽爲	어찌하여 구차하게 오래 살려 하리오.

평설

맹수는 길들여지지 않는다. 국화의 야성野性이야 서리 속에서 더욱 빛
나는 법이다. 안락한 환경에서 조금 더 쇠락을 늦게 맞는다 한들 무슨
의미가 있으랴. 산운은 국화처럼 서리나 눈보라를 맞아야 하는 한 데의
고난을 피하지 않으리라는 다짐을 담았다.

06
어떤 사람의 난초 시에 화답하다和人蘭

我愛谷中蘭	나는 계곡에 있는 난초를 사랑하니
愛蘭何所取	난초를 사랑함 어디서 취한 것인가?
無人也自香	사람이 없어도 절로 향기가 나고
有人不可厚	사람이 있다 하여 더 짙을 순 없네.

평설

이 시는 난초에 빗대서 자신에 대한 다짐을 적었다. 상황이나 형세에 따라 일희일비 하지 않겠다. 난 그대로 나답게 있을 것이다. 언제나 그 때처럼 그 만큼의 거리와 그 만큼의 욕망으로 세상과 마주하련다.

07
참나무 아래 소나무櫟下松

伐櫟還趑趄	참나무 베려다가 도리어 머뭇거림은
下有靑松立	그 아래에 푸른 소나무가 있어서이네.
不伐遮雨露	아니 베면 비·이슬을 가리게 되고,
欲伐愁摧壓	베려 하니 꺾여서 누를까 걱정이 되네.

평설

참나무는 다른 나무의 그늘 아래에서 자란다. 좀 더 성장하면 종전의 나무들보다 더 빨리 자라 다른 나무들의 성장에 필요한 빛을 가려서 성장을 방해한다. 그러니 얄밉다면 얄미운 나무다. 이 시에서도 참나무와 소나무는 대립적으로 존재하며, 참나무는 소나무를 방해하여 제거할 대상으로 설정되어 있다. 비유적으로 보자면 소나무가 충신을 상징하고 참나무는 간신 정도로 볼 수 있겠다. 우로雨露는 임금의 은혜를 상징한다. 이 시는 두 가지 의미로 해석할 수 있을 듯 하다. 먼저, 참나무를 그대로 두자니 소나무가 비와 이슬이 가려서 말라 죽을 것 같고, 참나무를 베어버리자니 꺾여져 소나무를 누르게 될 것 같다. 이렇게 하나 저렇게 하나 쉽지 않다. 다음으로는 참나무를 벨 때 소나무가 꺾여지고 눌려진다는 것이 아니라, 참나무를 베고 나면 가려주는 것이 없기 때문에 비바람이 닥치거나 하면 소나무가 꺾여지고 눌려진다는 뜻으로 보인다. 결국 소나무가 꺾여지고 눌려지는 것을 견디는 역량이 되면 문제가 없지만 그렇지 못하다면 참나무를 베어날 때 일시적으로 충신이 다칠 수도 있다는 의미다. 생태적으로 볼 때에는 참나무나 소나무 모두 귀중한 산림자원이지 어느 품종에 손을 들어 줄 문제는 아니다.

08

해질녘에 바라보다^{夕望}

1

村人暮鋤歸	시골사람 저녁에 호미 들고 돌아가다
行到溪邊立	걸음이 시냇가에 이르러 서게 되었네.
分明午後雨	분명하게 오후에 비가 내려서
峽水流更急	골짜기 물은 물살 다시 빨라졌네.

2

耘罷入林來	김을 매고 숲으로 들어와서는
互答山花曲	산유화곡山有花曲으로 서로들 화답을 하네.
一婦行最忙	한 아낙네 발걸음 가장 바쁘니
知爾兒在屋	아이가 집에 혼자 있음 알겠네.

평설

산운의 시에는 해질녘을 배경으로 한 것이 많다. 급急이나 망忙이란 시어를 써서 집으로 속히 돌아가고픈 마음을 담았다. 1에서는 시골사람이 바삐 귀가하다 시냇가에 이르렀다. 오후에 비가 내려서 골짜기 물이불어 물살이 빨라져 건너기 어렵게 되었다. 예전의 시에는 시냇물이 불

379

어난 상황을 그린 것들이 많다. 지금에는 다리가 있어서 어지간한 비에는 아무 걱정도 없지만, 예전에는 조금만 비가 내려서 물이 불어나면 꼼짝없이 길이 막혔다.

2에서 2구에는 산유화곡山有花曲이 나온다. 이것은 "메나리꽃아 메나리꽃아 / 저 꽃 피여 농사일 시작始作하여 / 저 꽃 져서 농사일 필역畢役하세 / 얼럴럴 상사뒤여 어뒤여상사뒤"[1]와 같은 가사의 민요로 남도지방에서 최근까지 불려져 왔었다. 보통 여타의 작가들이 동일한 시제를 사용해서 향랑의 이야기를 한시에 접목시킨 시도가 있었으나, 산운의 경우는 「나무꾼 친구樵伴」에서 보았듯 '어사용'의 분위기만 취할 뿐 실제로 사설을 한시에 접목하는 시도까지 나아가지는 않고 있다. 이런 사실은 그가 일상을 취재해서 시를 지었음에도 불구하고, 동시대 작가들이 보여준 일상어로까지 확대하는 시도와는 변별된다.

----

1   고정옥, 『조선민요연구』, 동문선, 1998, 143p.

09

강화도沁都

休說沁洲海	강화도 앞 바다가
深於江漢水	한강보다 깊다고 말하지 마오.
徒令漢人心	다만 한양 사람들에게
不復守漢死	더 이상 결사 항전 하지 못하게 했다오.

어석

• 심도沁都 : 강도江都, 곧 강화도江華島를 이르는 말이다.

평설

이 시는 인조 때의 병자호란을 배경을 쓴 것으로 강화도와 남한산성의 상관 관계 속에서 해석해야 한다. 인조도 몇 차례 강화도로 피난하려다 청군이 생각보다 빨리 내려 와서 못 갔고, 남한산성에서도 강화도로 가려다 눈길에 미끄러져 가지 못했다. 대신 김상용이 종묘의 신주를 모시고 일부 각료와 종친들이 강화에 갔을 뿐이다. 결국 남한산성의 함락은 그 전에 강화도의 함락 때문에 재촉된 셈이었다. 사방의 원군이 막히고 궤멸된 상태에서 강화도가 함락했다는 통지가 오니 식량도 사기도 떨어진 상황에서 더 이상 견딜 수 없었다.

강화도 바다가 한강보다 깊지 않다는 것은 청군의 수비에 더 쉽게 뚫렸다는 것을 의미한다. 그 결과로 남한산성을 지키는 사람들의 마음이 더 이상 결사항전을 하지 못하게 했다는 것이다. 한인漢人은 직역하면 한수가 사람들인데 곧 넓게는 한양의 사람들, 좁게는 남한산성의 사람들을 의미한다. 청군이 만주족이므로 조선 사람을 한인漢人이라 말한 것이다. 이적夷賊에 대항하는 한족의 정통 관념도 중의적으로 깔려져 있다. 이 짧은 시에 한漢이 세 번 들어가 있어서 이러한 점을 강조하였다. 심주해沁洲海와 강한수江漢水로 대우를 만들었는데, 한강 끝에 강화도가 있으니 서로 비교한 듯하고, 강한수는 원래 한강수漢江水여야 할 터인데, 비록 고시여서 평측을 맞출 필요가 없지만, 평측을 맞추는 습관으로 강한수라 한 것이다.

10

이호를 축하하며. 그대가 벼슬길에 올랐다는 소식을 들으니 나에게 그런 일이 있는 것과 같을 뿐만이 아닐세. 그러나 굳이 얼굴을 보고 축하할 필요가 있겠는가? 옛날의 태위가 귀하게 되자, 서처사가 다시 함께 사귀지 않았네. 귀한 사람이 나를 버릴 것을 기다리지 않고, 내가 먼저 멀리 한 것이니 이것도 하나의 도리일세. 그러나 또한 아무 말도 해 주지 않을 수 없어, 세 수의 시를 보내네. 각각 가리키는 뜻이 있으니, 바라건대 고치고 화답해 주시게

賀二護. 聞子釋褐, 不啻若自己有, 然何必面賀? 昔太尉之貴也, 徐處士不復與交. 無待乎貴者之棄我, 而我先外之, 亦一道理, 而亦不忍全然無一言相遺, 玆呈三詩, 各有指意, 幸賜斤和.

1

白首伴漁樵	늘그막에 함께 나무하고, 물고기 잡으면서
往來廣陵滸	광릉의 물가에서 왕래했었네.
送了出人間	그대가 세상 나감 전송하노니,
而余獨踽踽	나만이 홀로 남아 쓸쓸도 하네.

喬木老風霜	바람과 서리맞은 늙은 교목喬木을
裁爲千丈楫	잘라내어 천 길 되는 노를 만들었었지.
我楫直而堅	나의 노가 바르고 단단하노니
不愁江海涉	강해江海를 건너감도 근심 안했지.

門前漢陰渡	문 앞에 있는 한강 남쪽 나루는
渡頭多岐路	나루터 머리에 갈림길 많이 있네.
行行戒僕夫	가는 곳마다 하인을 경계하노니
不敢恣馳驅	"감히 방자하게 달리진 말라"

어석

- **이호二護** : 족질族姪 이인태李寅泰,1771~1845를 가리킨다. 이인태는 자字가 백춘伯春, 호號는 이호당二護堂이다. 1815년 정시 문과文科에 급제하여 이조참판吏曹參判·동지의금부사同知義禁府事를 역임하였다.
- **석갈釋褐** : 천한 사람이 입는 갈褐옷을 벗어버린다는 뜻으로, 처음으로 벼슬살이함을 이르는 말이다.
- **옛날의 태위~사귀지 않았네** : 태위太尉 황경黃瓊이 벼슬살이를 하자 평생을 포의布衣로 살았던 후한後漢의 고사高士 서치徐穉가 그와 교제를 끊었다는 데에서 나온 고사이다.

이양연과 이인태는 숙질 간이었지만 같은 나이였다. 서로 함께 각별하게 지내다가 이인태가 출사出仕를 하게 되자 감회를 적은 시이다. **1**에서는 서로 처지가 비슷할 때에 자주 왕래를 하면서 소일거리로 하루를 보냈었다. 그런데 갑자기 하루아침에 한 사람은 남게 되고 한 사람은 떠나게 되었다. 떠나는 사람도 아쉬운 마음이 있겠지만 남겨진 사람은 더 아쉬운 법이다. 그나마 상대방이 잘되어 떠나는 것이니 진심으로 축하할 만하다. **2**에서는 오래된 교목을 잘라내어 노를 만들었다. 노는 곧고 단단하다. 그 노를 사용해서 깊은 강해를 건너는 일도 끄떡없다. 노는 자신의 심지心志를 강해江海는 거친 세상살이를 각각 의미하는 것으로 보인다. 남겨진 그도 이렇게 세상을 살아갈 다짐을 해본다. **3**에서는 상대에 대한 권계勸戒를 담은 것이다. 갈림길은 상대에게 펼쳐질 수많은 가능성을 의미한다. 어느 길을 가든 함부로 달려서는 안 된다는 것은 조심스러운 처신을 강조한 말이다.

11

취송 이감역 철[이철]이 강권해서 시를 짓다

翠松李監役皦, 强之故作

蕭麗超欣戚	탈속의 경지 슬픔과 기쁨을 초월했으니
希夷愜性情	심오한 도 성정性情에 들어맞았네.
白雲相與對	흰 구름과 더불어 마주 대하니
明月倏然行	밝은 달은 재빨리 흘러가누나.
鶴髮飛無迹	흰머리는 날아서 자취가 없고
琴嫌¹觸有聲	거문고는 닿아서 소리남 싫어하네.
却疑富春老	문득 의심하였네. 부춘산富春山 노인은
空惹世間名	부질없이 세간의 명망 야기한 것을

어석

- 부춘산富春山 노인 : 한漢나라 무제武帝 때에 부춘산富春山에 은거하던 엄자릉嚴子陵을 가리킨다. 무제의 부름을 받고서도 나오지 않았다고 한다.

1 혐(嫌)은 현(絃)의 오자로 보인다. 여기서는 현(絃)를 취한다.

이 시는 탈속의 경지를 잘 보여준다. 흰 머리는 어디로 가는지 자취도 없이 사라지고, 거문고는 어떤 소리를 내기를 싫어한다고 했다. 허무한 인생에서 어떠한 명성이나 명예를 원하지 않음을 분명히 말한다. 여기서 말하는 부춘산의 노인은 부춘산에서 은거했던 엄자릉이다. 숨어 있으려면 아예 완전히 숨어서 살아야지 은자로 이름을 남긴 것도 또한 잘못된 일이라 말한다. 그 흔한 은자였다는 말도 필요없이 그렇게 한 세상 살다가 사라지면 그뿐이다.

산운시의 중심 의상意象은 '백운白雲'과 '명월明月'이다. 시의 의상은 강렬한 시인의 개성적 특징을 지니고 있어, 시인의 풍격을 잘 나타낼 수 있다. 이러한 의상은 곧, 한 시인 혹은 몇 시인과 함께 연결되어 이루어지는데, 심지어는 시인의 화신化身이 되기도 한다. 국화와 도연명陶淵明, 매화와 육방옹陸放翁은 모두 이러한 관계가 있다.[2] 산운은 백운을 통해서 불기不羈의 삶을 말하려 했다. 구름은 흩어져야만 하는 소멸성을 배태하고 있으면서도, 순백의 정신을 안에 간직하고 있다. 일정한 형상없이 얽매이지 않고 이리저리 돌아다니지만 이유 없는 방일放逸과는 뚜렷이 구분된다.

"한강 물은 나의 술이 되고, 밝은 달은 나의 등불이 되니"[3] 했듯이, 그에게 '월月'은 끊임없이 모양이 변하면서도 같은 자리에서 영원토록 자리 잡고 있어, 인생이나 역사를 지켜보며 부침浮沈을 같이하지만 여전히

2 원행패, 『中國詩歌藝術研究 下』, 아세아문화사, p.140.
3 「悵然」: 漢水爲我酒, 明月爲我燭

같은 자리에 위치해 있다. 변하는 시간 속에서 변함을 같이 하지만, 영원히 변함없이 그 자리에 있는 사물이다. 그러므로 달은 산운에게 인생의 동반자이며, 일생토록 하나의 등불로써 존재하다. 그런 달에 대한 집요한 애착은 「자만시自輓詩」[4]에서도 극대화되었다. 산운은 백운의 소멸성을 명월의 항구성을 통해 보충하게 된다.

12
금강 시축에 추후에 읊다追咏金剛

萬二參差佛	만 이천 개의 들쭉날쭉한 부처들은
琳琅刻畫成	옥돌에다 새겨서는 완성하였네.
眞境宜明月	진경眞境에는 밝은 달이 마땅하니
先天是玉京	세상에 나기 전엔 옥경玉京이었으리.
蟠蟄晴雷走	골짜기에 서리어서 갠 날 우레 달리고
騰空怒戟爭	공중에 솟아서는 성난 창을 다투네.
永述知相過	영랑·술랑 지나가는 듯도 하노니
似聞笙鶴聲	생학 소리 귀에 얼핏 들린 듯해라.

[교감]

原註에 "갑진년 성과재의 금강 시축에 추화하다甲辰, 追和成果齋金剛"라고
기록되어 있다.

[어석]

• 옥경玉京 : 옥황상제가 산다고 하는 서울을 이른다.

• 영랑永郎·술랑述郎 : 사선四仙에 해당하는 인물이다. 사선은 신라시대의
네 국선國仙, 곧 영랑永郎·술랑述郎·안상安詳·남석행南石行을 말한다.

친구가 금강산에서 지은 시축을 읽고 쓴 시이다. 1~4구는 금강산의 아름다움을 말했다. 세상이 개벽 되기 전에는 금강산이 옥황상제가 살던 곳이라 말했다. 7~8구는 금강산에 있는 폭포의 장대함을 묘사했다. 9~10구는 영랑과 술랑같은 신선이 학을 타고 가는 소리가 들리는 것 같다고 표현함으로써 금강산의 선경仙境을 한층 부각시켰다.

13
큰 비에 강물이 불어 ^{大雨江漲}

[壬戌, 1802]

地軸何曾傾	지축은 어째서 일찍이 기울어 져서
于今信未誠	지금 와서 하늘 이치 못 갖추었나.
駕山來瀚海	산을 몰아 바다까지 흘러서 왔고
盪宇策雷霆	우주를 흔들어 번개와 우레 치네.
閭閻憂楮島	저도楮島에선 마을이 근심이 됐고
禾黍惜琴坪	금평琴坪에선 곡식을 아까워했네.
同懷遙隔浦	형제 간에 멀리 개울로 막혀있어서
飢食占烟生	굶나 먹나 연기로다 점을 쳐보네.

어석

• 저도^{楮島} : 저자도楮子島를 말한다. 저자도는 옥수동 두뭇개와 무수막
사이의 한강漢江 가운데 있었으며 경관이 뛰어나 많은 시인묵객들이
시를 남긴 곳이다.

1802년에 큰 홍수가 있었다는 기록은 찾을 수 없다. 기록적인 홍수는 아니었지만 그래도 많은 비가 내렸던 것으로 보인다. 1~4구에선 하늘의 조화가 무너져서 홍수가 내리게 되었다는 점을 강조했다. 5, 6구에서 저도에서는 큰 비에 마을이 수몰이 될까 걱정이 되었고, 금평에서는 곡식이 물에 잠겨 피해를 입을까 마음이 아팠다. 저자는 저자도이고 금평은 어디인지 특정할 수 없다. 7, 8구에서는 형제 사이에도 물이 불어 왕래할 수 없어서, 밥 짓는 연기로 끼니를 해결하는지 확인할 수가 있다고 했다. 전반적으로 큰 비에 강물이 불어 서로 간의 왕래가 끊긴 아쉬운 마음을 담았다.

14
귀여옹[한]에게 올리다 _{呈歸歟翁[韓]}

迹爾平生德性全	당신 평생 추적追跡하면 덕성이 온전하여
內仁而厚外挺然	안으로는 인후仁厚하고 밖으로는 뛰어났네.
壽過回쫄多孫子	회혼回婚 치룰 나이도 지나 손자들 많으니
始信人間福善天	비로소 세상에서 선한 이에 복을 주는 천리天
	理를 믿게 됐네.

어석

• 회혼回婚 : 원문은 회근回쯜으로 되어 있다. 혼인한 지 회갑년, 곧 61년
째 되는 해를 이르는 말이다.

평설

이 사람 생각해 보니 덕이 뛰어난 사람으로 안으로는 인후하고 밖으로
는 뛰어난 사람이었다. 회혼례를 치룰 나이도 넘어 자손들이 많으니 선
한 사람에게 하늘이 복을 준다는 평범한 진리를 이 사람을 통해 알게 되
었다. 꼭 잘 산다고 모두 복을 받는 것은 아니지만, 이 사람이야말로 잘 산
만큼 그에 걸맞은 복을 받을 사람이었다.

15

이제안 만시 挽李景愚齋顔

1

晴窓掩映碧梧條　갠 창문을 벽오동 가지가 가리는데

尙憶高冠坐遠謠　높은 관 쓰고 앉아 원대한 노래 부르던 모습 아직도 기억나네.

日月山川今世外　해와 달, 산천이 이 세상 밖에 있다해도

不知何處去遙遙　어디로 멀고 멀게 가셨는지 알 수 없네.

2

遐懷朗似鶴翔翔　원대한 회포의 활달함이 나는 학 같았는데,

四十人間亦已長　세상에서 사십 년 세월도 너무 길었네.

魂如有在遊何處　혼이 만일 있다면 어데서 놀으실까.

萬壑千峯月杳茫　많은 구렁과 산에 달만 아득하구나.

이 시는 이제안의 죽음을 슬퍼해서 쓴 것이다. 두 편의 시에 공통적으로 '어느 곳何處'을 말하여, 지인이 유명幽明을 달리한 것에 대한 아쉬운 마음을 담았다. 그 '어느 곳'은 누구도 어디인지 알 수는 없지만 결국 모두다 가야 하는 곳이다. **1**에서 1, 2구는 이제안의 살아 생전의 모습을 그렸고, 3, 4구는 이제안의 부재한 상황을 그렸다. **2**에서 이제안을 학에 빗대어 인간 세상에 40년 동안 있다가, 지금에는 달이 뜬 많은 구렁과 산을 자유롭게 누비고 있을 것이라 말했다. 고작 40년의 생애를 길다고 표현함으로써, 비록 짧지만 학처럼 고결하게 살다가 세상을 떠난 삶을 애도했다.

16
양근 갈현 옛 터에 있는 기와공이
손수 심은 두 그루 밤나무
楊根葛峴舊墟有崎窩公手種二株栗

靑山萬疊鬱縈迴	청산靑山은 첩첩히 울창하게 얽혀 돌고
流水荒墟夕照來	강물은 황량한 터에 흘러드는데 저녁햇살 비
	쳐 오네.
村翁指示雙株栗	촌 노인 두 그루 밤나무 가리키며
道是卽家進賜栽	"이것이 바로 집안 나으리께서 심으신 거라
	오"라 말하네.

指示一作笑指 지시指示가 다른 책에서는 소지笑指로 쓰인 곳도 있다.

• 양근楊根 : 지금의 경기도 양평군楊平郡 양평읍 양근리 지역의 지명이다.

기와공崎窩公은 산운의 집안 사람으로 추정된다. 양근楊根 갈현葛峴에는 기와공이 살던 집 터가 남아 있었다. 이곳은 배산임수背山臨水의 좋은 땅이었다. 지금은 터만이 남아 있고 그가 손수 심은 밤나무 두 그루만 남아 있다. 그 사실을 기억해서 산운에게 전해주는 사람도 이제 다 늙은 촌 노인들뿐이다. 사람의 자취는 쉬이 사라진다. 대개 남는 것이라야 나무와 돌덩이밖에 없다. 그러나 끝내 언젠가는 나무는 죽고 돌덩이는 닳아서 사라지게 된다.

17

나는 신묘년에 태어나 갑오년에 고아가 되었다. 연도와 달수와 날짜를 살펴서 민천에 성묘를 하게 되었는데 도중에 슬프게 읊어 스스로 일곱 자의 말을 완성하게 되었다

余以辛卯生, 甲午孤. 趂察年月日, 省楸邙川, 途中悲吟, 自成七字語

1

四歲孤兒危一縷　　네 살에 고아 되어 아슬아슬 위태롭더니
千層浪上幾沉浮　　천 층의 파도 위에 몇 번이나 부침했나.
如非默佑冥冥裏　　하늘이 남모르게 보우함이 아니었다면
那得生全到白頭　　어이 삶 보전하여 늘그막에 이르렀을까.

2

兒時一夢太依俙　　어릴 때 한바탕 꿈 너무도 희미하여
只願生前更夢之　　생전에 다시 그 꿈꾸기만을 원하였네.
恐於他日九原下　　먼 훗날 죽어서는 저승에 가게 되어서
父子相見不相知　　부자가 서로 봐도 몰라볼까 두렵구나.

조선시대 양자養子는 너무도 흔한 일이었다. 백부伯父나 숙부叔父가 양부養父가 되어 아버지로 모시게 되고, 생부生父는 생부대로 관계를 유지했다. 모든 법적인 문제나 예우에 있어서 양부는 친부의 위치를 대신한다. 양자로 간 집안에 잘 적응을 하여 양부와 친밀한 관계를 유지하기도 하지만, 어떤 경우에는 양부와 친부 사이에서 어디에도 마음을 못 붙이는 경우도 적지 않았다.

산운 역시 어린 시절에 양자로 가게 되었다. 그러나 생부인 이상운李商雲은 산운의 나이 4세에, 양부인 이의존李義存은 산운의 나이 13세에 각각 세상을 등졌다. 생부의 죽음과 출계出系, 그리고 연이은 아버지의 죽음은 산운에게 씻을 수 없는 상처를 남겼다. 생부에 대한 그리움은 「본생 아버지 니헌 부군 행장本生先考泥軒府君行狀」과 「본생 선인과 본생 구씨 글 뒤에 쓰다題本生先人與本生舅氏書後」, 「귀천의 산소에서 다례를 지낼때의 축문歸川山所茶禮祝文」에 잘 드러나 있다. 특히 「본생 아버지 니헌 부군 행장本生先考泥軒府君行狀」에서는 생부에 대한 상실의 아픔을 진하게 표현했다. 이 아픔은 만년까지도 해소되지 않았다. 그의 상실감이 얼마나 큰 것이었는지 짐작할 수 있다. 네 살 어린 나이에 생부를 잃고 세상의 험한 파도에 위태로운 고비도 많았다. 세월이 지나서 생각해 보면 이 모든 것이 하늘의 보살핌이었던 것만 같다. 아무리 어린 시절 생부와의 기억을 끄집어 내려해도 좀처럼 떠올려지는 것이 없다. 꿈속에서만 가능하겠지만 아버지와 다시 그 어린날 꿈같은 소중한 추억을 만들 수 있기를 바란다. 다만 너무 어린 시절에 부자가 이별한 까닭에 저승에서 만난

다고 해도 알아보지 못할까 두렵기만 하다. 훗날 산운은 저승에서 그의
아버지와 다시 만나 빛나는 유년기의 기억을 이어갔을까?

18
가선대부가 된 후에 짓다^{嘉善後作}

1

水樵山漁李山雲　물에서 나무하고 산에서 고기잡는 이산운
皮肉黧然老十分　피부는 검게 타고 완전히 늙었도다.
樊布周衣金圈子　헤진 베로 만든 두루마기에 금관자 차는 것은
一般菊屨菊花紋　평범한 짚신에다 국화무늬 넣은 것 같네.

2

白雲身世靑山客　흰 구름 신세에다, 청산靑山의 나그네.
分外黃金曜鬢邊　분수 넘는 금관자가 살짝 가서 번쩍이네.
摩挲追蠡牛蹄圈　하도 만져 우제牛蹄관자 끈이 너덜너덜
手慣心安七十年　손에 익고 마음 편한 70년 세월이네.

3

此老一生緇布巾　이 늙은이 일생 동안 치포건緇布巾을 썼으니
行時亦着臥時然　다닐 때도 그러했고 누울 때도 그랬네.
如蝸小屋蓬窓狹　달팽이 좁은 집에 봉창은 좁디좁아
竹笠鬆冠摠不便　대삿갓과 송관鬆冠도 죄다 불편하구나.

- 가선대부嘉善大夫 : 조선시대 종친宗親 · 의빈儀賓 · 문무관文武官의 종2품 관계官階를 말한다. 1392년에 이를 두어 문무관 종2품의 하下로 하였 다가, 1865년에 이를 고쳐서 종친 · 의빈의 종2품의 하로 이를 하였 다. 1850년에 산운의 나이 80세에 동지중추부사同知中樞府事, 종2품로 승 진하였는데 이때 써진 것으로 보인다.

평설

이 시는 수자壽資로 가선대부에 오른 일을 겸연쩍어 하며 쓴 것이다. 수 자는 장수한 사람을 예우하여 조정에서 품계를 내려 주는 일로 일반적 으로는 해마다 정월正月에 관원은 80세 이상, 백성은 90세 이상에게 내려 준다. 삼죽三竹 조황趙榥, 1803~?의 『백야산집白野散集』에 수록된 「임연당 이 선생 행장초臨淵堂李先生行狀草」에는 이 시에 얽힌 정황이 상세하게 나온다.

경술(庚戌, 1850, 80세)에 가선(嘉善)에 승진됐으니 수자(壽資)였다. 공 이 말씀하시기를 "나의 나이에 위로 나라의 은혜를 그르쳤으니 덕이 아니 다. 오래 살아서 그러한 위계를 얻는 것은 도척이라도 할 수 있는 것이고, 안 자(顏子)라도 할 수 없는 것이다. 그 근본을 궁구하면 헛된 이름으로 이루어 진 것이 아님이 없다"라 하였다. 족제(族弟)인 봉조하(奉朝賀)를 지낸 우헌 (愚軒) 이기연(李紀淵)[1]이 금관자를 보냈기에 공이 한 편의 절구를 지어서

----

1 이기연(李紀淵, 1783~?) : 조선 후기의 문신. 본관은 전주(全州). 자는 경국(京國). 대사 헌, 이조판서 등을 지냈다. 평안도관찰사로서 공무(公務)를 폐기한 죄로 삭직되기도 하였다. 벼슬이 봉조하(奉朝賀)에 이르렀다.

그것을 사양하며 말하기를 "물에서 나무하고 산에서 고기 잡는 이산운(李山雲), 피부는 검게 타고 완전히 늙었도다. 헤진 베로 만든 두루마기에 금관자를 차는 것은, 평범한 짚신에 국화무늬 넣은 것과 같네"[2]라 하고는 마침내 매달지 않았다.

품계가 승진되면 전례에 추영(追榮)[3]하는 것이 있게 된다. 공이 생각하기를 "한번도 출사하지 못했거늘 위계를 조상에게 추증하는 것이 의리에 온당하지 않다"라 했다. 친구들이 모두 생각하기를 "선유(先儒)들도 또한 벼슬을 살지 않았지만 행한 것이 있었으니, 이것은 효가 존친(尊親)보다 큰 것이 없는 까닭에서이다"라 하였다. 공이 억지로 예에 따르기는 했지만 안절부절 못하고 불안해 하였다. 2월에 동지중추부사(同知中樞府事)를 제수받았다.[4]

그는 나이가 들어 가선대부가 된 사실에 대해서 매우 부끄러워했다. 산운이 가선대부가 되자 그것을 축하하여 족제인 우헌 이기연이 금관자를 보내자 자신의 심정을 시에 담았다. **1**에 물에서 나무하고 산에서 고기나 잡느라 피부는 시커멓게 타고 늙어갔다. 여기서 산에서 나무하고 물에서 고기잡는 것을 의도적으로 산에서 고기잡고 물에서 나무를

··········
2 『山雲集』에는 제목이 「嘉善後作 嘉善大夫」라 되어 있다.
3 추증(追贈): 종이품 이상 벼슬아치의 죽은 아버지, 할아버지, 증조할아버지에게 벼슬을 주던 일이다.
4 庚戌, 進嘉善, 壽資也. 公曰: "犬馬之齒, 上誤國恩, 非德也. 壽而得之, 跲之所可能, 顔子之所不能, 究其本, 則莫非虛名所致也." 族弟奉朝賀, 愚軒紀淵, 送金圈, 公詠一絶以謝曰: "水樵山漁李山雲, 皮肉黲然老十分. 獒布周衣金圈子, 一般蒻屨菊花紋." 竟不懸. 升資, 例有追榮. 公以爲一未出仕 贈秩祖先於義未安. 知舊咸以爲先儒亦有不仕而行, 此者, 以孝莫大於尊親故也. 公唯勉循例而踽蹐不安. 二月除同知中樞府事.

한다고 뒤틀어 자신의 삶에 대한 평탄치 않은 심사를 내비쳤다. 3, 4구에서는 다 떨어진 베로 만든 두루마기에다 금관자를 차는 것이야말로 평범한 짚신에다 국화무늬를 그려 놓는 꼴이라고 말했다. 금관자는 자신에게 어울리지 않는 물건이라 뜻을 분명히 한 셈이다.

❷에서 산운山雲이란 호號는 부혁傅奕[5]의 '청산백운인靑山白雲人'에서 유래했다. 청산백운인은 후에 백운白雲과 청산靑山 사이에서 방랑하는 광달曠達한 선비를 이르는 관용어로 쓰이던 말이다. 백운白雲과 청산은 모두 귀은歸隱을 말하는 술어로 중복의 의미를 가지는데, 여기서 하나를 취했다. 그런 자신에게 번쩍이는 금관자는 어울리지 않는 물건일 뿐이다. 우제 관자는 사서士庶, 사대부와 서민가 주로 사용하였으니 자신에게 어울리고 익숙하였다.

❸에서는 자신이 쓰는 관으로 이야기가 바뀐다. 자신의 협소한 거처에서는 치포건緇布巾, 선비가 평상시에 쓰던, 검은 베로 만든 관이 어울리지 대삿갓과 송관鬆冠은 불편하다고 했다. 전반적으로 자신에게 어울리는 것으로는 베두루마기, 짚신, 우제 관자, 치포건 등이고 어울리지 않는 것으로는 금관자, 대삿갓, 송관 등을 꼽았다. 산운은 한 평생 벼슬살이에 나가본 적이 없다. 그래서 나이가 많다고 나라에서 주는 관직이 그에게는 또다른

----

5   부혁(傅奕, 555~639): 수말당초(隋末唐初) 때 상주(相州) 업(鄴, 하북성 臨漳) 사람. 평생 척불(斥佛) 사상에 진력했고, 세상과 백성을 다스리는 데는 『효경(孝經)』과 『노자(老子)』를 읽으면 된다고 생각했다. 저서에 『노자주(老子注)』와 『노자음의(老子音義)』, 『고식전(高識傳)』 등이 있다. 죽을 때 자지(自誌)에서 "靑山白雲人也, 以醉死. 嗚呼!"라 하였다. 육경(六經)을 오로지 익히고 불법(佛法)을 섬기지 말 것이며, 나장(倮葬)을 하라는 유언을 아들에게 남겼다.

부끄러움을 느끼게 했다. 그 사실을 진심으로 축하하는 사람의 선물이야 고맙지만, 적잖은 나이에 어울리지 않는 호사를 누리는 것도 마뜩치 않았다. 이 시에는 일평생 출사하지 못하고 늙어간 사실에 대한 서글픔도 읽힌다.

19

박성서가 아파서 아직 마니산을 유람하지 못한 것을 위로하여 화답하다 和慰朴星瑞病未磨尼遊

磨尼風景失逍遙	마니산 좋은 풍경 돌아다니지 못하여
謾向西天悵獨謠	하릴없이 서쪽 향해 슬피 홀로 노래하리.
不妨在家遙想像	집에서 멀리 상상함이 해롭지 않음은
閱來深淺却無聊	깊고 얕음 보고 오면 모두 부질없어지네.

[평설]

이 시는 병 때문에 함께 유람길에 나서지 못한 지인을 위로하기 위해 썼다. 지인은 아마도 마니산 여행을 바랬다가 병 때문에 무산되었으니 아쉬운 마음이 적지 않았을 것이다. 지인은 마니산 쪽을 바라보며 아쉬운 마음을 달래고 있을지도 모른다. 산운은 그와 함께 하지 못한 여행을 아쉬워 하며 그에게 위로를 전한다. 막상 가서 보고 오면 다 거기서 거기니, 상상보다 아름다운 여행은 없다. 그러니 되려 고생스레 여행길에 따라 나서지 않은 것이 더 좋았을 수도 있다. 아쉬운 마음 풀고 다음 기회에 한번 함께 다녀 오도록 하자는 마음을 담았다.

20

낭간재 박선생에게 올린다 上琅玕齋朴先生

[도정 사철씨 ○ 갑자년이다都正師轍氏 ○ 甲子]

汗漫尋行學不前	되는대로 찾아다녀 학문이 진전없이
居然三十四流年	어느덧 삼십 사년 세월이 흘러갔네.
溫呑暖處難容舌	온화하게 따뜻한 것을 삼키는 곳에는 혀를 용납하기 어렵고
失發絃時易忘拳	활시위를 잘못 쏘았을 때는 주먹을 잊기가 쉽네.
有屋無人開牖戶	집이 있어도 창문을 여는 사람 없으니,
臨岐何處[缺]筳簜	갈림길에 임한 어느 곳에서 정전을[缺]
祇緣俗累相牽掣	다만 세속의 번거로운 일들이 서로 방해함으로 인해
回首遙空夕悄然	먼 허공에 머리 돌리자, 저녁에 서글퍼지네.

	琅玕和云	낭간이 화운하여 이르기를,
1	此道載六經	이 도가 육경에 실려 있으니
	於世爲裘葛	세상에서는 필수품裘葛이 되었네.
	垂示如日星	드리워 보이는 것이 해나 별과 같아서

千載無陷缺　　천세千歲동안 결함이 없었네.

5　嘉惠我後人　　내 후세 사람에게 베풀어 주어

使之尋津筏　　그로 하여금 나루와 떼를 찾게 하리라.

嗟哉吾東俗　　슬프도다! 우리나라의 풍습이여

儒學運抹撥　　유학이 씨가 마를 운명이라네.

科宦作陷阱　　벼슬은 함정을 만드는 것이고,

10　人心如蝕月　　인심은 월식月蝕과도 같은 것이네.

談經輒搖首　　경전經典을 말하면 법도에 머리 흔들고

說理便蹙額　　이치를 말하면 곧 이마를 찡그리네.

非無章甫輩　　선비 무리 없는 것은 아니지마는

滾滾不自拔　　세찬 물결에 스스로 빠져 나지 못하네.

15　龍鍾老措大　　뜻 잃고 늙어버린 글 읽는 서생은

陸沈年已耋　　숨어산 지 해가 이미 70여 넌이었네.

同俗¹而譏裸　　같이 목욕하며 벌거벗었다 욕하지만

與彼本無別　　저와 내가 본래는 차이 없었네.

尚有好善心　　아직도 선을 좋아하는 마음만은 있어서

20　秉彝粗不滅　　떳떳한 본성 거칠지만 없지는 않네.

欣聞吾君子　　반겨 듣기로는 우리 군자君子가

志學早仡仡　　학문에 뜻을 두어 일찍부터 부지런했네

確乎有所守　　확고하게 지키는 것 있게 된다면,

········
1　원문은 속(俗)으로 되어 있지만 욕(浴)의 오자로 보인다.

	流俗何能奪	세속의 풍속風俗이 어떻게 빼앗을 수 있으리오.
25	豈嫌呫嗶輩	어찌 싫어하리오 삐죽이는 무리들이
	反脣以笑咥	입술을 뒤집으며 비웃는 것을
	君今得正路	그대 지금 바른 길 얻게 됐으니
	前程千里濶	그 앞길이 천리나 널찍해졌네.
	寸陰實可惜	짧은 시간도 진실로 아깝게 여겨야하니
30	日月如箭疾	시간 감은 화살처럼 정말 빠르네.
	願言努力行	바라건대 궁행躬行에 힘을 써서는,
	優入聖賢室	넉넉히 성현의 방에 들어가도록 하세.
	徒以一日長	다만 내가 조금 나이 많다고 해서
	詢蕘意深切	꼴꾼 같은 나에게 묻길 절실히 하나.
35	自慚愛莫助	스스로 사랑스러워도 돕지 못함 부끄럽지만
	敢憚辭拙訥	감히 말이 어눌하다 하여 사양할건가.
	窮理貴精深	이치를 궁리함은 정밀하고 깊음을 귀히 여기고
	檢身無疎脫	자신을 점검함에 빠뜨림이 없어야 하네.
	先立乎其大	먼저 그 큰 데에서 확립하는 것이니,
40	願言審本末	원하건대 본말을 살펴야 하리.
	爲己非爲人	날 위하고 남 위하는 일 아니니,
	願君分名實	원컨대 그대는 이름과 실력 기름을 구분하게.
	凡此一二語	무릇 이 한 두 마디의 말들은
	頗聞諸先達	자못 선배에게서 들은 말이네.
45	勿謂我言耄	내 말이 늙었다고 말하지 말게

어석

- 낭간재琅玕齋 : 박사철朴師轍, 1728 ~ 1806의 호. 본관은 반남潘南, 자는 여유
  汝由이다. 강원도 춘천春川에서 출생하였다. 1759년 생원시에 합격하
  였다. 1764년 장릉참봉長陵參奉에 임명되었고, 정조正祖의 특명으로 돈
  령부 도정과 회양부사淮陽府使에 제수되었다. 잠시 벼슬길에 나아갔
  을 뿐, 평생 초야에 묻혀 경학을 연구하였다. 저술로는『경의문답經義
  問答』이 있다. 이 자료는 정조의 조문條問에 조대條對한 것으로 박사철
  이 1794년 3월에 올린 것이다. 이 책은 1979년 번역되어 출간되었다.

- 정전筳篿 : 초楚나라 땅 사람들이 점치던 방법의 하나였다.

- 필수품裘葛 : 가죽옷과 갈포 옷. 겨울옷과 여름옷. 1년에 한 번씩 바꾸
  어 입으므로, 전轉하여 1년의 뜻으로 쓰인다. 여기서는 필수품이라
  번역한다.

- 나루와 떼 : 원문은 津筏이다. 물을 건너는 설비를 말한다.

- 같이~욕하지만 : 한유韓愈의 「답장적서答張籍書」에 "우리 그대가 나를
  비난하는 것은, 마치 함께 목욕을 하면서 발가벗었다고 욕을 하는
  것과 같다吾子譏之, 似同浴而譏裸裎也"라는 표현이 나온다.

- 다만 내가~많다고 해서 :『논어』「선진先進」에 "내 나이가 그대들보다
  다소 많다고 해서 나를 어렵게 여기지 말라以吾一日長乎爾, 毋吾以也"고 한
  공자의 말이 나온다.

- 꼴풀같은 : 원문은 순요詢蕘로 되어 있다. 원래 순우추요詢于芻蕘란 말

이다. 『시경』「대아大雅」「판板」에 "옛 어진이가 이르기를 추요에게 물으라 하였네先民有言,詢于芻蕘"라 했다. 추요는 꼴 베는 사람과 나무하는 사람을 말한다.

- 사랑스러워도~부끄럽지만 : 『시경』「증민烝民」에 중산보仲山甫의 덕을 기려 "사랑해도 도와줄 수가 없다愛莫助之"라고 하였다.

- 먼저~확립 하는 것이니 : 『맹자』「고자 상告子上」에서, 다 같은 사람인데 어떤 이는 대인大人이 되고 어떤 이는 소인小人이 되는 까닭을 설명하면서 대인은 "먼저 그 큰 것을 확립하는데 그렇게 하면 작은 것이 빼앗지 못한다先立乎其大者則其小者不能奪"라고 하였다.

- 보잘 것 없는 것 : 원문은 봉비葑菲라 나온다. 『시경』「패풍邶風」「곡풍谷風」에 "무를 캐고 순무를 캐는 것은 뿌리 때문인 것만은 아니다采葑采菲,無以下體"라고 한 글에서 나온 말로, "뿌리 이외에 잎을 취할 필요도 있기 때문"이라는 말이다.

평설

갑자년甲子年은 1804년으로 산운의 나이 34세였다. 전반적으로 학문의 길에서 느끼는 막막함을 토로하고 있다. 3~4구의 의미는 정확히 무슨 말이지 알기 어렵다. 이 시에 대해서 박사철은 학문에 대한 자신의 견해를 담아 장시長詩를 보내왔다.

21

유계 김기와 취송당 이철과 함께 분운하여
유라는 글자를 얻었다
〔갑술년이다〕

與柳溪金進士[玘]翠松堂, 分韻得遊字

[甲戌]

手種社中樹	사직단社稷壇 안에 나무를 손수 심었더니
樹老覆我樓	나무 늙어 내 누대 덮어버렸네.
樓上多少年	누각 위에 소년들은 많이 있으나
少年非舊遊	예전에 놀던 소년 아니로구나.
鍾期聽我琴	종자기가 내 거문고 소리를 듣고
元禮伴我舟	이응李膺이 나의 배를 같이 탔었네.
存沒竟蕭條	삶과 죽음은 끝내 쓸쓸한 거니
落日悵古邱	지는 해를 옛 언덕서 슬퍼하노라.
智者笑愚者	지혜로운 자 멍청이를 비웃지마는
智愚死都休	지혜로운 자나 멍청이나 죽으면 그만이네.
遊魂不解飮	떠도는 혼령魂靈은 술 마실 줄 모르고,
泉臺無公侯	황천에는 공작公爵·후작侯爵도 없는 것이네.
風露凋書幌	바람과 이슬이 서재에서 마르듯

此生亦悠悠	이 인생은 또한 유유悠悠한 것이네.
後人之悲我	뒷사람이 나를 서글퍼하는 것이
猶我悲前修	내가 선현先賢을 슬퍼함과 같으리.
達士常秉燭	달사達士는 항상 촛불을 잡았으니
間架不區區	글의 짜임새도 시시하지 않았네.
曠宇舒晚愒	인생 만년 휴식을 넓게 펴노니
一笑蔽千秋	한바탕 웃음으로 오랜 세월을 덮네.
山泉引流觴	산의 샘물 끌어다가 술잔 흘려보내고
山花持作籌	산의 꽃가지를 산대로 삼았노라.
花間胡蝶舞	꽃 틈에서 호랑나비 춤을 추는데
玄蟬忽啾啾	매미는 갑작스레 울어대누나.

어석

- 이응이~탔었네 : 낙양洛陽에서 고향으로 떠나는 곽태郭太를 전송하면서 이응李膺이 배를 타고 강을 건너갔는데, 이 광경을 보고서 사람들이 배를 탄 신선들이라고 찬탄하면서 부러워했다는 고사가 전한다.

평설

1814년甲戌, 산운의 나이 43세 때이다. 세월의 빠른 흐름 속에 죽음에 대한 찬미가 주를 이루었다. 1~6구의 세월은 빨리 흘러가 버렸다는 자각 속에 옛 친구들을 그리워하고 있다. 손수 심었던 나무는 세월이 지나 누대를 덮을 만큼 웃자라 버렸고, 거기서 노는 아이들은 그 옛날 자신과 놀았던 아이들이 아니다. 생각해 보면 누대에서 아이들과 놀았던 것이 엇그제같다. 종자기와 이응을 통해 마음이 통했던 옛 친구들을 그리워했다.

7~16구는 노경老境에서 죽음을 찬미했다. 죽게 되면 지혜로운 이나 멍청이나 다를 바 없게 되고, 황천에는 계급도 없어진다 했다. 이 세상에서의 차별과 갈등은 살아서는 해결할 수 없고, 죽음을 통해서 해결할 수 있다. 짧은 인생이 지나가버리면 내가 선인들을 만나지 못한 서운함을 느꼈던 것처럼 뒷사람들도 자신을 만나지 못한 아쉬움을 느끼게 될 터이다. 후인들과의 상우천고尙友千古를 바래는 마음도 함께 담았다.

17~24구는 시문을 짓고 술을 마시며 자연 속에서 남은 삶을 사는 모습을 그렸다. 마지막 두 구에서 호랑나비가 꽃 사이에서 춤을 추는데 매미가 갑자기 울어댄다며 시를 마치고 있다. 금새 여름이 끝나버리고 가을이 찾아오듯이, 자신에게도 노년이 다가올 날이 얼마 남지 않았다는 것을 이야기했다.

22

또 다른 책에서 말하기를又一本日

大鳥食狡兔	커다란 새는 영리한 토끼를 먹고
小鳥食虫蟻	작은 새는 벌레를 잡아 먹는다.
智人占時候	슬기로운 사람은 계절을 점치고
榮曜今陶李	도연명과 이백은 영광을 자랑하네.
愚人服未耜	어리석은 사람은 보습 잡고서
儋石有餘喜	약간의 곡식에도 남은 기쁨 있도다.
而我不能智	나는 지혜로울 수가 없고
而我不能愚	나는 멍청할 수도 없구나.
北風日以寒	북풍은 매일마다 추워져가니
窮廬閉憂虞	가난한 집은 시름 탓에 문을 닫았네.
邂逅風馬翁	풍마 늙은이를 우연히 만나서
再拜長生訣	장생하는 비결에 재배再拜 하노라.
青松持作飱	푸른 솔잎 가져다 밥을 지으면
久能傲霜雪	오래 백발 이길 수 있다고 했지.
吳民不須稻	오나라 백성은 벼를 재배할 필요가 없고
魯姬不須綺	노나라 계집은 명주를 짤 필요 없다네.
茯苓隨唾化	복령은 침에 쉬여 바뀌어가고

竽籟發之嘯	생황과 퉁소에서 휘파람 소리 나오네.
嘯聲正蕭麗	휘파람 소리는 마침 깨끗하니
誰是吾子野	누가 나의 사광師曠이던가?

[교감]

13구 이후는 「寄二護 族侄寅泰」와 같은데 글자의 출입이 약간 있다.

[어석]

• 교토狡兔 : 영리한 토끼가 굴 하나로 난을 면하기 어려움을 알고 반드시 굴 세 개를 만들어서 제 몸을 안전하게 한다는 말이 있다. 『전국책戰國策』「제책齊策」에 '영리한 토끼는 세 개의 굴을 가지고 있어서, 그 죽음을 면할 수 있는 것입니다. 지금 임금에게는 하나의 굴만 있으니 베개를 높이 베고 누워 잘 수가 없습니다. 임금님을 위해 다시 두 굴을 파기를 청합니다狡免有三窟, 僅得免其死耳. 今君有一窟, 未得高枕而臥也. 請爲君復鑿二窟'라고 했다.

23
선죽교善竹橋

帝遣鄭侍中	하느님이 정시중을 보내시어서,
綱常手扶植	강상綱常을 손으로다 심게 하셨네.
先於開物初	먼저 조선이 개국할 처음에
準備表忠石	충성 드러낼 돌을 준비 하셨네.
石結自然丹	돌에 자연스럽게 단심丹心을 맺어
淋漓鮮血色	얼룩진 붉은 빛이 선명하였네.
麗代劚爲橋	고려 때 깎아서는 다리 만들어
掛之城東墿	그것을 성 동쪽에 걸쳐 놓았네.
當時命名義	당시에 그 이름을 지었던 뜻은
奚取霜後碧	어찌 서리 내린 뒤에 푸름을 취해서이랴?
來人復去人	오는 사람과 다시 가는 사람이
尋常累今昔	예와 지금 세월 쌓여 예사롭게 여기네.
薦我君子終	내가 군자의 죽음을 추천한다면
替壽成仁跡	수명 대신 인仁의 자취 이루는 거네.
感余秉彝心	나는 떳떳한 마음 갖고 있기에
逡巡不忍展	머뭇거리며 차마 떠나지 못했네.

- 강상綱常 : 사람이 마땅히 지켜야 할 근본되는 도덕인 삼강三綱과 오상 五常을 말한다.
- 개물開物 : 만물의 뜻을 열어 놓는다는 말이다. 『주역周易』「계사전繫辭 傳 상上」의 11장에 "주역은 만물의 뜻을 열어 놓고 천하의 모든 일을 이룩하여 놓는다夫易開物成務"라고 하였다. 여기서는 조선이 개국함을 가리키는 것으로 보인다.

평설

이 시는 정몽주를 기리는 마음에서 쓴 것이다. 선죽교는 정몽주가 이 방원이 보낸 자객에게 살해된 장소이다. 이 시의 주제는 거의 후반부 에 집중되어 있다. 사람들은 나고 또 죽어가지만 충신이 지킨 강상綱常 은 오래 지속된다는 사실을 이야기하고, 군자가 어떻게 삶을 마감하느 냐고 묻는다면, 기꺼이 나이 들며 더 사는 일보다 절의를 지켜 죽는 일 이 바람직하다고 하였다. 그러나 범부凡夫에 불과한 작가 자신은 그렇 게 쉽게 의기를 부리지는 못하고 구차하게 살아가고 있다 말하고 있다. 산운은 「육신묘六臣墓」에서 사육신과 김시습, 「노강서원鷺江書院」에서는 박세당·단종·성삼문·굴원·박태보 등을 언급한 바 있다. 이들은 때로 는 비극적인 죽음을 맞이했거나 세상과의 불화不和 속에서 지낸 인물들 이다. 영화롭게 살든, 초라하게 살든, 우리들 모두는 다 죽게 되어 있다. 그것이 삶의 섭리이고 이치이다. 그렇기 때문에 삶은 근원적인 비극성 을 안고 있다. 우리가 삶에서 영원히 살 수 있는 그 길은 이름을 더럽히

지 않고 사는 일이다. 허명虛名과 매명賣名에 사로잡히지 않고 살아야 한
다. 산운은 허망한 삶 속에서 죽어서도 살 수 있는 길을 나름대로 제시
하고 있다.

橋 竹 善 ノ 城 開
THE ZENCHIKU-BRIDGE OF KAICHIKU

419

24
나무 위의 까마귀^{枝上烏}

靑靑陌上樗	푸르고 푸른 길 가의 가죽나무
上有啞啞烏	그 위엔 깍깍대는 까마귀 있네.
食不擇脂粟	먹는 것은 고기든 곡식이든 닥치는 대로
棲不擇枳梧	사는 곳은 탱자나무 오동나무 가리질 않네.
不鷙鷹何絛	수리매 아니니 묶어둘 수도 없고
白鷴舞爲累	백한처럼 아름다운 춤 못추니 가두어 둘 수도 없네.
燕娥首上飾	시첩侍妾의 머리 위의 장식에
南海金翡翠	남해의 물총새는 금빛 깃털 쓸 수도 있지.
而烏陋而黔	더럽고 시커먼 너 까마귀야
庭宇亦何嫌	뜰인들 또한 어찌 꺼리겠느냐.
獨奈性不佞	홀로 어찌 성품이 들떠서
開喙忤人聽	주둥이 열면 사람 귀를 거스르느냐.

- 백한白鷳 : 꿩과에 딸린 아름다운 새이다.
- 남해南海 : 지금의 광동성과 홍콩 앞바다, 곧 동지나해. 한나라 때 남
  해군을 말한다. 실제 남해에서 진주, 대모아열대거북껍질, 물총새 깃털이
  공물로 올라가 궁정과 귀족의 장식으로 쓰였다.

이 시는 참훼讒毁하는 사람을 까마귀에 빗대 우의寓意적으로 쓴 것이다.
1, 2구에서는 까마귀의 속성을 그렸다. 까마귀는 먹는 것도 사는 것도
가리지 않고 막무가내로 생활한다. 5, 6구에 까마귀는 수리매처럼 용맹
하지도 백한처럼 우아하지도 않아 가까이 두지 않는다는 뜻이다. 7, 8
구에 물총새 깃털은 에머럴드와 진록색이지만 금빛이 섞여 있는 종류
를 가리키는 것으로 보인다. 여기서 까마귀의 털은 여인의 장식으로도
쓸 수 없다는 의미를 담고 있다. 결국 까마귀는 아무짝에도 쓸모가 없
다는 말이다. 9, 10구에서 세상에는 좋고 아름다운 게 많은데 까마귀 너
는 왜 그러느냐 라는 질책을 하였다. 11, 12구에서 경박하게 참훼하는
사람을 풍자했다.

25
이름없는 풀無名草

我有無名草	나에겐 이름 없는 풀 있었는데
生在荊棘下	가시나무 아래에 자라는구나.
葉短不足薪	잎은 짧아 땔나무 깜도 안 되고
花微不足抱	꽃은 작아 손에다 쥘 수도 없네.
自言能壽人	스스로 말하네 "사람을 장수할 수 있게 해
一服三千春	한 번만 먹게 되면 삼천 년 산다"

> 평설

이 시는 이름없는 풀에 의탁해 충성스러운 인물을 그렸다. 가시나무 아래 열악한 환경에서 자랐지만 길상吉祥의 풀이다. 가시나무 아래에 있는 풀은 어려운 환경, 곧 간신들 무리 속의 충신을 의미한다. 언뜻보면 땔감으로도 완상용으로 적합지 않아서 아무 짝에도 쓸모가 없어보인다. 자신도 이 풀과 다르지 않아 등용되어 웅지雄志를 펼칠 수가 없다. 5, 6구에서는 이름없는 풀 스스로가 '자신을 먹게 되면 장수에 도움을 주어 삼천 년을 살 수 있다'고 말하는 것으로 끝을 맺는다.

이백李白의 「뜰 앞에 꽃이 늦게 피다庭前晚開花」에 "서왕모가 내 집에 심은 복숭아 나무, 삼천 년 만에 비로소 꽃이 피었네. 더디게 열매 맺어 남들에게 웃음거리 되고 꺾이고 조롱당하니 긴 탄식 하노라"라 하여 자신의 재능을 알아주지 못하는 세상에 대해 탄식했는데 이런 의미와도 통한다.

또 공자가 지었다는 금곡琴曲인 「의란조猗蘭操」의 정서와도 맞닿아 있다. 공자가 제후에게 등용되지 못하고 위衛나라에서 노魯나라로 돌아가는 길에, 깊은 골짜기에서 향기나는 난초가 무성한 것을 보고, 스스로 때를 만나지 못한 것을 상심하여 자신을 향란香蘭에 의탁하였다. 곧 일견 아무 소용이 되지 않아 보이지만 임금을 오래도록 지켜주는 충성스러운 인물에 빗댄 것이다.

26

음식을 적게 먹을 것을 패에 새김節食牌銘

[매번 식사할 때마다 소년 한 사람이 패를 치면서
소리를 내어 이 명을 읽어 사람을 일깨워라每臨飯, 少年一人, 擊牌作聲, 讀此銘而警衆]

適喫則安	적당히 먹어야 편안하고,
過喫則否	과하게 먹으면 편치 않네.
儼爾天君	너의 마음을 엄격히 하여
無爲口誘	입이 꾀이더라도 넘어가지 말라.

평설

건강을 유지하는데 과식過食보다 소식小食이 좋다는 것을 모르는 사람은 없다. 그러나 당장 음식이 눈 앞에 있으면 과식의 유혹을 피하기가 그리 말처럼 쉽지 않다. 식색食色의 욕망을 다스리지 못하는 사람은 짐승과 다를 바 없다. 산운은 젊은이들이 모여 식사할 때마다 그중 한 사람에게 이 패를 읽게 함으로써 과식을 경계하도록 하였다. 적당히 먹어야 뱃속도 마음도 편안하지, 과하게 먹으면 뱃속도 마음도 어지럽게 된다. 과하게 섭취한 음식은 절욕節慾에 가장 큰 방해가 되기도 한다. 마음을 강건히 하여 입의 유혹에서 벗어 나와야지, 입의 유혹에 빠지면 마음도 몸도 허물어진다.

27
위독病革

一生愁中過	일생을 수심 속에 지나 왔으니,
明月看不足	밝은 달 바라봄은 부족했었네.
萬年長相對	만년토록 길이 서로 마주하리니
此行未爲惡	이번 길 나쁘다고만 하지 못하리.

[교감]

『옥류산장시화』와 『임연당별집』에 실려 있다.

『옥류산장시화』에는 제목이 「自輓詩」로 되어 있다.

[임연당별집]

이농인李農人은 "이 시는 세상에 모두 전하여 읊게 되었으나, 원래 시집에는 들어 있지 않으니 애석할 만하다農曰：此詩, 世皆傳誦, 而不入元集, 爲可惜"라했다.

[어석]

• 병극病革 : 병세가 위급한 것을 이른다. 『예기禮記』 「단궁상檀弓上」에 있는 "夫子之病革矣"에서 나온 말이다.

이 시는 생애 마지막에 읊은 절명시絶命詩이다. 일생을 수심 속에 사느라고 달도 마음껏 볼 겨를이 없었다. 이제 마지막 여행길을 떠나게 되니 그 좋아하던 달을 마음껏 볼 수 있을 것이다. 죽어 묻히면 언제나 달을 볼 수 있을테니 그렇다면 죽음도 슬프지만은 않은 셈이다. 특히 4구는 죽음에 대한 산운의 달관한 경지와 입명立命의 자세를 보여준다. 그는 숱한 죽음을 목도하며, 허무감에 깊이 빠지기도 했건만 자신의 죽음을 앞에 두고는 시사여귀視死如歸한 태도를 보여준다. 아마도 그는 달빛이 잘 보이는 언덕에 묻어 달라는 유언을 남기지 않았을까?

28
들판의 눈^{野雪}

1

穿雪野中去　　눈 밟고 들 가운데 걸어 갈 적엔

不須胡亂行　　모름지기 어지러이 걷지 말아라.

今朝我行跡　　오늘 아침 내가 간 발자국들이

遂爲後人程　　마침내 뒷사람의 길이 되리니.

2

雪朝野中行　　눈 온 아침 들 가운데 걸어가노니

開路自我始　　나로부터 길을 엶이 시작 되누나.

不敢少逶迤　　잠시도 구불구불 걷지 않음은

恐誤後來子　　뒷사람 헷갈릴까 염려해서네.

[교감]

『대동시선』에는 첫 번째 시 한 수만 실려 있고,『임연당별집』에는 두 수 모두 실려 있다.

『대동시선』에는 '遂爲後人程'가 '遂作後人程'으로 되어 있다.

이 시는 사명대사나 김구 선생의 시로 알려져 있으나 와전된 것이다. 산운의 이 두 편의 시는 내용상으로는 거의 차이가 없다. 이 시는 내용적으로도 불승佛僧의 시라기보다, 유자儒者의 시로 보인다. 들판에 눈이 수북하게 내렸다. 아침 일찍 어딘가 가야하니 그 눈에 처음 발자국을 놓는 셈이다. 그것이 뒤에 오는 사람의 이정표里程標가 된다. 내가 산 삶이 다음 살 사람에게 지침이나 본보기가 되는 것이다. 그렇다면 눈 속에 발자국이 금세 사라진다 해도 함부로 살 수 없는 법이다.

산운이 가는 길은 구름처럼 자취가 없다. 그러나 자취없음이 의미 없는 방기放棄나 태만怠慢을 뜻하지는 않는다. 눈에 찍힌 발자국도 한세상 지나면 사라질 구름과 같은 것이다. 그러나 내 자취는 누군가에게 중요한 하나의 단서가 될 수 있다. 산운의 발자국은 현실과의 끊임없는 대치 속에서 이루어진 궤적이다. 그것은 때로는 슬픔을 때로는 고독을 노래한다. 그것이 발자국이 된다. 산운은 아무것도 보이지 않고 말해주지 않는 눈 쌓인 들판에 길을 내듯 낯선 삶과 조우를 한다.

29
서장대에 올라^{上西將臺}

1

五十年前此一遊　　오십 년 전 이곳에 한번 놀러 왔을 때

騷壇旗鼓坐風流　　소단의 북과 깃발에서 풍류 속에 앉았었지.

歷數同遊吾獨在　　두루 같이 놀던 벗 셀 제 나 홀로 살았으니

白頭心思夕陽秋　　흰머리의 심정은 가을녘 석양일세.

−右將臺−　　　　　−위의 시는 장대에서 지은 것이다−

2

壬戌來遊丁未來　　임술년壬戌年에 왔었는데 정미년丁未年에 다시

　　　　　　　　　보니

秋風四十六番廻　　가을바람 마흔 여섯 번이나 돌아갔네.

今俗摠非前日俗　　지금 풍속도 모두 예전 풍속은 아니니

西洋布襪北人盃　　서양의 양말과 오랑캐의 술잔일세.

−右南漢−　　　　−위의 시는 남한산성에서 지은 것이다−

3

槐樹籬邊暫植筇	홰나무 울타리 곁 지팡이 짚고 서서
生民苦樂問田翁	백성들 괴로움을 농부에게 물어 보네.
無衣最喜天時暖	"겨울 옷 없어 날씨 따뜻한게 가장 기쁘니
近日桃花十月紅	요즘엔 10월에도 복숭아꽃 붉었습죠."
—右歸路—	—위의 시는 돌아오는 길에서 지은 것이다—

기고旗鼓 : 군중軍中에서 호령號令을 시행하고 작전을 지휘하는 데 사용하는 도구로 깃대와 북.

평설

임술년壬戌年은 1802년으로 당시 이양연은 31세였고, 정미년丁未年은 1847년으로 당시 이양연은 77세였다. 산운이 노년에 쓴 작품이다. 46년 만에 다시 남한산성 서장대에 오른 감회를 적었다. **1** 그 예전의 일은 거의 50년이 다 되었다. 그 당시에 친구들과 한바탕 풍류를 즐겼었다. 지금 그때 놀았던 친구들을 하나하나 생각해보니 이미 세상을 다 떠나고 자신만 혼자 살아 남았다. 무심한 세월에 허무한 인생을 반추했다. **2** 1847년 당시의 상황은 어떠했나. 1846년 김대건 신부가 순교를 하고, 1847년에는 프랑스 군함이 세실 소장이 전한 국서에 대한 해답을 받고자 서해안으로 들어오다 고군산열도古群山列島에서 좌초하였다. 매우 혼란스러운 시기였다. 3, 4구에서는 외세外勢에 대한 노골적인 거부를 보여준다. 서양의 양말西洋布과 오랑캐의 술잔北人盃은 서양인과 청인淸人들을 대유代喩한 것이다. 풍속이 점점 서양과 청나라에 젖어 들어가는 것에 대해서 개탄하고 있다. ③ 구경을 다 마치고 돌아가는 길에 농삿꾼 한 명을 우연히 만나 슬쩍 살림살이 괴로움을 물어보자 농삿꾼은 복사꽃이 10월에도 붉을만큼 따뜻하니, 변변한 옷도 없는 형편에는 그걸로도 충분하다고 말을 한다. 결국 산다는 건 배부르고 등 따뜻하면 그뿐이다. 무얼 더 바라랴. 귀로歸路에서 예기치 않은 대화를 통해 순명順命을 배웠다.

남한산성 수어장대

30

술래잡기 새^{迷藏鳥}

遠遠迷藏鳥	멀고도 멀리 있는 술래잡기 새
迷藏岑樾春	봄날의 산그늘에 술래잡기하네.
藏身鳴自衒	몸 감추고 스스로 뽐내며 우니
愧爾隱非眞	네 숨음 참됨 아님 부끄러워라.

『조야시선』에도 나온다.

임연당별집

우리나라에서 술래잡기하는 아이들이 뻐꾸기 소리를 내므로 뻐꾸기를
이름하여 술래잡기 새라고 한다^{東國迷藏兒, 作布穀鳴, 故名布穀爲迷藏鳥.}

어석

- 미장조^{迷藏鳥} : 뻐꾹새의 다른 이름. 뻐꾹새가 소리는 들려도 새를 찾
  아보기는 힘들어서 지어진 이름이다. 여기서는 "술래잡기 새"라고
  번역한다.

이 시는 가짜 은사隱士에 대한 풍자를 담았다. 미장迷藏은 술래잡기 놀이를 말한다. 술래잡기를 할 때 술래가 엉뚱한 곳을 헤매면 숨은 사람들이 '뻐국 뻐국'하며 숨은 장소를 일러준다. 그래서 권응인權應仁은 실제로 은자隱者도 아니면서 은자인 척하는 사람을 '뻐꾸기 은사'라고 비꼰 바 있다. 세상 일 다 초연한 듯 보이지만 실제로는 권력에 대한 미련을 버리지 못하고 끊임없는 구애를 멈추지 않는다. 산운은 이렇게 넌지시 말하는 듯 싶다. "진짜 숨으려거든 울지도 마라. 아무도 너를 찾지 못하게"

기산풍속도, 〈싸매기하는 모양〉
숭실대학교 기독교박물관 소장

31
두견새^{杜宇鳥}

杜宇苦無寐	두견새 괴롭게도 잠 못 이루고
深山終夜呼	깊은 산 밤새도록 울고 있구나.
前身定何物	너의 몸은 전생에 무엇이었니?
知是老鰥夫	알겠노라. 늙어 빠진 홀아빈 게지.

평설

이 시는 두견새에 의탁해 자신의 심정을 담았다. 두견새는 여름이면 밤
낮을 가리지 않고 구슬픈 소리로 몹시 울어대는데, 나무에 앉아 있을
때뿐만 아니라 날면서도 운다. 울음소리가 독특하여 '홀딱 자빠졌다'
또는 '쪽박 바꿔주우'라고 말하는 듯이 울어댄다. 두견새는 무슨 사연
이 있길래 저렇게 밤새도록 슬피 울고 있을까. 생각해 보니 저렇게 슬
피 우는 것은 전생에 홀아비였던 것이 분명해 보인다. 그런 아픔을 타
고 나지 않았다면 저렇게 구슬피 밤새 울어댈 수는 없을 것 같다. 산운
은 아내를 잃은 심정을 두견새에 담았다. "너도 아프냐, 나도 아프다."

32
취중에 ^{醉中}

貴者揚揚賤者愁	귀한 자 활개치고 천한 자 시름하니
人間回首曠悠悠	인간세상 돌아보면 아득하기 그지없네.
萬年今日餘明月	언제나 밝은 달은 오늘밤도 밝기만 한데
四海東邱臥白頭	사해와 동산 떠돌다 보니 흰머리로 누워있네.
籬下淵明何齷齪	울 밑에 도연명은 어이 그리 옹졸했던가
風邊禦寇共夷猶	바람결에 열어구처럼 멋대로 노니리라.
玉壺傾盡壺中入	술단지 다 기울이고 단지 속에 들어가니
以外乾坤摠是浮	단지 밖의 세상이야 모두가 뜬 인생이네.

어석

- 열어구 ^{列禦寇, BC 314 전후} : 전국시대 정^鄭나라 사람. 그의 학문은 황로^{黃老}를 기본으로 하였으며 『열자^{列子}』 여덟 권을 지었다.

평설

1, 2구에서는 단순히 '귀자^{貴者}'와 '빈자^{貧者}'를 대비하는 듯 보이나, 실은 부^富 / 빈^貧의 차이가 이미 아무 의미도 없다는 것을 분명히 표현하려는 의도로 쓰여진 것이다. 귀한 자는 활개치며 살게 되어 있고, 가난한 자

는 시름 속에 살아야 한다. 그러나 귀한 자든 가난한 자든 인간세상의 일이다. 그것은 현실에 발을 붙이고 현실 속에서 욕망을 찾으려 할 때나 의미 있는 일이다. 산운은 이미 그들과 같은 심리적 공간에 있지 않은 것을 '유유悠悠'라는 시어를 써서 표현하였다. 제3구와 4구는 만년금일萬年今日 / 사해동구四海東邱와 명월明月 / 백두白頭를 비교해서 서술하고 있다. '월月'은 산운의 시에서는 중요한 의미를 가지고 있다. 여기서 달은 부침浮沈 속에서도 영속성을 지니고 있는 사물로 인간의 유한성과는 대척점에 위치해 있다. '사해동구四海東邱'란 것은 다름 아닌 인생을 나타내는 대유代喩적 표현이다. 거기서 얻은 것은 흰머리밖에 없다 하였다. 5, 6구에서는 도연명 / 열자를 비교하였다. 평생 음주를 즐겨 하기로 유명한 도연명도 오히려 옹졸한 경지로 보았다. 자신은 열어구列禦寇처럼 멋대로 노닌다고 함으로써 이미 자신의 경지가 진세塵世에 있는 사람들의 경지를 넘어섰음을 말하고 있다. 7, 8구에서 술에 흠뻑 취해버리고 나면, 병밖 세상 일은 자신은 알 바 아니라고 했다. 산운에게 술은 괴로운 현실을 벗어나 자유와 해방을 맛볼 수 있는 매개물인 셈이다.

홍색紅色은 파와葩窩 참봉參奉 유흥경柳興慶이 비평批評한 것이고, 황색黃色은 이농인李農人이 비평한 것이며, 청색靑色은 감역監役 성재숭成載崇이 비평한 것이고, 흑색은 진사進士인 방편자方便子 유희柳僖가 비평한 것이다. 황색만 있고, 홍색·청색·검은색이 없는 것은 세 사람이 미처 보지 못한 것이다. 5언 절구를 유흥경이 평하기를 "사객詞客의 작품이 아니고, 달사達士의 말이니 수식하지 않아도 문채가 드러나고 조탁하지 않아도 공교롭다. 진실되고 오묘하며, 담백하고 싫증나지 않아서 천성天性의 간명함에서 나온 것이다"라고 하였다. 또 말하기를 "의고擬古를 주제로 한 여러 편들은 장적張籍·왕건王建이 한위漢魏에 가까운 것보다 뛰어나다"라고 하였으며, 이농인李農人은 평하여 말하기를 "5언 절구는 당唐나라에 있었으나 오吳나라와 초楚나라를 위해서 왕을 참칭僭稱하려 하지 않았다. 5언 고시는 때때로 한위漢魏의 사이를 배회하였다. 다만 근체시는 맹교孟郊의 우맹優孟을 면하지 못한 것은 어째서인가? 그가 만시輓詩를 읊으면 귀신도 울고, 소나무를 읊으면 소나무의 그루터기가 말랐다. 내가 감히 믿는 것을 전하지는 않았다"라 했으며, 유흥경과 홍명거洪明居가 일찍이 말하기를, "시가 절로 자연스런 까닭에 참결讖訣을 이룬 것이 많다"라고 하였으며, 이동찬李東瓚, 海岳 또한 말하기를 "그것은 조화를 빼앗는 데 가까우니 경계하여 다작多作을 삼가야 한다"라고 하였으니 이치가 혹 그러한 것인가? 이연성李蓮城은 "오백 년 이래로 이러한 작품이 없었다" 하였으며, 치사處士 안정安挺은 "그 시를 들으면 반드시 관

冠을 정제整齊하고 바로 앉게 된다"라고 하였으니 순박한 시골의 이야기
는 속일 수 없다. 내가 어찌 감히 그 좋아하는 바에 아부하여 그런 것이
겠는가?

성지成之가 국일菊日, 음력 9월 9일에 쓴다 [1]

....

1 紅, 茈窩柳參奉興慶批評也, 黃, 李農人批評也, 青, 成監役慭夫載崇評也, 墨, 柳進士方便
   子僖評也. 有黃而無紅青墨者, 三人之所末及見者. 五絶茈窩評曰, "非詞人之作, 乃達士之
   語, 不藻繢而彩, 不刻鏤而工. 眞而奧, 澹而不厭, 出於天性之明簡者" 又曰, "擬古諸篇, 過
   張文昌·王建之逼漢魏" 李農人評曰, "五絶在唐, 不欲爲吳楚僭王, 五古往往徘徊漢魏間,
   但近體, 未免爲東野之優孟, 何也, 其咏挽而鬼神泣, 咏松而松株枯, 吾不敢傳信" 而柳茈
   窩洪明居, 甞謂詩自天成, 故多成讖訣. 李海岳東賚, 亦言, 其殆乎奪造化, 戒勿多作, 理或
   然耶. 李蓮城稱五百年來, 無此作, 安處士楶聞其詩, 則必整冠而跪, 邱里之言, 不可誣也,
   吾何敢阿其所好而然也哉. 成之菊日書.

1. 그의 삶

산운山雲 이양연李亮淵, 1771~1853은 조선 후기에 활약했던 뛰어난 시인이다. 그의 존재는 우리 문학사에서 그간 크게 주목을 받지 못했다. 그러나 지금 남아 있는 작품만으로도 그의 시가 얼마나 아름답고 뛰어난지 느끼기에 충분하다. 그는 시단에서 조선의 한시가 가지는 특색과 성취를 가장 잘 보여준 작가의 한 사람이다.

그의 한시는 18세기 시인들의 첨신尖新과 기궤奇詭와는 완연히 다르다. 그의 시는 궁벽한 고사故事나 험벽한 난구難句도 거의 없다. 담박하면서도 깔끔하며 군더더기의 말을 사용치 않았다. 이해가 쉬운 시이지만 그렇다고 가볍지 않다. 삶에 대한 깊이 있는 통찰력을 통해 삶을 재해석했다. 삶은 기쁘고 즐거운 어떤 것이 아니라 슬프고 쓰라린 것이라는 사실을 그의 시는 잘 보여주고 있다. 거기 보태 탁월한 발상과 상상력은 시의 깊이를 더해 주었다.

이양연李亮淵은 1771년영조 47 9월 24일, 경기도 양근楊根 용문산龍門山 아래 오빈촌梧濱村에서 이상운李商雲과 진주강씨晉州姜氏 사이의 3남希淵亮淵日淵 중에 차남으로 태어났다. 본관은 전주全州로 세종世宗의 다섯째 아들인 광평대군廣平大君 여璵의 14대손이 된다. 자는 진숙晉叔이고, 호는 임연재臨淵齋·산운山雲이다.

생부生父인 이상운李商雲은 산운의 나이 4세에, 양부養父인 이의존李義存은 산운의 나이 13세에 각각 세상을 등졌다. 생부인 니헌泥軒 이상운李商雲은 문학과 덕행으로 이름이 높았으나 요절했다. 산운에게 있어 부친의 죽음은 큰 충격으로 다가와, 평생토록 가슴 속에 아픔으로 자리 잡았다. 산운은 생부生父에 대하여 각별한 애정을 보여주고 있다. 몇 편의 행장과 시편에는 당시의 아픔이 잘 드러나 있다.

8세 때에는 이의존에게 입계되었다. 이의존이 비로소 글을 가르쳤는데, 엄하게 감독하지 않아도 깨우치고 이해하는 것이 날로 진척이 있었다. 아이들하고 노는 것을 즐거워하지 않았고, 이웃에 벌어지는 광대들의 놀이를 보지 않았다.[1] 또, 동그라미를 하나 그려놓고 그 안에 네모꼴을 하나 그리고 네모꼴 안에 인人자를 써서 천天ㆍ지地ㆍ인人 삼재三才[2]를 본땄다는 기록이 전해지는데, 산운의 성리학에 대한 이른 관심을 보여주는 대목이다. 10세 때에는 이의존이 금성金城 원님으로 나갔을 때 혼정신성昏定晨省[3]하였다. '아버지의 죽음'은 산운의 자아형성에 큰 영향을 미쳤다. 좌표를 상실한 채로 학업을 등한시하게 되면서 방황기에 접어드는데, 다음 글은 산운의 유ㆍ소년기의 정신적 갈등을 잘 보여준다.

일찍부터 부형과 사우가 없어 공차기와 칼싸움에 힘 쏟으며 약관의 좋은

1　趙榠,「臨淵堂李先生行狀草」,『白野散集』. "八歲入系, 參判公, 始授學, 不甚篤課, 而悟解日新. 不喜童子遊, 不見隣優戱."
2　鄭元容,「戶曹參判山雲李公墓碣銘」,『經山集』卷16. "幼儀殊凡兒, 八歲, 畫一圈, 圈中方, 方中書, 人字, 像三才意也. 及長, 講明性理之學."
3　趙榠,「臨淵堂李先生行狀草」,『白野散集』. "辛丑, 參判公, 宰金城, 隨往定省."

시절을 낭비하였다. 그 뒤로 십 년은 술에 빠져 아무 이룬 것 없어 세상에 쓰임을 얻지 못하였다. [4]

이처럼 방황의 시간을 보내다가 풍양 조씨 정헌廷憲의 딸과 혼인을 맺게 되는데, 정확한 시기는 기록에 나와 있지 않다. 1792년 그의 나이 21세에 맏아들 인욱寅昱이 태어난다. 1802년 31세에 「임술기행壬戌記行」을 저술했다고 알려져 있는데, 이것은 두 편의 선행 논문에서 모두 연대를 잘못 계산한 것이다. 낭간재 박사철 선생을 1802년壬戌과 1806년丙寅 두 차례 방문하였다는 「임술기행壬戌記行」의 기록으로 미루어 보아, 「임술기행壬戌記行」은 마지막으로 스승을 만난 병인년 이후에야 기록이 가능하다. 그러므로 저술 시기는 적어도 1806년丙寅 이후로 산정해야 맞다.

이 시기에 가장 주목할 사실은 '율곡의 사숙私淑'이다. 산운은 율곡을 사숙私淑하게 되면서부터 사실상 유소년기에 시작됐던 긴 방황을 정리하게 된다. 율곡의 학문 세계를 접하면서 받은 정신적인 충격을 문집에 여러 차례 기록하고 있어, 올곧은 유자儒者로서의 삶을 살아가는데 율곡이 상당한 영향을 끼친 게 분명해 보인다.

1811년 40세 때에는 『상제집홀喪祭輯笏』을, 1825년 55세 때에는 『가례비요嘉禮備要』, 『가승집략家乘輯略』을 각각 저술하였다. 1830년 60세에 음보蔭補로 선공감 감역繕工監 監役에 제수 되었고, 1834년 64세 때에 사용원 봉사司饔院 奉事에 제수되었으나 두 번 모두 벼슬에 나아가지 않았다.

••••••••••

4 李亮淵, 「翁平生」, 『山雲集』. "早無父兄師友, 毬釖擲弱冠好歲月. 繼以十年, 麴蘗打成泥鴻, 出身不得.

이 시기에 산운은 유람을 통해 불우한 심사心事를 해소하고자 한다. 그에게 유람遊覽이란 끊임없이 현실과의 화해를 모색하며, 불편한 현실과 벌이는 지난至難한 방황의 시간들이었다. 산운은 이 시기에 「유산록遊山錄」등과 같은 유기遊記와 여러 편의 유람시遊覽詩를 남기고 있다.

1835년 65세에 산릉 감조관山陵監造官으로 처음 출사하게 된다. 이 해는 산운에게 있어 가장 쓰라린 해로 기억될 만하다. 부인婦人이 5월 15일에, 중자仲子 인익寅翊이 12월 18일에 각각 유명을 달리한다. 또, 1836년 66세에는 인익寅翊의 처가 순절殉節한다. 특히 산운은 둘째 아들에 대한 애정이 남달라서 「죽은 아들 인익에 대한 제문祭亡子寅翊文」과 「인익에 대한 유사寅翊遺事」를 남기고 있는데, 그중 「죽은 아들 인익에 대한 제문祭亡子寅翊文」은 참척慘慽의 격통激痛을 최대한 절제를 통해 기록한 명편이라 할 수 있다.『산운집山雲集』의 편제編制는 총 9개의 항목으로 나누어져 있는데, 그 중 감회류感懷類에 해당하는 시들은 대개 이런 아픔 속에서 쓴 것이다.

1838년 68세에 충청도 도사都事에 제수 되었고, 1840년 70세에는 군자감정軍資監正을, 1842년 72세에 공조참의工曹參議를 각각 제수받았다. 1845년 75세에는 큰아들 인욱寅彧이 사망하고, 1847년 77세에는 문집『임연당집臨淵堂集』이 간행되었다. 1850년 80세에는 동지중추부사同知中樞府事에 올랐다.「가선대부가 된 뒤에 짓다嘉善後作」에서는 "물에서 나무하고 산에서 고기잡는 이산운李山雲, 피부는 검게 타고 잔뜩 늙었네. 헤진 베로 옷 두르고 금관자를 달았는데, 평범한 짚신에는 국화 무늬 넣었네"[5] 라고 하여 늦게 관로官路에 진출해서 겪었던 감회를 고스란히 드러내고 있다. 결국, 산운山雲 자신의 정체성은 역시 포의布衣의 모습이었던 것이다. 1851년 81세에는 호조참판戶曹參判과 동지돈령부사겸부총관同知敦寧府事兼副摠官을 각각 제수받았다. 1853년 2월 24일 세상을 떠나게 되니, 향년 83세였다. 묘소는 경기도 이천군 작변리에 위치하고 있다.

그는 평생 높은 관직에 오르지 못했다. 자신의 회재불우懷才不遇를 시작詩作과 유람遊覽에 맡기었다. 그중 유람에 대한 체험은 더욱 주목을 요한다. 유람을 통해 산천山川에 대한 애정과 민중民衆에 대한 관심을 새롭게 환기시켜, 민중시와 민요시를 창작할 수 있는 계기를 만들었다. 또한 과거의 유적지를 통해 삶의 비애를 접하게 되는데 여기에는 현실에 대한 좌절과 분노가 한 몫을 하였고, 그의 가족사적 비극도 무관하지 않았던 것으로 보인다.

2. 그의 책

이양연의 문집은 총 여섯 개의 이본異本이 남아 있다. 문집은 모두 목판본이 아닌 필사본으로 전해지고 있다. 글자의 출입이 있고 내용상 가감이 있으나, 수록 작품들은 대동소이하다. 기존에 알려진 이본異本은 모두 4종으로, 규장각 2종, 국립중앙도서관 1종, 개인소장본 1종이다. 여

5　李亮淵,「嘉善後作」,『臨淵堂別集』."水樵山漁李山雲, 皮肉翻然老十分. 樊布周衣金圈子, 一般蒟屨菊花紋."

기서는 편의상『가本』[6],『나本』[7],『다本』[8],『라本』[9] 으로 명명한다. 이 4
종의 판본에 대한 소개는 이용욱의 논문에 자세히 실려 있으므로 여기
서는 생략한다.『임연백시臨淵百詩』·『임연당별집臨淵堂別集』은 필자의 논문
에서 다룬 바 있는데 간략히 소개한다.

『임연백시』는 개인소장본으로 정후수에 의해 소개되었다.[10] 정후수
의 논문에서는 간단한 해제解題와 함께 오언절구만 60수가 번역되어 있
다.『임연백시』표지에는 '癸亥秋書之于標橋旅舍 臨淵詩話'라 기록되
어 있고, 좌측에는 '臨淵百詩 丙申 增删'이라 기록되어 있다. 여기서 계
해년癸亥年은 1803년 아니면 1863년으로 보아야 하는데, 이 판본에「村
老婦」가 실려 있는 바, 산운이 상처喪妻한 1835년 이후로 보는 것이 타
당하다. 그러므로 계해년癸亥年은 1863년으로 보아야 마땅하다. 산운의
시를 본 누군가가, 계해년 가을에 판교板橋에 있는 여사旅舍에서 자신의

<hr />

6 표지에『산운집(山雲集)』으로 되어 있고 책 안쪽에는『임연당집(臨淵堂集)』으로 되
   어 있다. 8권(卷) 2책(冊) 필사본 32×21.5cm 규장각 고(古) 3428-317 글자를 수정한
   부분이 많고 글씨가 필사체며 약자가 매우 많으며 글씨도 추솔하다. 건(乾), 곤(坤)으
   로 되어 있고 목차(目次)가 자세하게 정리 되어 있다. 특히 권(卷)1의 시(詩)는 각 유
   별(類別)로 10종(種)으로 분류되어 기록되었는데 개별 작품의 편차순서는 나본(本)과
   동일하다.
7 규장각 소장으로, 4~6권이 결(缺)이다. 8권(卷) 2책(冊) 필사본으로, 가본(本)과 크기
   는 동일하다. 규장각 고(古) 3428-414『임연당집(臨淵堂集)』건(乾), 곤(坤)으로 표재
   되어 있고 글씨가 유려하며, 내용이 정확하다. 그러나 목차가 기록되어 있지 않다.
8 국립중앙도서관 소장으로『임연당집(臨淵堂集)』이라고 되어 있다. 1책(冊)(90장(張))
   필사본 21.8×14.6cm. 국립중앙도서관 가람 古 819.55-Y671. 이 본은 규장각본에 비해
   훨씬 그 내용이 부족하나 필체는 유려하다. 시는 규장각 본(本)이 147수(首)나 되는데
   비해, 102수(首) 정도 실려 있다. 표제에 이규연(李圭淵)의 도장이 찍혀 있다.
9 김태준(金台俊) 필사본으로 연민(淵民) 이가원(李家源)이 소장하고 있다.
10 정후수,「臨淵 李亮淵의 漢詩 抄」,『동양고전연구』제7집, 1996.12.

기호대로 뽑아 초록한 것으로 보인다. 100편을 뽑았다 했지만 실제로는 117수가 실려 있다. 형식별로 분류되어 오언절구 60수(두 번째 장이 낙질되어 있어, 5~9번 시가 없다.), 오언고시 42수, 오언율시 9수, 칠언절구 4수, 칠언율시 2수가 각각 실려 있다. 이것으로 보아도 역시 산운은 오언절구와 오언고시에 상당히 능했고, 당대에도 이와 같은 작품들이 여러 사람들에게 많이 읽혔던 것으로 보인다.

『임연당별집臨淵堂別集』은 산운 연구에 가장 주목할 만한 자료임에도 불구하고 『한객건연집韓客巾衍集』뒤에 합쳐合綴되어 있어서, 아직까지 많이 언급되지 않았던 자료였다.[11] 여기에는 181제 207수가 수록되어 있는바, 산운 작품의 대부분을 망라하였다. 특이할 사항은 후기後記에 산운 시에 대한 제가諸家들의 총평이 있으며, 작품에 각기 부기된 26칙則의 세평細評과 비점이 보인다. 여기에 처음 보이는 시는 26제 33수이다.

산운의 저서로는 『석담작해石潭酌海』·『침두서枕頭書』·『가승집략家乘輯略』·『가례비요嘉禮備要』·『상례비요喪禮備要』의 5권이 있다는 기록이 있다. 그러나 지금 『석담작해石潭酌海』와 『침두서枕頭書』·『가승집략家乘輯略』은 일실逸失 되어 기록으로만 남아 있다.

먼저 일실逸失된 저서를 살펴보자. 『석담작해石潭酌海』는 「석담작해에 대한 서문石潭酌海序」이라는 서문만이 『산운집山雲集』에 실려 있다. 서문序文으로 판단하건데, 내용은 율곡 이이의 학문에 대한 존경을 담은 것으로

---

11 규장각 소장본 청구기호는 상백고(想白古) 811.54-Y91h. 서명은 한객건연집(韓客巾衍集), 저자는 유금(柳琴) 편(編)으로 되어 있다. 사본(寫本)이고, 4권(卷)1책(冊)이다. 『한객건연집』이 끝나고 『임연당별집(臨淵堂別集)』이 합철(合綴)되어 있다.

추정된다. 또,『가승집략家乘輯略』은 전주이씨全州李氏 가문家門의 선조先祖들이 남긴 가언嘉言·선행善行들 가운데 야언이나 명신록 등에 나오는 것을 간추리고 그들의 시문을 뽑아 말미에 첨부한 책으로 알려져 있으나 현재는 전하지 않는다. 끝으로『침두서枕頭書』의 구체적인 내용은 지금 확인할 수 없다.

다음으로 남아 있는 저술들을 살펴보자. 우선,『가례비요嘉禮備要』는 사계沙溪 김장생金長生이 우리나라 관혼상제冠婚喪祭의 설說들을 모아 일용에 편리하게 만든『상례비요喪禮備要』를 본 따 저술한 것이다.『상예비요喪禮備要』가 관혼예冠婚禮를 빠뜨려 이것을 보완한다는 의미로 제가諸家의 여러 설을 모아 만든 것이다. 또,『상제집홀喪祭輯笏』[12]은 기존의 관련 서적들이 지나치게 방대하므로 친족이 쉽게 이용할 수 없다고 생각하여, 1811년 상례喪禮에 관한 여러 전적典籍을 참고하여 시행에 편리하게 요약한 책이다. 권두卷頭에 저자의 서문이 있다.『가례비요嘉禮備要』와『상제집홀喪祭輯笏』을 통해서 산운의 예학禮學에 대한 관심을 엿 볼 수 있다. 이 같은 예학에 대한 폭넓은 관심은『산운집山雲集』면면에서 쉽게 찾아 볼 수 있다.

끝으로「희곡묘지명希谷墓誌銘」[13]은 기해박해를 일으킨 장본인인 희곡希谷 이지연李止淵의 묘지명이다. 산운은 족친族親인 이지연李止淵과 상당한 친분이 있었던 듯, 산운山雲의『산운집山雲集』과 희곡希谷의『희곡유고希谷

----

12 상(上)·하(下) 두 권 1책(冊)으로 필사본(筆寫本)이다. 고려대학교 도서관에 소장되어 있다.
13 1책으로 국사편찬위원회에 소장되어 있다.

『遺稿』에 주고 받은 여러 통의 서찰이 남아 있다.

3. 그의 시

1) 5언 절구에 뛰어나다

산운의 시 전체에서 5언 절구는 양적으로도 많고 질적으로도 뛰어나다. 5언절구에 대해서는 유홍경과 이농인 모두 언급하였다. 먼저 유홍경은 수식藻繢하지 않고 다듬지刻鏤 않아서 진실되고 담박하다는 평가를 내렸다. 산운은 「서호 조선생정헌 시집 뒤에 쓰다西湖趙先生廷憲詩集後」에서 "담박하고 우아함을 공경하여 초록하여 그것을 외웠고, 아이들에게 정서하도록 하였다"[14]라고 한데서도 알 수 있듯 그 자신도 담박淡泊한 시를 선호했다. 유홍경의 평을 한마디로 요약하자면 산운의 시는 진실되고 담박하다는 것이다. 그래서 전문적인 시인의 작품이 아니라, 달사達士의 작품처럼 보인다. 산운의 실제 작품을 본다면 이러한 평가가 매우 타당하다는 것을 어렵지 않게 알 수 있다. 이렇게 유홍경이 내용에 대해 말하고 있다면, 이농인은 시풍詩風에 대하여 지적하고 있다. 그의 평에서 5언절구에 대해서 오초吳楚가 왕을 참칭함을 하지 않았다고 한 것은 당시唐詩의 풍모를 보였지만 겉모습만 흉내낸 것이 아니라 당시풍의 진수를 체득했다는 것으로 산운의 시를 높이 평가한 말이다.

··········
14 敬其淡雅, 抄而誦之, 使兒輩淨書焉.

2) 5언 고시五言古詩는 한위고악부漢魏古樂府에 필적하다

이농인은 "5언 고시古詩는 때때로 한위漢魏의 사이를 배회한다."라 평하고 있다. 5언 고시를 한위 고시와 방불하다 하여 의고시擬古詩에 높은 평가를 하였음을 알 수 있다. 한위고시漢魏古詩는 다름 아닌 한위악부시漢魏樂府詩를 가리킨다. 한위고시는 정통적인 시인들이 추구해야할 하나의 준칙이었으며, 전범이었다. 한위고시漢魏古詩는 복고적이고 낭만적인 시 분위기를 보여주게 된다.

악부시樂府詩는 근체시보다 제약이 적어, 파격이 가능하다. 그렇기 때문에 악부시는 조탁과 형식미보다는 리듬감과 내용을 위주로 하는 것을 선호하는 특성을 가진다. 이런 점들은 형식적인 완결을 중시하는 근체시와는 상당히 이반離叛되는 것이다.

고악부로는 사실 작가의 개성이나, 한국적 풍경을 다루는 데에 한계가 있다. 산운은 한위고시로는 영사詠史를 주로 다루고, 민요풍 한시에서는 조선의 풍경을 담았다. 산운은 이 두 가지 형식을 효과적으로 사용하여 서로 다른 분위기를 보여 주고 있다.

3) 근체시近體詩의 성당풍盛唐風 성향

여기서 근체시는 5언절구를 제외한 5언율시와 7언절구, 7언율시를 말한다. 산운시에서 5언절구가 차지하는 비중은 압도적이다. 다른 근체시의 편수는 오언절구의 절반에도 미치지 못한다. 근체시를 "맹교孟郊가

우맹의 흉내냄을 면치 못했다는 말"이라고 평한 것은 작품완성도의 평범함에 대한 지적이다.

맹교孟郊는 성당盛唐의 대표적 작가로서 가도와 더불어 '교한도수郊寒島瘦'라는말로 유명하다. 맹교시의 특징은 수척하면서도 힘차고 기이하면서도 놀라운 일면이 있었다. 우맹優孟은 초楚나라의 유명한 배우로 손숙오孫叔敖의 의관을 차리고 손숙오의 아들을 곤궁에서 구해낸 우맹의관優孟衣冠이라는 고사로 유명한 인물이다. 결국, 이농인의 근체시에 대한 평은 산운시에서 근체시가 성당풍盛唐風을 보이나, 실제로 작품의 수준은 그리 높지 않았음을 지적한 말이다. 악부시樂府詩와 근체시近體詩는 어느 정도 상반되는 특성이 있다. 악부시는 근체시의 엄격성을 탈피하며 실현된다. 산운은 엄격한 근체시보다는 좀더 자유로운 형식의 고시나 악부시를 선호해, 근체시에는 상대적으로 소홀했다.

4) 대단한 정서적 감염력

이연성의 5백년 이래로 이같은 작품이 없었다는 평가나, 그의 시를 들으면 반드시 의관을 정제하고 무릎을 꿇었다는 안정安珽의 기사는 당대 산운시에 대한 평가가 높았음을 반증해주고, 아울러 그 시사詩思의 간절함과 진실됨이 읽는 이의 심금을 울렸음을 말해준다. 또 만시를 읊조리면 귀신이 울고, 소나무를 노래하니 소나무의 그루터기가 말라버렸다는 이야기는 아마도 산운의 시에 얽힌 실제 고사인 듯 하나 문헌에 다른 전거를 찾아 볼 수는 없다. 이 예화는 산운의 시가 귀신도 울게 하고 사물도 감응할 정도로 정서적 감염력을 지녔음을 말한 듯 한데, '참결讖訣' 운운한 대목에서는, 그 시가 훗날을 예언하여 적중한 일도 적지 않았음을 당대 시인들의 증언으로 전한 것이다. 그러기에 이동찬이 다작을 하지 말라고 권한 것이라고 적었다.

찾아보기

453